COLLECTION FOLIO

Abdellatif Laâbi

Le fond de la jarre

Gallimard

Considéré comme l'une des grandes figures intellectuelles du Maghreb, Abdellatif Laâbi est né en 1942, à Fès. Ses activités d'opposant au Maroc lui valent d'être emprisonné de 1972 à 1980. Il vit en banlieue parisienne depuis 1985. Son vécu est la source première d'une œuvre plurielle (poésie, romans, théâtre, essais, écrits pour la jeunesse) sise au confluent des cultures, ancrée dans un humanisme de combat, pétrie d'humour et de tendresse.

Sa voix de poète, largement reconnue, vient d'être encore distinguée par le prix Goncourt de la poésie 2009.

Pour Ghita et Driss,
ce fond de la jarre
qu'ils m'ont légué

1

J'étais à Fès quand la chute du mur de Berlin fut annoncée. Ce matin, la famille était réunie chez mon père, et la télévision déjà allumée. Pourtant, personne autour de moi ne s'intéressait aux images historiques qui défilaient sur l'écran.

Si les Européens ont la manie de la musique de fond, les Marocains ont inventé, eux, l'image de fond, sans lésiner pour autant sur les décibels d'accompagnement. La cacophonie semble être chez nous un des éléments constitutifs de la joie des retrouvailles.

Insensible à cet événement qui allait ébranler le monde, la petite tribu s'était focalisée sur un sujet qui revêtait à ses yeux une tout autre importance et relevait dans ce microcosme de l'affaire d'État : l'absence injustifiée, chronique, de mon frère aîné. C'est qu'au fil des ans Si Mohammed était devenu un personnage controversé au sein de la famille.

Lorsqu'il fit ses débuts dans la vie, on lui vouait une sorte d'admiration. Après des études brillantes, il commença dès l'âge de dix-sept ans à travailler dans l'administration. Puis il y eut ses démêlés avec les autorités coloniales. Là, les avis furent mitigés. Ensuite son mariage, et ses relations orageuses avec sa femme dès la nuit de noces. Les péripéties qui suivirent — divorce, remariage, nouveaux démêlés avec l'administration (du pays indépendant cette fois) — furent perçues comme autant de manifestations d'un tempérament caractériel contre lequel il fallait se prémunir. Ce que mon frère supporta mal et paya en retour par une incroyable indifférence aux affaires de la famille.

Il faut dire que je n'étais pas étranger au cours que la discussion avait emprunté. Après le chapelet des salamalecs et le concours de jérémiades sur la santé, la conversation commençait à battre de l'aile quand, mal m'en prit, je laissai échapper cette question :

« Pas de nouvelles de Si Mohammed ? »

Ma petite nièce, malicieuse et mignonne à souhait, répondit du tac au tac en reprenant le refrain d'une rengaine à la mode :

« Ni lettre ni *tiliphoune* !

— Ta langue te démange, la coupa illico sa mère. On devrait te frotter les lèvres avec du piment soudanais. Tais-toi quand les grands parlent, espèce de diablotine ! »

Ma sœur Zhor, qui était la sagesse même, poussa un soupir de commisération et nous resservit son antienne :

« Que peut faire l'individu ? Le monde va ainsi. »

Mon frère Abdel, d'habitude réservé, s'enflamma aussitôt et fit tomber cette sentence :

« Son cœur est mort !

— Allons, allons, tempéra ma sœur cadette, Hayat. Lui aussi a ses problèmes. Le pauvre, la santé l'a abandonné. Et ça se passe toujours mal avec sa nouvelle femme. Dans la vie, il n'y a pas de paix. »

Cette indulgence ne fut pas du goût de ma belle-sœur, dame à la vitalité phénoménale et aux avis tranchés :

« Qui n'a pas ses problèmes ? Mais quand même ! Cela fait des années qu'il n'est pas venu voir Sidi (elle désignait mon père). Même le chien n'oublie pas ses parents. »

Mon père, dont la santé et la vue déclinaient, pas l'ouïe, encore moins l'esprit de conciliation, émit alors un mince filet de voix :

« Personne n'en veut à un écervelé. Que Dieu lui rende le bon sens et le guide vers le droit chemin. Je vous bénis tous, mes enfants, et lui aussi. »

Le silence que nous observâmes pour nous pénétrer de la bénédiction qui planait sur nos têtes comme un nuage protecteur me fit lever les yeux vers le mur où le portrait de Si Mohammed était accroché. Et ce visage me ramena quarante ans en arrière.

Dans mon souvenir, Si Mohammed était, à quelques détails près, tel que le peintre l'avait représenté. Ce peintre, dont l'atelier se trouvait au fond de la médina, ne s'embarrassait pas de modèle et travaillait d'après une simple photo d'identité. Son art était d'autant plus apprécié qu'il réparait ce que la nature n'avait pas mis grand soin à fignoler. On peut dire qu'il avait eu l'intuition de ce que la chirurgie esthétique allait réaliser par d'autres moyens. Ainsi, la calvitie précoce de Si Mohammed était avantageusement corrigée. Le haut du front, là où seuls quelques poils orphelins subsistaient, se voyait pourvu d'une touffe ondoyante. Du coup, le nez, assez proéminent, s'affinait. Les yeux exorbités étaient légèrement repoussés vers l'intérieur de leur cavité. Les lèvres semblaient gagner en délicatesse. Seul le menton fuyant, on ne sait pourquoi, était reproduit avec réalisme. L'un dans l'autre, le portrait avait quelque chose de suranné et de vivant à la fois. Ce qu'il faut pour que les images bougent dans la remontée incohérente du temps.

J'ai sept ans, peut-être huit. Fès. Dans le quartier appelé la Source des Chevaux, la maison où je suis né. Une « égyptienne ». On désignait ainsi ces petites maisons qui flanquaient les vastes demeures des gens aisés. Elles avaient une entrée indépendante et on y accédait par un escalier. Cette configuration assurait la discrétion de ce genre de garçonnière que le propriétaire pouvait soit louer à des familles désargentées, soit garder sous la main pour organiser — c'est du moins ce que prétendaient les mauvaises langues — des soirées où Satan était loin d'être lapidé.

Nous nous entassions à dix dans notre « égyptienne », et je crois pouvoir dire que nous étions heureux.

Si Mohammed bondit sur scène, un vieux Larousse illustré entre les mains. À pas saccadés, il tourne en rond dans le patio en déclamant des définitions. « Avanie : offense, humiliation. Avarie : mot d'origine arabe. Dommage survenu à un navire ou aux marchandises qu'il transporte. Avatar : métamorphose, transformation... »

Mon souvenir ne va pas au-delà de la lettre A. Mais je sais que Si Mohammed s'était mis en tête d'apprendre par cœur, et dans l'ordre alphabétique, tous les mots jugés difficiles du dictionnaire. J'en étais béat d'admiration.

Fondu enchaîné. Deux ans plus tard. Si Mohammed a décroché son brevet d'études secondaires et reçu une médaille de l'Alliance française pour la haute tenue de sa rédaction, où il a judicieusement glissé une citation du maréchal Lyautey, tirée de son livre *Paroles d'action*. Auréolé de sa distinction, il a passé un concours d'agent d'exploitation des PTT. À la suite de quoi il a été nommé à Tiznit, au fin fond du Sud. C'est au moment des « événements » du Maroc. Le général Guillaume, résident général, a menacé de faire manger de la paille aux Marocains qui s'opposent au protectorat et un complot est en train de se tramer contre le sultan du pays, Mohammed ben Youssef, pour l'écarter du trône.

La nouvelle tombe. Ma mère vient de rentrer à la maison. Elle a rapporté un sac de noix. Tout joyeux, on se bouscule, ma petite sœur Hayat et moi, pour aller chercher le pilon qui servira à les casser quand les cris de ma mère fusent :

« Mon fils, mon fils, mon fils ! »

On se retourne et, ô stupeur, ma mère, qui n'arrive pas à se dépêtrer de sa jellaba, jette violemment à terre le sac rempli des fruits convoités. Comme une généreuse poignée de billes, les noix s'éparpillent dans le patio. À ce spectacle, ma mère vocifère de plus belle :

« Mon fils, mon fils, mon fils ! »

Insensible à ses cris, n'ayant d'yeux que pour les noix qui continuent à s'égailler, je m'élance pour en rattraper une qui se dirige dangereusement vers l'escalier quand une gifle appropriée m'arrête dans ma course.

« Ça t'apprendra, fils du péché ! me lance ma mère. Tu as l'esprit dans l'estomac. Tu ne penses pas à ton frère aîné qui croupit maintenant dans un cachot, au bout du monde.

— Quoi, quoi, quoi ? » demande ma sœur Zhor qui surgit du petit cagibi qui nous sert de cuisine, les moignons en l'air, recouverts comme d'un gant déchiqueté de la pâte à pain qu'elle est en train de pétrir.

Méprisant la question, ma mère s'abat sur un matelas, ôte son foulard de tête et se met à en frapper le sol en poussant une litanie qui me donne la chair de poule :

« Mon fils, mon fils, mon fils

Mon petit foie
perdu dans le tiers oublié de la planète
jeté dans le puits sans fond
dans le froid et la nudité
par les ennemis de Dieu
Mon fils, mon petit foie
prunelle de mes yeux
Et personne pour t'entendre
Personne pour te secourir
dans le désert et la désolation
Mais Dieu est partout
qui voit la fourmi noire
dans la nuit noire
Dieu est généreux
et impitoyable envers les mécréants
Soyez maudits, Nazaréens
fils de chiens
buveurs d'alcool
mangeurs de porc
et de grenouilles
Et vive le roi
et Allal el-Fassi ! »

Pendant ce temps, la maison se remplit peu à peu d'une foule accourue des terrasses avoisinantes, femmes et enfants alertés par les cris ou ayant déjà appris la nouvelle par Radio Médina, station non hertzienne mais hautement efficace du bouche-à-oreille.

Au lieu de calmer ma génitrice qui commence à se donner des tapes sur les cuisses et à se lacérer les joues, les commères du voisinage se mettent de la partie.

« Oui, Lalla, dit l'une d'elles, les Nazaréens sont devenus des pharaons. Ni pitié ni miséricorde.

— Que le typhus noir les enlève et les jette en enfer, ajoute une autre.

— Qu'ils soient affectés dans leur progéniture, fait la troisième.

— Le pauvre Si Mohammed, reprend la suivante, plus prudente ou moins nationaliste. Il ne mérite pas ce qui lui arrive.

— Une gazelle, conclut la cinquième, et si gentil. Incapable de déranger une poule qui couve ses œufs. »

Est-ce de l'insensibilité, de l'inconscience, ou la force de la gourmandise propre à cet âge quand la friandise est en vue ? Toujours est-il que je profite de ce concert pour ramasser méthodiquement les noix et les mettre en lieu sûr après en avoir prélevé deux que je glisse dans ma poche.

À ce moment-là, on entend frapper à la porte. C'est l'apprenti de mon père, envoyé en émissaire. Il débouche de l'escalier, haletant, et, d'un ton qui se veut viril, lance à l'assemblée féminine :

« Faites le chemin ! Les hommes sont arrivés. »

Les curieuses, traînant leurs marmots, se pressent d'emprunter l'escalier qui mène à la terrasse. Ma mère, elle, se remet magiquement de sa crise, ramasse son foulard de tête et se réfugie dans la chambre des enfants.

« Hum, hum ! entend-on dans l'escalier d'en bas. Il n'y a plus personne ? »

Je reconnais la voix de mon père, qui ne tarde pas à apparaître, suivi de mon oncle et d'un aréopage d'artisans, membres de la corporation des selliers. Il y a aussi le coiffeur-circonciseur et le maître tanneur, un gros bras, pompier et déménageur à l'occasion.

Ils s'engouffrent dans le salon, chambre à coucher de mes parents. Après avoir hésité, je prends mon courage à deux mains, me glisse à pas de loup dans la pièce et m'assois en retrait sur un petit matelas.

La discussion a déjà commencé. Mon oncle, très écouté parce que l'aîné, en est à l'interrogatoire préliminaire.

« Comment l'as-tu su ? demande-t-il à mon père.

— C'est le policier du commissariat de Nejjarine qui est venu me le dire. Celui-là, Dieu nous en préserve, n'apporte que de mauvaises nouvelles.

— Et Si Mohammed, qu'a-t-il fait au juste ?

— C'est une tête chaude, tu le sais. Que de fois nous l'avons averti ! Il a eu au guichet de la poste une altercation avec un lieutenant de l'armée française. Celui-ci l'a insulté, et le fils n'a rien trouvé de mieux que de lui envoyer un coup de poing à la figure.

— Et après ?

— Après, Si Mohammed a pris la fuite. Il est allé au palais du *khalifa* du sultan à Tiznit pour demander l'asile. On lui a fermé la porte au nez, et les gendarmes sont venus l'arrêter, l'ont roué de coups et mis au cachot.

— L'affaire sent mauvais, juge mon oncle.

— Très mauvais, reprend le tanneur en écho.

— Que faire ? demande le coiffeur. On ne plaisante pas avec le Makhzen.

— Le Makhzen n'a rien à voir là-dedans, rétorque mon oncle. On devra s'adresser à l'administration du protectorat. Ce sont des choses qui se règlent à un haut niveau, à la Résidence générale. »

Mon père, impressionné par cette analyse, dit avec soumission :

« Ce que tu diras, nous le ferons. »

Le plan de bataille est alors dressé. Mon oncle prépare le terrain en rappelant quelques vérités sous forme de maximes : La convoitise est une peste. Enduis de cire le fil de chanvre, et il passera mieux. Si tu hais, fais semblant d'aimer. La main que tu ne peux couper, baise-la. Puis, revenant à des choses plus terre à terre, il propose :

« Les Nazaréens sont comme les autres. La cupidité les laisse sans défense. Alors, voilà ce que nous allons faire. Demain, je prends les contacts nécessaires. Toi, tout à l'heure, tu vas à la Kissarya et tu achètes deux ceintures en or. La première, nous l'offrirons au chef de la Région militaire, pour sa femme. La deuxième devra être plus riche : nous irons à Rabat et en ferons cadeau à la femme du résident général. Et Dieu nous viendra en aide.

— Dieu nous viendra en aide, reprend l'assemblée.

— Maintenant, la *Fatiha* », conclut mon oncle.

Et tous les présents d'ouvrir leurs paumes et d'entonner en chœur :

« Au nom de Dieu, le Clément, le Miséricordieux... C'est Toi que nous adorons, c'est Toi dont nous implorons le secours. Dirige-nous dans le chemin droit : le chemin de ceux que Tu as comblés de bienfaits, non pas le chemin de ceux qui encourent Ta colère ni celui des égarés.

— Amen !

— Amen ! »

Et l'affaire a été réglée selon le scénario imaginé par mon oncle. Le chef de la Région militaire a « mangé » et facilité la rencontre avec le résident général, qui a « mangé » à son tour. Deux semaines plus tard, Si Mohammed a été non seulement libéré mais muté à Fès, à la poste du Batha, la plus pimpante de notre ville.

Il y eut toutefois le revers de la médaille. Pour pouvoir acheter les ceintures en or, mon père, modeste artisan, dut vendre les quelques bijoux de valeur de ma mère, taper dans le trousseau de ma sœur Zhor qui, à peine nubile, était déjà programmée pour le mariage. Et surtout, il lui fallut emprunter le plus gros de la somme à l'un des commerçants fortunés de la corporation, qui ne lui laissa d'autre choix que de rembourser en nature : sa force de travail. Pendant un an, il dut trimer pour lui, sans négliger pour autant son travail ordinaire.

Driss, c'est comme ça que s'appelait mon père, était un saint. Il m'en a fallu du temps pour le comprendre.

Le portrait de Si Mohammed avait repris sa place sur le mur. En le regardant avec les yeux qui avaient visité le passé, je lui découvrais comme un sourire en coin. Sous le portrait, mon père s'était assoupi. La conversation ne s'était pas interrompue. J'en recevais quelques bribes. D'autres images de Berlin en fête continuaient à défiler sur l'écran. Mais j'avais décroché. Le bruit et la fureur du monde d'aujourd'hui s'éloignaient, s'estompaient peu à peu. Un autre écran se superposait à celui du tube cathodique. La main de celui ou celle qui veille sur la genèse des récits enleva les couleurs. Ce qui va suivre sera nécessairement en noir et blanc.

2

Ma mère avait décidé avant le retour de Si Mohammed de Tiznit que le moment était venu pour lui de s'acquitter de la moitié de ses devoirs religieux, à savoir le mariage. Pour cette femme qui était loin d'être une bigote, cette pieuse préoccupation s'accompagnait d'une analyse non dépourvue de psychologie. Fonder un foyer et en assumer les responsabilités ne manquerait pas d'agir comme une bonne thérapie, de calmer les djinns qui s'étaient emparés de sa tête fêlée de fils. En matière de djinns, elle avait d'ailleurs pris les devants. Un fqih du mellah réputé pour ses pouvoirs, notamment celui de faire geler l'eau dans les bouteilles, lui avait fourni l'amulette adéquate.

« Avec cette amulette, précisa-t-il, les mauvais esprits pourront aller jouer à la marelle, ou paître ailleurs. C'est du feu salé, un fauve mangeur de vipères, une épée aux sept lames. Qu'elle ne quitte jamais le cou de ton fils, même au hammam. Va, Lalla, tu m'en diras des nouvelles. »

Mais ma mère ne faisait pas les choses à moitié. D'autres ingrédients devaient être réunis pour que la parade fût sans faille. Elle s'adressa donc à un herboriste-droguiste du souk El-Achabine, qui lui concocta le mélange préconisé en pareil cas. Passons sur la composition du mélange. Elle pourrait faire frémir les âmes sensibles. Toujours est-il que, la veille du retour de Si Mohammed, ma mère fit brûler le tout dans un brasero qu'elle promena dans la maison, jusqu'aux moindres recoins. Le nuage d'âcre fumée qui s'en dégageait dut faire fuir tous les djinns de l'air, de sous la terre et même ceux, celles qui se tapissaient dans les bouches d'égout et les canalisations. Quant à moi, souvent traité par ma mère de djinn, il me fallut prendre mes jambes à mon cou et me réfugier sur la terrasse, non par appréhension (encore que), mais pour échapper à l'asphyxie.

Pour ce qui est du mariage, Ghita (il est temps d'appeler ma mère par son nom) commença à passer en revue les candidates potentielles, en pensant d'abord aux jeunes filles de la parentèle. Celles que la nature n'avait pas bien loties et dont la vue « effrayait les moineaux », selon son expression, furent écartées d'un revers de main. Ma génitrice avait des goûts tranchés en matière de beauté féminine et en parlait comme un véritable macho.

La fille aînée de mon oncle fut promptement éliminée parce que ses seins n'étaient pas plus gros que des abricots.

La cadette du même oncle, carrément stipendiée, car affligée d'un léger strabisme et, comble de la disgrâce, de mains en forme de battoir.

La fille de ma tante s'avéra un dilemme pour Ghita, qui s'enthousiasma pour ses longs cheveux noirs, soyeux, dont les nattes rebondissaient sur ses fesses. Sa bouche à l'arrondi délicat, un tantinet charnue, lui valut un bon point. Ses yeux larges dont la circonférence atteignait celle d'un verre de cristal faillirent emporter la décision. Mais il y avait un hic. Cette jeune amazone, dans sa furie d'émancipation, montait à vélomoteur pour faire les courses et se rendre au lycée. Et Ghita, pas pudique pour un sou, considéra qu'avec tous ces va-et-vient, et le frottement répété de la selle, elle ne devait plus être vierge et que, même si l'irréparable ne s'était pas produit, sa pauvre foufoune devait être bien racornie. Elle fut donc recalée.

Restait la fille unique de la demi-sœur de Ghita. Là, des critères autres qu'esthétiques furent retenus. La jouvencelle avait beau avoir une taille de bambou, des mirettes bleues à rendre fou le plus pieux des imams, une cascade de louis d'or en guise de chevelure, rien n'y fit. Oubliant les liens de parenté et sa propre condition sociale, Ghita estima que la jeune fille n'était pas le bon parti, car sa mère était divorcée et, qui plus est, tirait le diable par la queue. Je surprenais ma mère en pleine contradiction, elle qui en pareille circonstance mettait en avant le généreux adage : Un pauvre s'est marié avec une pauvre, et ils ont fichu la paix aux autres.

Bref, la famille se révéla un terreau peu fructueux. Il fallait creuser un autre sillon, se résigner à l'exogamie. Et Ghita ne rechigna pas à la besogne. Elle entreprit une vaste enquête auprès des voisines et, en attendant d'engranger les résultats, recruta les masseuses des hammams du quartier en leur faisant miroiter une bonne récompense. Celles-ci devaient ouvrir l'œil et repérer la beauté sans défauts (difficile de les cacher au hammam). À elles, donc, de traquer les jambes arquées ou trop velues, le soupçon de claudication, l'embonpoint, les verrues, les taches douteuses, et jusqu'à la mauvaise haleine. Et si la désirée était indemne de ces monstruosités, il fallait s'assurer de la blancheur immaculée de la peau, de la générosité des fesses, du galbe harmonieux des seins, de la rectitude et de la brièveté du nez, de l'éclat des dents, et même du timbre de la voix, celle-ci ne devant pas être enrouée, peu ou prou virile, encore moins affectée d'un accent campagnard.

Cette vaste investigation, digne des plus fins limiers, ne tarda pas à donner le résultat escompté. Ghita jeta son dévolu sur la fille aînée d'une famille de chorfa dont l'arbre généalogique authentifié la faisait descendre en droite ligne du Prophète, que la bénédiction soit sur lui. Ne serait-ce qu'à ce titre, la famille était au-dessus de tout soupçon, et l'alliance avec elle une source de baraka pour la nôtre qui, il faut en convenir, était d'extraction roturière. En outre, d'après les services de renseignement de ma mère, celle que nous allions devoir appeler Lalla Zineb, eu égard à ses nobles origines, répondait à souhait pour ce qui est du physique aux critères exigés. Mais Ghita n'était pas femme à se faire une conviction sur la base d'un simple rapport. Elle pratiquait le doute méthodique. D'où la démarche qu'elle entreprit en louant d'abord les services d'un émissaire, la tradition exigeant que la visite de la mère du prétendant fût arrangée par une marieuse professionnelle. La dame arrivait à l'improviste, munie d'un beau vase en cristal où elle avait disposé un bouquet de fleurs artificielles. Apparemment, son rôle était d'annoncer la demande de fiançailles et d'arrêter une date pour la visite. Cependant, elle en profitait pour surprendre la maisonnée dans sa vie quotidienne et relever les signes de quelque anomalie : ménage mal fait, mises négligées, odeurs suspectes venant de la cuisine, tensions avec le voisinage ou, pire, absence non justifiée de la jeune fille au moment de l'intrusion.

Le test dut s'avérer positif puisque, trois jours après, Ghita se présenta en personne.

Allez savoir si j'y étais ou pas. Théoriquement, à cet âge, je pouvais participer aux réunions strictement féminines alors qu'au hammam ma grande sœur commençait à avoir du mal à me faire admettre.

« Regardez-le bien, insista-t-elle une des dernières fois auprès de la tenancière, il a encore du lait de sa mère entre les dents. Le pauvre, il vient à peine de rentrer à l'école. »

Et, pour forcer la décision, elle n'hésita pas à me baisser la culotte et à exhiber mon zizi en déclarant, l'air offusqué :

« Voyez vous-même, pas un soupçon de poil autour du petit oiseau !

— Bon, ça va pour cette fois-ci », admit la tenancière, que ce spectacle avait visiblement réjouie.

Quoi qu'il en soit, présent ou pas à l'entrevue, les images et les paroles sont là, fruit de l'ouïe ou de la vue, peu importe.

Des youyous accompagnent l'entrée de ma mère. Après les embrassades, elle enlève son voile, respire un bon coup et, sans égard pour les conventions, déclare :

« On nous tue avec ce voile. Nous autres femmes, on ne nous laisse respirer ni dehors ni dedans. Que Dieu nous vienne en aide. »

Un peu décontenancée par ce discours, la mère de Lalla Zineb approuve, par courtoisie :

« Oui, Lalla, tu as raison. Mais que peut-on faire ? »

Sur ce, elle l'installe à la place d'honneur, au milieu du *seddari*. Aussitôt assise, Ghita, mine de rien, se met à palper le brocart qui recouvre le matelas. Sa main s'attarde et s'enfonce pour tester l'épaisseur de la laine, débusquer la présence éventuelle du *hrami*, le bâtard. On appelle ainsi la couche de crin végétal que les familles modestes insèrent dans les matelas pour en augmenter à peu de frais le volume. Sa main n'ayant rencontré que du moelleux, Ghita, par un clignement de paupières entendu, exprime sa satisfaction.

La discussion démarre par un échange d'informations formel, chacune des parties ayant mené au préalable son enquête et su, par le menu, ce qu'elle voulait savoir. Toutefois, la version officielle ne manque pas de piquant. Ainsi, Ghita soutient sans sourciller que notre famille (du côté de mon père) est elle aussi apparentée au Prophète. Nous descendons du chérif de Jbel Allam, dont le tombeau est encore vénéré dans le pays des Beni Arouss. Quant à sa famille à elle, elle est originaire d'Andalousie (je confirme) et garde encore la clé de la maison où elle vivait avant que les musulmans ne soient chassés de cette terre d'islam (là, elle fabule). Dans cette version, mon père, humble artisan au souk Sekkatine, est promu commerçant que Dieu a comblé de Ses bienfaits. Pourquoi dans ce cas ne jouit-il pas déjà du titre de haj ? La réponse est simple : des problèmes de santé qui l'ont empêché l'année dernière d'effectuer le pèlerinage à La Mecque. Mais l'année prochaine, ce sera fait, *incha Allah* !

Arrivée enfin à mon frère, Ghita se hisse à l'art du panégyrique. De simple agent d'exploitation, il devient haut fonctionnaire des PTT. Aucune lettre et surtout aucun mandat n'arrive à son destinataire s'il ne passe pas entre ses mains. Le *tiliphoune*, c'est lui qui en est le maître d'œuvre. Maîtrisant le français et bredouillant un peu l'anglais, il est présenté comme un génie polyglotte parlant *balbal* (couramment) sept langues. Pour conclure, Ghita énumère des qualités plus conventionnelles : rien ne lui manque, ni la respectabilité, ni la jeunesse, ni la beauté. Et puis la gentillesse même, la réserve, le respect des parents et la crainte de Dieu. Dans ce concert d'éloges, elle omet curieusement l'épisode de la prison. Ne comprenant rien à la politique, elle doit estimer que la prison est la prison, pas de quoi se vanter. Et, comme pour chasser cette pensée désagréable, elle fait cette fois dans le lyrisme :

« La lumière rayonne sur son visage. Que Dieu le préserve du mauvais œil et en préserve aussi votre fille. »

Ayant assuré ingénieusement la transition, elle demande à brûle-pourpoint :

« À propos, où est la petite ?

— Elle vient, répond sa mère. Nous allons boire le thé qu'elle a préparé elle-même, et vous verrez, elle a des mains en or. »

Comme si elle n'attendait que ce signal, Lalla Zineb apparaît, portant le plateau de thé qu'elle dépose aux pieds de sa mère avant d'aller s'asseoir en face de la mienne. Les yeux de Ghita s'allument, la scrutent de haut en bas et de bas en haut. Sur ses lèvres passe un sourire étrange, celui-là même que j'ai souvent surpris chez les adultes quand ils croisent dans la rue une jolie femme.

Le thé est à peine versé que Ghita reprend l'initiative :

« Tiens, j'ai oublié quelque chose, que la mort nous oublie. Voici des noix que j'ai apportées, et des dattes pour que nos jours soient aussi doux qu'elles. »

Et, afin d'introduire le rapport de force qu'elle

croit pouvoir instaurer dans le futur avec sa bru, elle s'adresse directement à Lalla Zineb :

« Lève-toi, ma petite fille, et va les mettre dans un plat. »

La jeune fille s'exécute. Un instant après, elle ramène les fruits disposés soigneusement dans un plat chinois du genre *taous,* orné d'un paon. Encouragée à se servir, Ghita dédaigne la douceur des dattes et choisit une grosse noix qu'elle tend à Lalla Zineb :

« Peux-tu me la casser, ma chérie ? Je n'ai plus de dents. Les tiennes, grâce à Dieu, doivent être intactes. »

À cette demande incongrue, Lalla Zineb semble hésiter. Sa mère, qui connaît le subterfuge (le test de la noix servant à s'assurer de la santé des dents), encourage sa fille, l'air amusé :

« Vas-y, ma fille, ne déçois pas notre invitée. »

Lalla Zineb s'exécute de nouveau. Le test est probant. Ghita en est réjouie, qui pense déjà au suivant en écoutant d'une oreille distraite le soliloque de la maîtresse de maison :

« Où en étais-je ? Oui, ma fille a dû arrêter ses études. Il y a trop de voyous sur le chemin du collège. Fès n'est plus ce qu'il était. Les campagnards l'ont envahi. Et maintenant, avec ce qui se passe, ce sont les militaires qui se croient tout permis. Ah oui, c'est bien le siècle quatorze, ni paix ni sommeil. Son grand-père a donc décidé que la fille restera à la maison, car, voyez-vous, c'est lui qui décide de tout dans la famille. »

Alertée par cette dernière précision où elle flaire

quelque volonté d'atermoiement, Ghita passe à l'attaque.

« Soyons claires, Lalla, il faudra se dépêcher. Nous voulons que Lalla Zineb rejoigne sa nouvelle maison avant la fin de l'été, au moment où Si Mohammed prendra son congé.

— Nous ferons ce qui vous mettra à l'aise », répond l'autre, fine diplomate.

Contente d'avoir marqué un point, Ghita, qui a de la suite dans les idées, prépare le second test. Elle farfouille dans la poche de sa jellaba, en sort un foulard qu'elle a au préalable noué et renoué jusqu'à en faire une sorte de pelote et, sans crier gare, le lance avec une précision déconcertante vers le bas-ventre de Lalla Zineb. Celle-ci, qui s'est mise à son aise sur le matelas, réagit vivement en interceptant la pelote et en l'enfermant entre ses cuisses avec la dextérité d'un gardien de but.

Ce bon réflexe apporte un vrai soulagement à Ghita. Si la jeune fille avait ouvert les cuisses en réceptionnant la pelote, cela aurait signifié que ses mœurs étaient relâchées. Mais, comme elle a fait le contraire, cela veut dire qu'elle sait défendre son honneur.

« Viens, ma fille, que je t'embrasse », dit ma mère, annonçant ainsi la fin de la visite.

Elle se lève, visiblement satisfaite, ajuste son voile en tempêtant derechef contre cette contrainte :

« On n'a rien trouvé de mieux que ce chiffon pour nous le coller à la figure. Qu'est-ce qu'elle a, notre figure ? La lèpre peut-être ? Bon, je vous laisse en paix. »

Ghita pense s'être acquittée brillamment de sa tâche. Maintenant, le relais doit être pris par les hommes.

3

Les préparatifs du mariage de Si Mohammed avaient coïncidé avec des événements particulièrement sombres dans l'histoire du pays.

L'heure était grave. Le complot fomenté par les autorités françaises avec la complicité du pacha Thami el-Glaoui et du théologien félon Abdelhaï Kettani avait abouti. Mohammed ben Youssef avait été détrôné et contraint à l'exil, d'abord en Corse, ensuite à Madagascar. À sa place, un membre obscur et bien docile de la famille royale, Ben Arafa, avait été proclamé sultan.

Un voile de deuil s'était abattu sur notre ville. Aussi les noces de Si Mohammed et Lalla Zineb furent-elles célébrées sans tambour ni trompette. Pas d'orchestre de musique andalouse ni de *taqtouqa* des musiciens jbala. La cérémonie se déroula dans le strict respect des consignes divulguées par Radio Médina, de plus en plus contrôlée par les militants nationalistes. Ceux-ci ne s'étaient d'ailleurs pas contentés du canal de la tradition orale. Une semaine avant l'heureux événement, quelqu'un avait glissé sous notre porte un mot écrit sur du papier bleu qui sert à envelopper les pains de sucre. Des menaces de représailles y étaient formulées au cas où nous nous laisserions aller à des réjouissances. Le papier portait en guise de signature une tache grossière de sang, provenant à n'en pas douter d'une rate fraîche de veau ou de mouton.

Ce message ne fut pas du goût de la famille, qui croyait ne plus avoir à justifier sa fibre patriotique. Ghita commenta cette menace en mettant opportunément en valeur l'acte de résistance de son fils et en adoptant un étrange nous de majesté :

« Nous, on était enfermés en prison quand les autres regardaient en spectateurs. Et maintenant qu'on peut fêter notre aîné, ils veulent qu'on fasse appel à des pleureuses.

— Maudis Satan, lui dit mon père. On ne plaisante pas avec ces choses-là. Mettons notre tête parmi les autres têtes et ne sortons pas des rangs.

— En tout cas, personne ne m'empêchera, moi, de pousser des youyous et de danser si je veux, lui rétorqua Ghita.

— Eh bien danse et, pourquoi pas, sors toute nue dans la rue si ça te chante. On ne tient pas rigueur aux femmes.

— Parce que vous, les hommes, vous êtes peut-être des lions ! Si c'était le cas, le sultan serait encore sur son trône. »

Driss, peu doué pour la controverse, surtout quand le contradicteur était Ghita, calma le jeu en puisant dans le répertoire sacré :

« Rappelle-toi, femme, que de l'adversité peut sortir l'aisance.

— Plaise à Dieu », conclut Ghita, sceptique.

La perspective du mariage avait décidé de notre déménagement. Devant loger chez nous, selon la coutume, le couple avait besoin à lui seul de deux pièces, l'une pour accueillir la chambre à coucher, l'autre pour le salon d'apparat. Nous dûmes donc quitter notre petite maison de la Source des Chevaux et louer dans le quartier Siaj le rez-de-chaussée d'une grande demeure. Le premier étage, qui donnait directement sur notre patio, était occupé par un couple discret et, chose étonnante, sans enfants.

Ghita avait d'abord protesté à l'idée de cette promiscuité, qu'elle jugeait inconvenante.

« Qu'est-ce que c'est que cette maison où nous aurons tout le temps des étrangers juchés sur nos têtes ? On ne pourra même pas péter à notre aise ! »

Mais, quand elle visita le nouveau logis, son jugement se nuança. Elle découvrit le charme de ces demeures de style classique, où les artisans n'avaient pas lésiné en matière de mosaïque, de stuc, de bois gravé et de boiserie peinte, où les chambres hautes de plafond étaient spacieuses, où la fontaine décorée avec le plus grand soin laissait échapper de ses bouches en cuivre un filet d'eau murmurante, où une vraie cuisine était prévue même si elle était généralement très sombre, où le patio à ciel ouvert était immense et permettait de prendre le frais au moment de la canicule.

Appréciant tous ces avantages, Ghita, dont l'esprit de contradiction était un sixième sens, ne manqua pas de relever certains inconvénients.

« C'est vrai, dit-elle, la maison est belle pour ceux qui ont le temps de regarder la beauté. Mais c'est une autre paire de manches pour celles qui doivent, le jour durant, balayer, faire courir l'eau, frotter, pétrir le pain, cuisiner et porter la nourriture à la bouche des autres. Le patio est si vaste qu'on pourrait y faire galoper des chevaux. La matinée entière ne suffira pas pour le laver. Et les plafonds, ils sont si hauts qu'il faudrait nouer ensemble deux têtes-de-loup pour atteindre les toiles d'araignées. Mais, bon, ce qui est fait est fait. »

La maison fut apprêtée pour notre emménagement. Des plâtriers vinrent rafraîchir les murs. Pour le nettoyage, Driss fit appel à son ami tanneur, qui mobilisa deux de ses confrères. En un tournemain, les trois gaillards, munis de seaux en bois cerclés de cuivre, lavèrent à grande eau la maison. À l'incitation de Driss, ils soignèrent particulièrement le patio afin que Ghita ne trouvât rien à redire.

Après avoir réceptionné notre déménagement, nous attendions avec impatience de recevoir les affaires et les meubles de Lalla Zineb. Ils devaient être à la hauteur de la dot que Si Mohammed avait versée en monnaie sonnante et trébuchante et que Ghita jugea exorbitante quand on lui en révéla le montant.

« Ils veulent nous dénuder et nous acculer à la mendicité ! s'était-elle exclamée. Peste, c'est avec la fille du sultan que nous allons nous marier ou quoi ? Ce n'est que de la peau qu'elle a autour des os, pas des feuilles d'or. Et puis elle chie comme les autres, de la merde, non des cornes de gazelle. »

Mais quand les affaires arrivèrent et qu'elles furent déballées, installées dans les chambres, Ghita dut convenir que notre argent n'avait pas été jeté par les fenêtres. La famille de Lalla Zineb avait, au bas mot, doublé la mise pour équiper le nouveau foyer. Les matelas du salon traditionnel ainsi que les coussins « de dos et de coude » allaient presque éclater de laine, selon l'expression de Ghita, et le brocart qui les recouvrait était du dernier cri. Mon père, qui s'y connaissait en tissus, estima qu'il provenait de Loundrize (Angleterre). Les banquettes firent merveille. Leur bois finement sculpté, la patine délicate du vernis arrachèrent à Driss, expert en belle ouvrage, ce compliment :

« Voilà des artisans qui savent travailler. Et pas de tromperie sur la marchandise. »

Et que dire du *haïti*, tenture murale au velours vert et rouge que peu de familles possédaient, se contentant de le louer pour les grandes occasions, des rideaux brodés main, du tapis d'usine protégé par une pellicule transparente de plastique ? Et j'en passe.

Ce concert admiratif se transforma en stupéfaction quand on en vint à l'inspection de la chambre à coucher. Le père de la mariée, ébéniste de son métier, avait fait fort. Le mobilier était entièrement *roumi,* notre façon à nous de dire moderne. Là, nos yeux s'ouvraient sur de l'inédit. Une armoire-penderie en bois laqué avec, au milieu, une immense glace en pied. Ghita, qui, pour s'arranger le visage, ne disposait que d'un miroir rond de la taille d'un douro, ne résista pas à la tentation de se mirer sur-le-champ, et sa réaction fut de partir d'un grand éclat de rire. Comme chaque fois que cela se produisait, elle porta instinctivement sa main à la bouche, pour cacher, je suppose, la rangée de ses dents en or. Apparemment déçue, elle recula en émettant ce commentaire :

« Il n'y a plus grand-chose à voir dans cette figure. Ah les beaux jours, où êtes-vous ? »

L'enchantement se poursuivit à la découverte des autres meubles : une commode assortie à l'armoire, et surtout un lit bizarre, plus bas que les lits à baldaquin que nous connaissions. Il était « nu », avec une tête et un pied en bois laqué. Comble de l'originalité, il était flanqué de chaque côté d'une table de nuit, objet dont l'usage nous échappait. Posée sur l'une d'elles, une lampe avec son abat-jour diffusait une lumière chaude et tamisée. Cette innovation nous laissa pantois, car en matière d'éclairage nous en étions aux ampoules de 60 qui pendaient crûment du plafond, et n'avions connu que sur le tard la petite veilleuse rouge ou verte qu'on accrochait au mur en nouant le fil autour d'un clou. Face au lit, deux chaises ouvragées étaient disposées. Même si nous n'en ignorions pas l'usage, ce genre d'accessoire ne nous attirait guère parce que jugé particulièrement inconfortable. Sur ce chapitre, il nous arrivait de nous gausser des étrangers. Juchés sur leurs chaises, les pauvres ne pouvaient pas soupçonner les délices de la position assise. Ghita, qui partageait cette analyse, releva plutôt l'incongruité de la situation.

« Pourquoi ces chaises devant le lit ? fit-elle observer. C'est pour les spectateurs ? N'en rajoutent que les fous... »

L'un dans l'autre, tout le monde convint que l'apport de la famille par alliance était plus qu'honorable, même si la satisfaction s'accompagnait d'une certaine appréhension : cette débauche d'innovations n'annonçait-elle pas chez la mariée un penchant pour des libertés peu compatibles avec les traditions ? On pria Dieu qu'Il nous préserve des œuvres de Satan...

4

La nuit de noces arriva.

On n'apprendra rien ici sur le déroulement de la cérémonie et son protocole. Il y a des films pour ça, comme dirait l'autre, ou les descriptions hautes en couleur que les auteurs coloniaux de la première heure ont laissées, sans parler des nationaux qui leur ont emboîté le pas, avec moins de préjugés mais peut-être moins de talent.

Il y aura donc impasse sur ce qui suit.

Du côté de la mariée :

— scène de l'épilation et de la toilette rituelle ;

— cérémonial du henné : pose et enlèvement ;

— descriptif de l'habit, des bijoux et parures ;

— séance de l'« exposition », et récolte des dons en nature et espèces ;

— chant des *neggafate** à la gloire de l'épousée,

* Note pour les éditions autres qu'arabes : *neggafate*, pluriel de *neggafa*, femmes d'ascendance noire le plus souvent, dont la fonction est multiple. Elles s'occupent de la mariée, depuis la toi-

dont les paroles restent inchangées, que l'élue soit une beauté ou un laideron, grande ou petite, maigre ou grosse, maligne ou sotte ;

— *last but not least*, l'événement de l'étendage du seroual maculé de sang après la consommation du coït légal (c'est bien la dénomination juridique du contrat de mariage).

Du côté du marié : rien de saillant. Il y a tout au plus la soirée d'avant la nuit de noces, où il paraît que celui-ci est entraîné par ses amis chez des femmes de mauvaise vie pour une séance de travaux pratiques. Mais moi, je n'ai rien vu et, comme Ghita, je ne crois pas à de simples racontars.

Par contre, de ce que j'ai vu et entendu, voici.

Cela fait deux ou trois heures que les mariés sont dans leur chambre. Pourtant, aucun bruit, et surtout aucun cri rassurant ne parvient à nos oreilles dressées. Dans le salon où nous sommes réunis, l'attente devient insupportable. Ghita ne tient plus en place.

« Ces gosses, dit-elle, qu'est-ce qu'ils font ? Ils jouent à saute-mouton ou quoi ? »

Et, s'adressant à une *neggafa*, elle ordonne :

« Va voir, Lalla, où ils en sont. »

La bonne dame s'exécute et, après un moment qui nous semble une éternité, elle revient les mains vides, tout en se voulant rassurante.

« Ils sont jeunes, et la nuit est encore longue. Je leur ai fait boire du lait chaud et donné à manger

---

lette rituelle jusqu'à l'alcôve nuptiale, où elles prodiguent les conseils adéquats, techniques érotiques y comprises.

des dattes fourrées aux noix. La petite a oublié de mettre un coussin sous son bassin comme je le lui avais recommandé. Quant au marié, il lorgne la chose mais n'ose l'entreprendre. Il faut le comprendre. Mais il va faire le nécessaire. Tout se passera bien, Lalla, je vous le promets.

— Ce n'est pourtant pas compliqué, s'insurge Ghita, même l'âne sait y faire. »

À cette impudence, Driss sort de ses gonds, à moitié :

« Tais-toi un peu ! Les enfants ne doivent pas entendre ces choses-là.

— Parce que la pudeur les étouffe peut-être, ces djinns ! Allons donc, ce que le chameau croit savoir seul, le chamelier le sait aussi. »

Cet échange qui risque de tourner au vinaigre est heureusement interrompu par une série de couinements, puis un cri franc provenant de la chambre à coucher. Peu de temps après, la porte s'ouvre et Si Mohammed apparaît, essoufflé, pâle, l'air désorienté.

« Apportez le thé », lance Driss pour faire diversion et réchauffer l'atmosphère.

Nous entourons Si Mohammed, qui reprend haleine avant d'entamer un curieux récit tenant à la fois du reportage sportif et du rapport médical. Il se vante d'avoir eu le dessus à l'issue d'un véritable pugilat, la jeune effarouchée ayant opposé au début une résistance musclée. Il avoue ensuite qu'une fois la résistance vaincue il a perdu ses moyens. Ce n'est qu'après l'intervention de la *neggafa* que ses sens se sont réveillés à nouveau.

La petite collation a été la bienvenue, et les conseils de la dame très pertinents.

« Alors, qu'est-ce qu'on attend pour sortir le seroual ? demande Ghita, que ce discours préliminaire impatiente.

— Il n'y a rien à montrer, répond, penaud, Si Mohammed.

— Comment ça ? s'écrie Ghita. Tu veux faire de nous la risée générale ?

— Reviens à Dieu, femme, dit mon père. Laisse le garçon s'expliquer. »

Et Si Mohammed de s'expliquer. Il soutient, comme s'il y connaissait quelque chose, que l'anatomie de l'hymen n'est pas normale. Il s'y est pris à plusieurs reprises, a poussé tant qu'il a pu, et n'a réussi qu'à dégager une petite fissure (sic). Mais quelques gouttes de sang sont bien tombées sur le drap.

« C'est tout ce que Dieu a donné, conclut-il sans grande conviction.

— Tu dois y retourner sur-le-champ et terminer le travail ! » ordonne ma mère.

Malgré la tension qui montait, je crois que c'est à ce moment-là que le marchand de sable est passé.

Je devais avoir beaucoup de nostalgie pour notre petite maison de la Source des Chevaux puisque c'est sur elle que mes yeux se sont ouverts dans mon rêve.

Certains crieront au subterfuge. Quoi ? Font-ils si peu cas des apports des *Mille et Une Nuits* et de l'art cinématographique ? À moins qu'ils ne soient des adeptes de feu Bourguiba qui, avant le coup d'État médical l'ayant écarté du pouvoir en Tunisie, s'était rendu célèbre par certaines de ses lubies. L'une d'elles était d'avoir plus ou moins interdit aux cinéastes de son pays l'usage du flash-back, estimant que cela embrouillait sérieusement l'intrigue et nuisait à l'effort de pédagogie que les intellectuels devaient à la masse des spectateurs.

On l'aura compris, car à l'averti suffit un clin d'œil quand au lourdaud il faut un coup de poing (Ghita dixit), c'est la prime enfance qui sera revisitée. Et, là encore, l'impasse sera faite sur les thèmes éventés que voici :

— l'école coranique, que j'ai d'ailleurs peu fréquentée ;

— la circoncision, qui ne m'a pas traumatisé outre mesure ;

— la fête du mouton, où l'hémoglobine gicle et coule à flots ;

— le hammam, où le petit mâle s'initie au grand mystère féminin ;

— la tyrannie du pater familias, le mien de pater, Driss, ayant été un doux agneau, sans exagération aucune.

Fort de mon bon droit, je retourne à mon rêve... ou à ma rêverie, je peux le concéder.

5

L'enfant qui ouvre les yeux sur la maison de la Source des Chevaux doit avoir quelque six ans, et on l'a déjà affublé d'un sobriquet. Ses camarades de jeux l'appellent Namouss (Moustique), non qu'il soit plus menu que les enfants de son âge (les Fassis sont en général courts sur pattes), mais parce qu'il est, outre d'une constitution fragile, une espèce de feu follet qui ne tient pas en place. Cette agilité qui confine à l'imprudence lui a valu bien des bobos (ongles des orteils arrachés, crâne sillonné de balafres), et surtout d'être désigné par Ghita comme émissaire entre elle et Driss. Au moindre problème — et, chaque jour que le bon Dieu fait, quelque chose ne va pas —, Ghita lui ordonne :

« Namouss, cours dire à ton père de venir *daba daba* (immédiatement). »

À la vitesse du vent, Namouss file au souk Sekkatine, et Driss, dès le message reçu, abandonne marchandises et chalands, rajuste son tarbouch, enfile ses babouches et s'exécute illico.

En matière d'agilité, Namouss a de qui tenir. Driss aurait pu, en d'autres circonstances, être un champion de la marche athlétique. Son pas ferme et saccadé fait fi de tous les obstacles du chemin. Tel un félin, il se faufile au milieu de la foule, dribble les ânes et mulets lourdement chargés qui viennent en sens inverse, sans négliger pour autant de saluer aimablement les boutiquiers et passants de sa connaissance.

Namouss règle son pas sur le sien et glisse dans son sillage. Peu à peu, il aura la même démarche qui fera de lui un arpenteur émérite de cette gigantesque scène de théâtre à ciel ouvert qu'est la médina.

Ce jour-là, Ghita s'est levée du pied gauche. La veille, elle a décidé de renvoyer une jeune fille qui l'aidait aux tâches ménagères. Au vu du travail qui l'attend, son humeur se fait massacrante.

Son histoire avec les femmes de ménage pourrait alimenter un interminable feuilleton, et le dénouement de chaque épisode serait sans surprise. Après quelques péripéties, brèves et orageuses, la jeune fille ou la dame se voyait mise à la porte. Les causes de la rupture du contrat ne manquaient pas, tant les contradictions de Ghita étaient nombreuses. La quadrature du cercle, quoi. Aussi le portrait-robot de la bonne idéale selon ses desiderata n'est-il pas facile à dresser. Premier critère : l'âge.

La personne en question ne devait être ni trop jeune, parce qu'il faudrait tout lui apprendre, ni trop vieille, car elle n'aurait pas l'énergie suffisante pour mener à bien sa tâche. Deuxième critère : l'aspect physique. Ghita ne voulait pas de quelqu'un dont « la simple vue vous raccourcit la vie ». Foin des bossues, borgnes, teigneuses, dont les tares étaient perçues suivant une croyance commune comme des signes de malfaisance. Mais il ne fallait pas non plus que la personne présente des traits ou des formes trop agréables. Cela pouvait aiguiser l'appétit de Driss et des garçons pubères qu'elle tenait sous haute surveillance. « Je ne veux pas faire entrer Satan chez moi. Dès qu'il y a de la chair fraîche, les yeux des hommes ne tiennent plus en place. » Troisième critère : l'habillement. Ghita n'acceptait pas qu'une bonne soit couverte de hardes ni qu'elle soit attifée, disait-elle, avec la coquetterie d'une danseuse du cirque Amar. Quatrième critère : l'honnêteté. Celui-là était de toute façon impossible à remplir, car, selon une conviction ancrée communément chez les familles, aisées ou modestes, une bonne est voleuse par définition.

Résultat : sauf pendant de courtes périodes, Ghita ne pouvait compter que sur elle-même, et provisoirement sur sa fille Zhor qui, elle le savait, n'allait pas tarder à « vider la maison » pour aller chez son mari « servir des étrangers ».

Avant de s'attaquer au ménage, Ghita commence par entonner une de ses litanies aux thèmes fixes mais aux inflexions changeantes :

« Ô petite mère, ma bien-aimée, tu es partie

chez Dieu et tu m'as laissée orpheline de tout. Personne pour pousser ma porte et s'enquérir de moi. Seule suis, étrangère parmi les miens. Ni mari ni enfants ne prennent pitié de moi. Je suis la bonne à tout faire, l'esclave aux joues scarifiées. Le ménage c'est moi, le pain à pétrir c'est moi, la cuisine c'est moi, la vaisselle et la lessive c'est moi. Même la merde des autres, c'est moi qui dois la pousser dans le trou et verser l'eau dessus. Ma respiration va s'arrêter. Les autres sortent quand ils le veulent, vont à la Kissarya, à la place Batha, au cinéma Boujeloud, et moi je reste prisonnière entre quatre murs. Le hammam, je dois attendre que ma peau croule sous la crasse avant de m'y rendre. Ai-je volé, tué, péché ? Condamnée je suis à baisser la tête, ravaler mes soucis. Cœur, ô mon cœur, tu vas éclater. Maudit soit le mariage. Vieille fille, j'aurais eu au moins la paix. Et qu'importe le qu'en-dira-t-on. Celui qui connaît mon père, qu'il aille le poursuivre en justice.

« Mais qui va m'entendre ? Je parle seule, comme une folle. Et la maison est sens dessus dessous. Cette dévergondée de bonne, que je considérais comme ma fille, à laquelle j'ai tout appris, car elle ne savait même pas se laver le derrière ! Incapable de faire la différence entre l'alif et le gourdin. Tricheuse comme les autres. D'origine douteuse et sans pudeur. La fille du péché, toujours à se trémousser et à pousser des petits rires quand elle sert les hommes. Même Namouss n'est pas à l'abri de sa convoitise. Qu'elle aille maintenant au bordel de Moulay Abdallah dispenser ses charmes !

Ce qu'elle faisait la journée durant, moi je peux l'effectuer en un clin d'œil avec mon petit doigt. Je ne peux compter que sur mes bras. Ma grande fille, la seule qui ne rechigne pas à la besogne, n'est pas là de toute la journée, envolée à l'école. La belle affaire. Qu'est-ce qu'elle va y apprendre ? Des tours de passe-passe, rien d'autre, sinon la fainéantise. Ô petite mère, ma bien-aimée, veille sur moi. Je mets mon espoir en Dieu et notre saint protecteur, Moulay Idriss. Qu'ils prennent pitié de l'oiseau orphelin, de la mie de pain que je suis, tête vouée aux infortunes.

« Allons, Ghita, lève-toi. Le temps file, et tu n'as même pas épousseté les couvertures des matelas. »

Après avoir ainsi « vidé son cœur », elle retrouve son entrain. Elle retrousse ses manches et les fixe autour des épaules avec un élastique, ramasse les pans de sa robe et les rentre dans sa ceinture, puis elle se met au travail en pestant de temps à autre contre d'invisibles agents du mal. Elle étire les couvertures, arrange les matelas, tapote les coussins avant de balayer, faire courir l'eau sur le carrelage, passer la serpillière trois fois plutôt qu'une. Ensuite, elle s'attaque à l'escalier d'en haut et celui d'en bas.

Elle a à peine le temps de souffler qu'on entend frapper à la porte. C'est un portefaix qui apporte le couffin des victuailles du jour envoyé par Driss. « Pas trop tôt », commente-t-elle avant d'examiner soupçonneusement les achats : viande de bœuf, cardons et pastèque. Elle s'installe sur un petit tabouret pour nettoyer les cardons de leurs épines et les couper, entame la première branche, la deuxième. À la troisième, elle s'arrête net et jette le couteau par terre.

« Ça, des cardons ? Du bois plutôt, juste bon à donner aux ânes. Je jure par Dieu qu'ils finiront dans le seau à ordures. Ça s'appelle un homme, et ça n'est même pas capable de choisir des légumes ! Et cette viande, je me disais bien ! De la graisse et des nerfs qui collent aux os et au cartilage. C'est avec ça que je vais nourrir la caserne des soldats qui va grouiller ici à midi ? Il croit peut-être que c'est la pastèque qui va les rassasier ! Qu'est-ce qu'il y a dans une pastèque ? De l'eau et des youyous, pas plus. Par Dieu, je ne suis pas une femme si je prépare le repas avec cette *chiata* (rebuts). Mais où est ce gredin de Namouss ? Namouss !

— Oui, yemma.

— Que fais-tu sur la terrasse ? Descends !

— Le parterre n'est pas encore sec, yemma.

— Enlève tes sandales et descends, te dis-je !

— Me voilà, yemma.

— Cours dire à ton père de venir *daba daba*. »

C'est vrai que Driss est un homme confiant de nature, qui ne s'attarde pas trop à certains détails matériels. Chez le boucher, par exemple, il perd vite patience quand un client n'arrête pas de chicaner pour obtenir le morceau de viande qu'il convoite, coupé de telle manière, avec telle tranche fine de graisse, et sans os si possible. Et toutes ces arguties pour l'achat d'une demi-livre. Aussi, quand le tour de Driss arrive, il se contente d'annoncer la quantité voulue (un kilo généralement) et fait confiance pour le reste. À l'évidence, il ne s'est pas suffisamment pénétré de la sagesse vigilante que la chanson de Houcine Slaoui distille :

Prends garde
À ne pas te faire avoir
Ya Flane *(hé mon gars)*
Les bouchers sont rusés
Ô par Dieu, ils sont futés
Un tas d'os
Recouvert d'un bout de viande
Et le tour est joué
Prends garde
À ne pas te faire avoir
Ya Flane...

Chez le marchand de légumes, il ne viendrait pas non plus à l'esprit de Driss de choisir. Il s'en remet à l'homme et compte sur la vieille amitié qui les lie. Mais, quand on sait que le pauvre bougre est à demi aveugle, on comprend les ratés qui se produisent parfois sans qu'il y ait malice de sa part.

Driss arrive à la maison, suivi de Namouss. Un simple coup d'œil lui suffit pour jauger la situation. Il en a l'habitude et, avec l'expérience, il a élaboré une série de parades. Il prend de vitesse Ghita en déplaçant le conflit sur un autre terrain.

« Rassure-toi, Lalla, tu auras une autre bonne. Le chérif Idrissi m'en a fait la promesse. Il nous a trouvé la personne qu'il faut. Tu n'auras pas à t'en plaindre, je t'en fais serment. »

Un peu interloquée par la nouvelle donne, Ghita en oublie presque le corps du délit.

« Et elle vient quand ? s'enquiert-elle.

— Demain ou après-demain, juste le temps de ramasser ses affaires.

— De ta bouche au ciel », rétorque Ghita qui a retrouvé ses réflexes et compte ramener la discussion sur le repas raté.

Mais Driss, dont d'autres réflexes se sont aiguisés avec le temps, la devance en proposant une solution de compromis :

« C'est vrai, la saison des cardons prend fin. Jette-les si tu veux. La viande ira bien pour ce soir, dans une harira. Je vais de ce pas acheter de la kefta et te l'envoyer. Ainsi, tu n'auras pas à cuisiner. Il faut que j'y aille maintenant. J'ai laissé une foule de clients devant la boutique », conclut-il dans un élan d'exagération que Namouss, témoin incrédule, estime malgré tout acceptable.

Ghita ne trouve rien à redire. Sa colère est retombée. N'ayant plus à préparer le repas, elle se sent du coup oisive. Elle erre un moment dans le patio avant de songer à une autre occupation.

« Tiens, j'ai un quintal de lessive. Allons-y, si je ne la fais pas, qui va la faire ? »

Suit une autre litanie. Mais Namouss s'est déjà éclipsé.

6

Namouss est en âge d'aller à l'école. Mais ce n'est que le début de l'été, et il faudra attendre encore de longs mois avant ce saut dans l'inconnu. Un inconnu où il a pu faire une première reconnaissance. Un jour, sa sœur Zhor a décidé de l'emmener avec elle. Ce genre de libéralité est toléré, surtout vis-à-vis des filles qui, très tôt, doivent seconder leur mère, notamment pour s'occuper de leurs petits frères et sœurs.

Donnant la main à Zhor, sage comme une image, Namouss découvre un univers à mille lieues de celui que lui offre la médina lors de ses pérégrinations quotidiennes. Ce qui le frappe d'abord, c'est le portail de l'école, immense, à deux battants, aussi imposant, sinon davantage, que ceux qui ferment les principales issues de la ville : Bab Guissa ou Bab Ftouh. Une fois le portail franchi, il a l'impression d'aborder dans une ville nouvelle. Ici, pas de montées et descentes, pas d'enchevêtrement de ruelles, mais une esplanade à perte de vue, à ciel ouvert, où des enfants et des adolescents courent librement, s'interpellent sans que les adultes viennent les rabrouer. Au contraire, un adulte est là, qui les surveille, un sifflet entre les lèvres, visiblement satisfait par cette débauche de mouvements. Le son énergique d'une cloche vient tirer Namouss de sa rêverie envieuse. N'ayant jamais entendu ce bruit, il a peur. Zhor le rassure en lui expliquant que la cloche annonce qu'on va maintenant entrer en classe. En effet, la foule débridée s'ordonne peu à peu et s'organise en plusieurs files. Sur ce, des messieurs et des dames apparaissent, et chacun d'eux fait signe à une file de le suivre. L'une des dames intrigue particulièrement Namouss. Elle porte des lunettes et sa robe lui arrive à peine aux genoux. Ses cheveux blonds sont coupés court.

« Dis, ma sœur, c'est une Nazaréenne ?

— Oui, c'est Mlle Nicole.

— Et le monsieur que nous suivons, il est aussi nazaréen ?

— Non, c'est un musulman algérien. Il s'appelle M. Benaïssa. »

On arrive enfin devant la classe. M. Benaïssa fait entrer les élèves, qui s'acheminent vers les tables et restent debout, muets comme des carpes. Sur un simple signe de la main du maître, on s'assoit. Le silence dure quelques instants au cours desquels Namouss est envahi par un sentiment étrange. Un mélange d'appréhension et de soumission semblable à celui qu'il ressent chaque fois qu'il enjambe le seuil d'une mosquée. Puis le maître des lieux rompt le silence. Les premiers mots qui sortent de sa bouche plongent Namouss dans la stupéfaction. Non seulement les sonorités sont étranges, mais la façon dont les lèvres s'ouvrent et se ferment, les sifflements qui sortent d'entre les dents, les raclements qui montent de la gorge sont autant de bruits et de mimiques que Namouss ne sait comment interpréter. Longtemps, il espère que ce flot incongru va s'épuiser et que le maître, revenant à des dispositions plus raisonnables, va dire quelque chose de sensé. En vain. Namouss lève les yeux sur Zhor et regarde autour de lui. Il ne comprend pas comment les élèves peuvent suivre avec attention, l'air entendu, ce baragouin. La stupeur fait donc progressivement place à une envie irrésistible de rire et, avec cette envie, à la conviction qu'il s'agit d'une farce à lui seul destinée, car, ce jour-là, il est l'unique visiteur à avoir été admis en classe. Au bout d'un moment, il ne se retient plus et s'esclaffe à gorge déployée, croyant ainsi entraîner l'hilarité générale. Mais son gloussement résonne en solo, et le maître, d'un coup sec de sa règle sur le bureau, exprime sa désapprobation. Zhor, qui a rougi jusqu'aux oreilles, essaie de bâillonner Namouss tout en le couvrant d'injures. Puis les choses se gâtent. Quelques vociférations du maître ont suffi pour que Namouss soit énergiquement traîné par sa sœur et expulsé de ce temple de la bizarrerie.

Tel aura été, ô paradoxe, ô hasard maître des destinées, son premier contact avec la langue française.

Quelques mois plus tard, la frasque de Namouss était oubliée. Zhor, un cœur d'or, en atténua la gravité lors du récit qu'elle en fit devant la famille, qui prit la chose du bon côté et poussa la clémence jusqu'à prodiguer à Namouss une qualité dont lui-même ne se doutait pas jusqu'alors. Dorénavant, on considéra qu'il était *coumique* (rigolo). Si Mohammed, qui, à cette occasion, se découvrit un penchant pour la mise en scène, se proposa pour développer les talents de comédien du petit frère. Il juchait Namouss sur une table et, sur un texte que les surréalistes n'auraient pas renié, dirigeait le rigolo pour ce qui est de la diction et des mouvements. Namouss ne comprenait rien à ce qu'il déclamait, et ce décalage renforçait le côté loufoque de la performance. Comment était-ce déjà ?

Tonio et Cabeza
Et mon oncle le haj
Rideau de couilles
sur ses yeux...

Les représentations se faisaient, bien sûr, en l'absence des parents.

Enfin, octobre arrive, et Driss va inscrire son dernier rejeton mâle à l'école, celle-là même où il a fait ses débuts controversés, l'école franco-musulmane du quartier Lemtiyine. Devant le bureau du directeur, M. Fournier, c'est la foire d'empoigne. Pour passer en premier, on prétend que les plus malins ont pris les devants. La veille ou l'avant-veille, ils ont « compris leur tête » et se sont « frotté les flancs », expressions imagées pour désigner les pots-de-vin. Pour les autres, moins prévoyants ou plus frustes, ils en sont réduits à arborer, séance tenante, des cadeaux en nature : poulets attachés par les pattes, dindons dodus, paniers d'œufs, pains de sucre, huile et autres produits de première nécessité. On ne sait ce que Driss a fait de son côté, mais l'inscription de Namouss ne prend que la matinée. Il est temps, car la rentrée est pour le lendemain.

Cette fois-ci, Namouss se présente seul, les yeux encore gonflés de sommeil. Finis les grasses matinées, les petits déjeuners complets, café au lait, *rghifate* (crêpes) qu'on enduit de beurre frais et qu'on trempe dans du miel, ou beignets tout chauds que Driss fait envoyer quand il sent que la maisonnée est réveillée et « commence à bouillir ». Ghita, qui n'est pas une lève-trop-tôt, se lève quand même la première, aide Namouss à faire sa toilette, à s'habiller. Pour le petit déjeuner, elle prend un demi-pain qu'elle remplit de viande confite dans sa graisse.

« Tiens, dit-elle, voilà de quoi apaiser ton estomac. Et maintenant, file ! »

Ni conseils ni émotion. Dans certaines situations, Ghita n'est pas expansive. Elle en a vu d'autres, elle qui a donné naissance à onze enfants. À peine se remettait-elle d'un accouchement qu'elle tombait de nouveau enceinte.

« Je suis devenue comme une vache, répétait-elle. Ô ma petite mère, pourquoi ne m'as-tu pas fait naître homme ? Au moins, avec sa queue, l'homme n'a pas ce genre de soucis. »

Une fois à l'école, Namouss assiste à un spectacle inattendu. Les élèves qui l'ont précédé sont alignés dans la cour. On les fait avancer un à un devant un monsieur qui porte une espèce d'ustensile sur le dos. Reliée à l'ustensile, une petite trompe munie d'une pomme. Les enfants sont obligés de se déshabiller et de ne garder que leur short. Ceux qui portent la jellaba sont bien marris, car l'usage du slip est rare. Ils doivent donc exhiber leur intimité devant tout le monde. Le monsieur actionne sa machine et asperge chaque élève des pieds à la tête d'une poudre blanche dont l'odeur commence à faire tousser et éternuer même les derniers rangs. Il s'agit de poudre DDT, mais Namouss n'en sait rien. Il doit se dire que c'est de la farine, peut-être un peu avariée, et s'étonner de pareilles coutumes. Aussi, quand son tour arrive, il choisit d'en rire et se prête volontiers à ce bizutage.

Après ce rite d'initiation, les élèves sont de nouveau regroupés dans l'attente du grand événement : la formation des classes. M. Fournier apparaît, précédé par sa réputation de sévérité. L'homme est un géant, mais un géant émacié, osseux, qui flotte dans ses habits. On raconte sur lui plein de choses, notamment qu'il a été gravement blessé lors d'une guerre lointaine, qu'on a dû lui couper les fesses et les remplacer par une prothèse en caoutchouc. De là viendrait la manie qu'il a de punir les élèves en leur envoyant des coups de pied mémorables dans le derrière. Ce châtiment, baptisé *coudeppi*, est particulièrement redouté, parce que inhabituel. À la maison, à l'école coranique, les traditions en la matière privilégient plutôt la bastonnade avec des tiges de cognassier, la flagellation sur le dos au moyen de larges ceintures produits de l'artisanat local, ou encore la *falaqa,* bastonnade sur la plante des pieds ligotés fermement par un instrument comparable au garrot. Outre son étrangeté, le coup de pied au derrière est mal supporté pour des raisons de convenances. Contrairement à celles des femmes, objet de toutes les convoitises, les fesses de l'homme font partie comme qui dirait de son honorabilité. On n'y touche pas. Théoriquement du moins. Dans la pratique, c'est une autre paire de manches...

M. Fournier fait l'appel en écorchant systématiquement les noms. Malgré la prononciation fantaisiste, Namouss comprend à un certain moment qu'il s'agit de lui. Et il en ressent une grande fierté. C'est la première fois qu'il entend quelqu'un décliner à voix haute son identité complète. Et, pour lui, c'est un peu comme un nouveau baptême.

La classe est constituée. Devant une ligne tracée à la craie, les élèves se mettent deux par deux en se tenant par la main. Namouss donne la sienne à Hat Roho (littéralement : Celui qui a déposé son âme), un enfant de son quartier. Parmi tant d'inconnus, il est heureux d'avoir retrouvé un de ses compagnons de jeux. La fameuse cloche sonne et les maîtres viennent chercher leurs élèves. Celui qui s'avance vers la file de Namouss n'est autre que M. Benaïssa, et cela le remplit d'inquiétude. Le maître a-t-il oublié son incartade ? Va-t-il le reconnaître ? L'acceptera-t-il malgré tout dans sa classe ? L'angoisse dure tout au long du trajet et jusqu'au moment où le maître fait signe de s'asseoir. Apparemment, M. Benaïssa ne s'est douté de rien. Namouss en déduit qu'il a été sauvé par le masque de poudre qui recouvre encore son visage et ses cheveux. À l'abri de ce grimage, il reprend confiance et tâche maintenant d'adopter une autre attitude vis-à-vis d'un phénomène auquel, bon gré mal gré, il a été initié. Mais il n'en est pas à sa première surprise avec M. Benaïssa. Celui-ci, arborant un large sourire, commence par prononcer un mot (en fait, deux) que Namouss reconnaît du premier coup :

« *Sbah l-kheir* (bonjour).

— *Sbah l-kheir !* » reprend la classe en écho, sauf Namouss qui pense qu'il y a maldonne. C'est quoi, cette volte-face ? se demande-t-il. On ne va pas apprendre la *françaouia* (le français) ? Si c'est pour parler comme à la maison, ce n'était pas la peine de venir à l'école.

Cependant, bien vite, M. Benaïssa redresse la barre. Il répète le salut du matin en arabe et le fait suivre par son équivalent dans l'autre langue :

« Bonjour ! »

Les élèves, déstabilisés, reprennent à qui mieux mieux. Dans la cacophonie, on distingue des *bounjours*, des *bojors* et autres *boujours*. Seul Namouss, après avoir tourné sept fois le mot dans sa bouche, s'écrie comme un possédé :

« Bonjour ! »

Mystère que celui des langues et la façon dont elles choisissent leurs sujets parlants sous les latitudes les plus inattendues !

« Bonjour ! » s'égosille derechef Namouss, qui découvre du même coup un drôle de sentiment, celui d'être à contre-courant. Cela lui vaut d'être immédiatement regardé de travers par ses camarades mais attire sur lui l'attention du maître.

M. Benaïssa, qui a repéré le petit prodige, le désigne avec sa règle et requiert le silence et l'attention générale.

« Oui, toi, répète, dit-il à l'adresse de Namouss.

— *Bohjour !* fait Namouss qui a attrapé un chat dans la gorge.

— Plus fort ! demande M. Benaïssa.

— Bonjour ! »

Cette fois-ci, le mot sonne comme un verre de cristal sans fêlure.

« Bien, dit M. Benaïssa, tu auras un bon point. »

Namouss ne sait plus où se mettre. Il balance entre la fierté et l'impression d'avoir trahi ses camarades. Aussi, pour le reste du cours, se fera-t-il tout petit mais gardera-t-il grandes ouvertes ses oreilles. Il se contentera de répéter pour lui-même d'autres mots que M. Benaïssa s'échine à faire prononcer correctement aux élèves : bonjour Ali, bonjour Fatima. Bonjour monsieur, bonjour madame. Bonjour maître, bonjour monsieur le Directeur.

Cet exercice terminé, M. Benaïssa décide de plonger son auditoire dans l'enchantement. Il sort de son étui une flûte en métal étincelante et se met à en jouer. L'aspect de l'instrument (Namouss ne connaît que les flûtes en roseau) ainsi que la musique qu'il diffuse font sur lui l'effet d'un conte merveilleux. Mais ce ne sont pas d'autres espaces, d'autres personnages légendaires qu'il découvre ainsi. Ce qui le fascine, c'est qu'un instrument aussi simple puisse libérer des notes si variées, bien loin de la monotonie des deux ou trois comptines qu'il a l'habitude d'ânonner avec ses camarades de jeux sur un air limité à un simple la la lalala :

Ô sauterelle salée
Où es-tu allée vadrouiller ?
Qu'as-tu bu et qu'as-tu mangé ?
Des pommes et de l'air parfumé…

Ou encore celle-ci :

Ô pluie pluie pluie
Ô enfants des laboureurs
Ô Maître Bouzekri
Vite ! Que mon pain soit cuit
Pour que mes petits dînent à l'heure…

M. Benaïssa, qui a déposé sa flûte, chante maintenant de sa voix de baryton :

Au clair de la lune
Mon ami Pierrot
Prête-moi ta plume
Pour écrire un mot…

Il demande aux élèves de répéter après lui. Et, mon Dieu, ça ne se passe pas si mal. La magie de la musique a dû opérer. Les élèves s'enhardissent. Namouss sort de sa réserve et se met de la partie et, dans cette fièvre d'apprentissage d'un art nouveau, il sent que sa langue s'est déliée au point de se dédoubler. Il se souvient d'un certain breuvage que les magiciens donnent, paraît-il, aux muets pour qu'ils recouvrent la parole. Là, qu'a-t-il bu ? Juste les paroles de M. Benaïssa et les notes d'une musique venue d'ailleurs. Quoi qu'il en soit, il décide en lui-même que ça y est, il parle maintenant la *françaouia*.

Avant la fin du cours, M. Benaïssa aborde d'autres sujets : la discipline, la propreté, la mise des élèves.

« Je ne veux plus vous voir avec des jellabas. Ici, on n'est pas à la campagne ou dans les ruelles de la médina. Gardez-les pour aller au hammam si vous voulez. À l'école, vous allez faire de la gymnastique. Imaginez-vous avec une jellaba en cours de gymnastique ! Alors, d'ici demain, tout le monde en chemise, short ou pantalon, et n'oubliez pas les sandales ou les chaussures. Je ne tolérerai pas que vous marchiez pieds nus comme des mitrons. Allez, préparez-vous à sortir, deux par deux et en silence. Toi, dit-il à l'adresse de Namouss, tu viens me voir au bureau. »

Sur ce, la cloche retentit. Les élèves s'exécutent et Namouss, qui ne sent plus ses jambes, se dirige tant bien que mal vers le bureau. Là, M. Benaïssa sort de son cartable un joli petit carton de forme rectangulaire et le lui tend.

« Voilà ton bon point. À propos, je ne t'ai pas déjà vu ?

— Oui... Non, monsieur, répond Namouss.

— C'est oui ou c'est non ?

— N... non.

— Bon, file maintenant. »

Soulagé, Namouss se sauve. Sur le chemin du retour à la maison, il court plus qu'il ne marche. Ghita, qui semblait distante lors de son départ, l'attend sur des charbons ardents.

« Alors ? » dit-elle, réjouie de le revoir.

Namouss lui tend son bon point et, lui qui ne se permet aucune familiarité avec elle, s'entend lui dire, sur un ton docte et en détachant exagérément les syllabes :

« Bonjour, madame. »

Ghita, qui, selon son dire, sent aussitôt la douceur d'un grain de raisin lui monter à la bouche si elle marche dessus, a compris.

« C'est ça, la *francissia* ou la *frantaizia*, comment dit-on ? »

Et elle part d'un grand rire.

7

Namouss se découvre une vraie passion pour l'école.

En plus du cours dispensé par M. Benaïssa, il y a celui du maître d'arabe, Si Daoudi, un homme à la belle allure, coiffé d'un large turban, toujours tiré à quatre épingles dans sa jellaba immaculée, son burnous noir jeté avec grâce sur les épaules. Sur la semaine, M. Benaïssa se taille la part du lion, laissant à Si Daoudi deux ou trois apparitions au cours desquelles les élèves apprennent un peu d'arabe, et surtout le Coran. L'école franco-musulmane mérite bien son nom. Mais Namouss ne se doute de rien, lui qui est tout à la ferveur de la découverte. En premier, celle d'un nouveau calendrier qui donne au temps une consistance inédite.

Avant, la notion du temps lui était comme qui dirait étrangère. Le jour ou la semaine ne constituaient pas vraiment une unité. Quant aux mois et années, ils baignaient indistinctement dans le flou. C'est pour cela qu'il avait le sentiment de vivre dans l'attente. Seuls les vendredis venaient interrompre la plate succession des jours et des nuits. Vendredi, où l'humeur des parents est au beau fixe, où le repas de midi est copieux, où, côté mise, on se « vendredise » pour aller rendre visite à d'autres membres de la famille, se recueillir sur la tombe des proches et, certainement plus excitant, se promener à Jnane Sbil, le jardin public de Boujeloud, sans parler de la perspective d'aller au cinéma.

Depuis le premier jour à l'école, le train du temps est apparu et s'est mis sur les rails. À heures fixes, il s'ébranle ou s'arrête. Lundi, mardi, mercredi, et ainsi de suite. La halte du vendredi est remplacée par celle du dimanche. Que s'est-il passé ? Au calendrier de l'hégire s'est simplement substitué le grégorien. Chaque matin, M. Benaïssa enfonce le clou en inscrivant la date en haut du tableau : lundi ... novembre 1949.

Balisé et rythmé ainsi, le temps devient progression, une progression pourvoyeuse de connaissances. Semaine après semaine, Namouss engrange et s'émerveille.

À titre d'exemple, la leçon d'écriture l'enchante. M. Benaïssa et Si Daoudi sont l'un et l'autre de véritables calligraphes. À voir apparaître les caractères sur le tableau, dessinés avec une telle grâce, et surtout à pouvoir les déchiffrer progressivement, l'émotion de Namouss n'a rien à envier à celle que Champollion dut ressentir devant la pierre de Rosette quand il commença à en percer le mystère. La parole prend corps, et ce corps se détache de ce qui l'a engendré pour inaugurer son aventure.

Namouss apprend à écrire, à lire, et découvre du même coup les charmes d'un objet jusqu'alors inconnu, le livre. À l'école coranique, où il a fait un bref passage, il n'en a pas vu. Les courts versets du Livre saint étaient tracés sur une planche enduite de glaise et effacés sitôt appris par cœur. Lui-même était trop petit pour que le fqih l'autorise à écrire. Il se contentait de lorgner la planche d'un voisin plus âgé et de répéter après lui des phrases auxquelles il ne comprenait goutte. À la maison, il avait parfois aperçu un livre entre les mains de l'un de ses frères, mais il le regardait comme un objet énigmatique dont l'usage était réservé aux adultes. Il n'en concevait aucune frustration. Lui était libre et avait mieux à faire : « coudre et repriser les ruelles », comme le lui reprochait Ghita, jouer avec les garçons du quartier jusqu'à la nuit tombante, se mêler à la foule de la médina et suivre les spectacles improvisés qu'elle offre. Et voilà maintenant qu'il feuillette un de ces objets que le maître distribue au début du cours et ramasse à la fin. Dommage qu'il ne puisse pas l'emporter à la maison pour faire durer le plaisir. Mais, déjà en classe, jour après jour, le puzzle incohérent du départ s'organise et prend sens. Non seulement il comprend ce qu'il lit, mais il parvient à faire le lien entre l'écrit et les images qui l'accompagnent, des images auréolées de leur propre mystère et qui semblent venir d'un autre monde : des maisons séparées les unes des autres, construites différemment, surmontées d'une cheminée d'où s'élève un petit serpent de fumée, entourées d'un jardin où des enfants blonds et joufflus jouent à la balançoire. Un avion, un train. Un paquebot fendant la mer. Namouss a bien entendu parler de ces engins magiques. Mais de là à les voir ! Jamais l'occasion ne lui a été donnée de quitter la médina, ne serait-ce que pour monter à la ville nouvelle, là où il sait qu'une population étrangère vit dans des habitations à cinq, voire six étages, circule en voiture dans de larges avenues goudronnées, boit des liqueurs défendues dans des cafés où femmes et hommes se mélangent sans vergogne.

Namouss met du cœur à l'ouvrage, s'applique, lève systématiquement le doigt quand le maître pose une question, même s'il n'est pas sûr de la réponse. Il pense pouvoir la trouver au dernier instant tant il s'est convaincu que pour ces choses il a la baraka. Le but qu'il s'est fixé est d'accumuler les bons points jusqu'à en avoir dix, M. Benaïssa ayant affirmé qu'une fois ce chiffre atteint l'élève méritant se verrait attribuer... un livre.

Ah ! ce virus de la compétition ! Namouss s'y laisse tellement prendre que le reste de la classe s'évanouit au profit d'un rapport unique, celui qui le lie dorénavant à M. Benaïssa, ce dieu en chair et en os qui donne et reprend, châtie et récompense, mais surtout guide ses sujets vers un nouveau continent grouillant de vie, en perpétuel mouvement, un continent où les hommes ont apprivoisé la légende au point d'en faire leur quotidien.

L'année avance, et Namouss s'installe dans sa deuxième vie qui fait naître en lui un sentiment qu'il ne connaissait pas auparavant, celui de sa différence. Cela le remplit d'une joie mêlée d'inquiétude. Depuis que M. Fournier a prononcé à voix haute son nom jusqu'au jour faste où M. Benaïssa lui a remis son premier livre contre dix bons points, on peut dire que le chemin parcouru est celui qui sépare le néant de l'être. Namouss sait qu'il existe par lui-même. Il commence à éprouver le carcan des règles qui régissent sa vie à la maison, dans la rue, et même à l'école. Le chemin où il pose son pied pour la première fois n'est donc autre que celui de la liberté, seuil obligé de l'aventure.

La première dans laquelle Namouss va être entraîné n'est pas très glorieuse. L'école possède un jardin potager entouré d'un grillage. En plus de quelques arbres, y poussent divers légumes, mais, plus inhabituel, un couple de dindons y vit en liberté sous la vague surveillance d'un gardien qu'on voit rarement. Deux chenapans de la classe de Namouss ont remarqué une faille dans le système de protection du potager. Une petite fente dans le grillage, à un endroit curieusement à l'abri des regards. Un prédateur a donc déjà agi sans que l'alerte ait été donnée. Ce manque de vigilance enhardit nos deux compères qui offrent à Namouss de les accompagner dans leur folle équipée. Après moult hésitations, celui-ci finit par accepter, même si l'objet convoité lui semble un peu dérisoire. Il est question d'un ou de plusieurs œufs que la dinde aurait pondus. Comment ses compagnons le savent-ils ? Probablement parce qu'ils sont originaires de la campagne et qu'un fils de paysan reconnaît à certains signes et comportements le moment où un volatile couve ses œufs. Toujours est-il que Namouss les suit, le cœur battant la chamade. Le larcin est commis en fin d'après-midi, juste avant la fermeture du portail de l'école. Le butin s'avère maigre. Même pas un œuf pour chacun. Seulement deux pour toute cette peine. Une fois dehors, le problème de l'usage des œufs se pose. Pas question de les gober ou de les emporter à la maison. La solution qui s'impose est d'aller les vendre à l'épicier du coin et de se partager l'argent. Pour mieux compromettre Namouss dont le succès en classe les irrite, ses camarades décident démocratiquement (ils ont la majorité) que ce sera lui qui ira proposer les œufs. Il doit s'exécuter, la mort dans l'âme. Comment l'épicier va-t-il réagir ? Ne va-t-il pas lui prendre les œufs et le dénoncer par la suite ? C'est dans cet état d'esprit qu'il entre dans l'épicerie, laisse passer son tour à plusieurs reprises jusqu'au moment où il n'y a plus personne. Miracle, l'épicier, qui est connu pour son âpreté au gain, a la bonne réaction. Il regarde, l'air amusé, ce petit Fassi de pure souche qui tend des œufs comme un campagnard venant pour la première fois en médina, s'empare de la marchandise d'origine douteuse et lui remet en échange une pièce de dix centimes — deux douros. La vache, ils valent au moins le triple ! Quand Namouss rejoint ses complices, les conciliabules reprennent. Difficile de partager dix en trois. On décide alors d'acheter des bonbons avec la pièce. Namouss rentre dans l'épicerie. La quantité de bonbons que l'épicier veut bien lui donner contre cette pièce est sensiblement inférieure à celle qu'il aurait obtenue en temps ordinaire. L'épicier a ainsi gagné sur les deux tableaux.

Au moment du partage, Namouss se voit attribuer la portion congrue.

« C'est nous qui avons eu l'idée », lui explique l'un de ses camarades.

Namouss se retrouve avec deux bonbons misérables, ébréchés et collés ensemble. Une fois seul, il commence à mesurer l'étendue de la catastrophe. Ce qu'il a fait est innommable, mais il faut bien le nommer : cela s'appelle le vol. Une infamie qui mène en enfer, mais surtout une infamie aux yeux des siens. Driss ne la lui pardonnera jamais, si toutefois il peut concevoir qu'un tel acte puisse être commis par l'un de ses enfants.

Les larmes montent aux yeux de Namouss. Dans un mouvement de rage, il jette les bonbons dans une bouche d'égout et court vers la maison. Il mettra du temps à oublier cet épisode. Visiblement, à cet âge, il n'est pas encore prêt à affronter les risques de la liberté.

8

L'été arrive et Namouss, contrairement à toute attente, ne reste pas à Fès.

Quelque temps avant la fin de l'année scolaire, Ghita ne tient plus en place et commence à marteler une revendication qu'elle formule au pluriel :

« Nous étouffons entre quatre murs. La maison, toujours la maison... Quoi, pour la quitter faut-il attendre d'en sortir un jour les pieds devant ? Grands ou petits, nous sommes tous fatigués et nous avons besoin de “ verdir nos yeux ” et de voir comment le monde est fait. »

Driss essaie de lanterner, arguant de la chaleur, des affaires qui marchent bien en cette période de l'année. Peine perdue. Il se résout à l'idée du voyage, mais pour une semaine, pas plus, exige-t-il.

Le mot est lâché. Namouss s'en régale et se met à rêvasser. Il est à bord de l'un de ces engins qu'il a vus dans son manuel scolaire. Oh, pas le bateau, ni l'avion. C'est au-delà de son imagination. Juste une voiture, ou un car. Tiens, un car rouge, grand comme la maison, qui l'emporterait... mais où ? Il n'a pas la moindre idée d'une destination.

Driss vient à sa rescousse. Il annonce qu'on ira à Sidi Harazem, la station thermale qui se trouve à une poignée de kilomètres de Fès.

Le jour J arrive et la famille se rend à Bab Ftouh, là où se trouvent les véhicules de transport. Au lieu du car tant désiré, Driss jette son dévolu sur un *coutchi* (une calèche), moyen à la fois moins onéreux et plus décent quand on voyage avec femme et jeunes filles. Cela évite la promiscuité qui règne dans les cars. Toute la famille s'y entasse, avec en plus matelas, couvertures, ustensiles de ménage, tajines, brasero, couffins de provisions. Un vrai déménagement.

Le cocher a du mal à faire avancer un vieux canasson nommé Abdelwahab. Namouss s'amuse de ce détail, car le chanteur égyptien qui porte le même nom est devenu la coqueluche de la plupart des Fassis. Les dames surtout sont conquises par sa voix langoureuse. Les marchands de tissus ont tiré profit de cet engouement pour lancer sur le marché un nouveau produit appelé « Cœur d'Abdelwahab », que toutes les femmes s'arrachent. Seul « Le grain de beauté d'Asmahan », chanteuse syrienne à la voix de rossignol, lui fait concurrence.

« Hue, Abdelwahab ! » crie le cocher en cravachant sans ménagement le pauvre cheval, à telle enseigne que celui-ci, croulant sous la charge, se met à lâcher des vents qui empestent l'atmosphère. Même si tout le monde est incommodé par ces émanations, personne n'ose en faire la remarque tant la chose relève du non-à-dire. Quand cela se produit en société et que l'émetteur refuse de se dénoncer, on recourt à un petit jeu pour le démasquer. Un arbitre est désigné, qui va égrener une comptine en commençant au hasard par l'une des personnes présentes, et celle sur laquelle tombe le mot final est alors confondue :

Stila ntila
T-qtar b-el-ma l-khdar
Jani jitou
Taq fech
*Fik el-ach**.

Aussi Namouss, qui sent l'ambiguïté de la situation et tient par-dessus tout à se disculper, fait-il observer avec innocence :

« Ce n'est pas moi, c'est Abdelwahab qui a pété.

— Ferme ta bouche », lui ordonne Driss, soucieux devant le conducteur de faire apparaître sa progéniture comme bien élevée. Mais Ghita, qui ne s'accommode guère des convenances, pouffe de rire, et son rire gagne le reste du groupe, même Driss, dont la grande moustache se met à tressauter.

Arrivé à mi-chemin, au lieu-dit Safsaf (les Peupliers), le cocher décide de s'arrêter pour permettre au cheval de reprendre son souffle et aux voyageurs de se dégourdir les jambes. Sentant que

* Petit seau qui fuit / Tombe son eau verte / Ça va, ça vient / Boum pschitt / En toi ça niche.

le grand air a creusé l'estomac de la marmaille, Ghita improvise un bref pique-nique. Elle étend une couverture à l'ombre d'un peuplier et sort les victuailles. Un poulet rôti qu'elle a préparé dès l'aube, du pain, et des oranges qu'elle pèle soigneusement et dispose sur une assiette. Une part est prélevée et destinée au cocher qui est allé s'asseoir plus loin, tournant le dos à la famille. Tournant, quant à elle, le dos à la route, Ghita s'est subitement dévoilée pour pouvoir grignoter. Cela incommode Namouss, qui n'a jamais vu sa mère montrer son visage nu en dehors de la maison. Quand il l'accompagne au sanctuaire de Moulay Idriss et qu'elle veut boire à la fontaine bénite de Bab Loufa, elle se contente de soulever un peu le voile pour glisser le gobelet d'eau et le porter à ses lèvres. Jamais elle ne baisse le tissu, même au-dessous de son nez. Le regard de Namouss va vers Driss, dont il pense qu'il va réagir à cette *fdeha,* ce scandale. Mais son père semble n'avoir rien vu, ou, est-ce possible, ne s'en formaliserait-il pas ? Alors, mû par la morale qu'on lui a inculquée et qui ordonne qu'un homme veille en toute circonstance sur l'honneur de ses femmes, Namouss croit bien faire en rappelant les règles de la bienséance. Il se dresse sur ses ergots et lance à Ghita :

« Nous sommes dehors, Lalla, couvre-toi le visage. »

Cette sortie amuse plutôt Ghita, qui lui rétorque :

« Tu es devenu mon mari ou quoi ? Occupe-toi de ta morve ! Il ne manquait plus que ça. Un bambin de la taille d'un pois chiche et qui veut me gouverner ! »

Et, dans un geste de défi, elle ôte le capuchon de sa jellaba et montre sa tête nue, sauf du foulard qui retient ses cheveux.

« Meurs de dépit, s'acharne-t-elle sur Namouss. Et si tu insistes, je suis prête à en rajouter. »

Driss suit la scène, embarrassé. Tenant avant tout à éviter un esclandre, il ne trouve d'autre solution que d'accélérer le départ.

« Arrêtez ce bavardage creux, dit-il. Il y a encore du chemin devant nous. »

Sidi Harazem est en vue. Dans une crevasse entourée de collines chauves, une oasis verdoyante.

Le logis que Driss a loué se résume à une grande chambre avec des murs en roseaux enduits de pisé. Le sol en terre battue est recouvert de nattes. Pas de cuisine, a fortiori de cabinets. Mais personne n'émet de critique, même pas Ghita, qui s'active déjà à rendre propres les lieux et à installer les affaires.

« Ne restez pas là à me gêner dans mon travail, dit-elle à l'adresse des enfants. Allez vous baigner. »

Les enfants la prennent au mot. Deux groupes se forment selon le sexe et chacun va de son côté.

Namouss suit ses frères, qui connaissent bien le village. On s'arrête d'abord devant le premier bassin, appelé Nakhla (le Palmier). Grouillant de monde. Les gens s'y ébattent dans un désordre indescriptible. Des plongeurs, ou prétendus tels, s'accrochent par grappes aux branches d'un palmier élancé qui surplombe la piscine. De temps à autre, et sans crier gare, l'un de ces casse-cou se laisse tomber au milieu d'un groupe de baigneurs tout aussi inconscients du danger. Un concert d'injures l'accueille, parfois assorti d'un bon coup sur la nuque. Pour calmer le jeu, quelques sages observateurs entonnent un chant à la gloire du Prophète, bientôt repris par la foule unanime des baigneurs : « Béni sois-tu, ô émissaire de Dieu... »

Namouss est arraché à ce spectacle par ses frères. Ils lui expliquent qu'un autre bassin, appelé El-Ariane (le Découvert), est plus tranquille. Chemin faisant, ils lui montrent l'entrée du bassin dit Qobba (le Dôme), que les adultes ont décidé de se réserver afin de se prémunir contre la frénésie des jeunes. Namouss s'enquiert du bassin réservé aux femmes et n'obtient pour réponse qu'une vague indication. Il ne tardera pas à apprendre qu'il jouxte celui d'El-Ariane et que certains chenapans arrivent à espionner les baigneuses par une mystérieuse fente (provoquée ?) dans la clôture.

Aux abords du vaste bassin d'El-Ariane, plusieurs marchands ont dressé des tentes ou se tiennent dans de simples noualas en roseau. Ils vendent de tout : cacahuètes, pépites, bonbons, chewing-gums, bouteilles de limonade, mais aussi épices, charbon de bois, lampes à pétrole. On cherche parmi ces baraques celle du loueur de maillots, car, si les grands frères ont ce qu'il faut, Namouss, dont c'est le baptême de l'eau, n'a rien à se mettre. Les maillots exposés sont tous de grande taille. Le plus petit qu'on finit par trouver est un affreux slip en laine grossière. Ses larges mailles doivent laisser entrevoir ce qu'on veut soustraire aux regards. Malgré ses protestations, Namouss est obligé de l'enfiler. Il lui arrive presque aux genoux et le pique au plus intime. Mais la baignade est en vue et l'inconsolé oublie ses malheurs dès le premier contact avec l'eau tiède. Une eau délicieuse qu'il a du mal à quitter au moment où ses frères décident du départ, car la faim commence à les tenailler.

Retour à la « maison ». Ghita est de bonne humeur. Pourvu que ça dure ! Les effluves qui se dégagent de la marmite posée sur le brasero font monter l'eau à la bouche. Driss est là, couché sur un matelas, les yeux ouverts, aux anges. Namouss s'étonne à cette harmonie, cette paix retrouvée. Il va se blottir contre sa mère, qui lui caresse les cheveux un instant avant de dire :

« Ta tignasse a poussé. Elle est comme celle d'un ogre. Il faudra te la tondre. Aha ! Tes joues ont pris des couleurs. Dans quelques jours, toi qui as une peau de poule blanche, tu vas devenir noir *bernata*, comme un Nègre. »

Namouss, qui connaît l'humour de Ghita, prend ces propos pour ce qu'ils sont, un élan de tendresse.

Les filles sont elles aussi de retour. Ghita, qui s'était abandonnée avec Namouss, lui enjoint de quitter ses genoux :

« Ça suffit de te coller à moi. Il faut maintenant que je m'occupe de vos panses. »

Le repas est servi. On se met autour du plat

commun et on mange comme à l'accoutumée, en silence. Ghita se contente de tremper son pain dans la sauce et de prendre un peu de légumes. Elle pousse vers Driss ou l'un des enfants les morceaux de viande qui se trouvent de son côté. Mais on fait attention à ne manger que ce qu'on estime être sa part. Le tajine est nettoyé jusqu'à ce que le fond devienne luisant. « Quand on mange, on ne laisse pas de restes », telle est la devise de Driss.

Après la sieste, c'est de nouveau l'aventure. Namouss emboîte le pas à ses frères qui lui proposent d'autres découvertes. Cette fois-ci, l'objectif est une vaste prairie en contrebas du village. Quand on y arrive, Namouss croit retrouver la cour de l'école, sauf qu'ici ce sont les grands qui ont pris possession des lieux. Des groupes sont formés et chacun s'adonne à une activité en feignant d'ignorer celle des autres. La gymnastique occupe le premier, guidé par un Monsieur Muscles en tenue de sport. Une partie de foot passionne le deuxième. Le troisième s'amuse à un jeu qu'il croyait réservé aux enfants : saute-mouton. Et, au milieu de cette agitation, tels des pions collés à leurs cases, des joueurs impassibles poursuivent leur partie de cartes espagnoles.

Se sentant exclu de ces cercles, Namouss pense à se trouver une occupation. Son regard est attiré par un filet d'eau qui serpente le long de la prairie. Il décide d'en remonter le cours à la recherche de la source. Sa curiosité le mène à un endroit où s'élève une masse de rochers. Et, dans le renfoncement de la roche où il ose s'aventurer, il découvre l'objet de sa quête : une cascade chuintante. Hélas, ce qu'il croit être une découverte n'en est pas une. D'autres explorateurs l'ont devancé. Ils sont là à se laver tranquillement et à s'ébrouer sous l'eau, prenant la cascade pour une vulgaire douche.

Retour à la prairie. Namouss cherche un endroit à l'ombre. Un palmier généreux le lui offre. Il se couche sur le dos et s'abandonne au spectacle du ciel strié par la frondaison de l'arbre. Une bruine de lumière inonde peu à peu son visage. Un moment, et le palmier se met à bouger, puis à tournoyer lentement, entraînant la voûte du ciel dans son mouvement. Namouss a l'impression que son corps est soulevé par une force inconnue. Mais, au lieu de le hisser à la cime du palmier et, au-delà, vers l'œil du soleil, elle le projette vers une autre dimension. La fenêtre de l'avenir s'ouvre : Plus tard, se dit-il, j'irai loin, aussi loin que mes pas pourront me porter. Je traverserai des plaines, des montagnes et des forêts. Et, un jour, j'arriverai au pied d'une cascade aussi haute que le minaret de la Qaraouiyine. Je boirai de son eau et j'oublierai tout. Et alors je deviendrai une autre personne. Je parlerai d'autres langues, celle des animaux y comprise. Je voguerai sur les mers, foulerai les déserts et lirai dans les étoiles. Je n'aurai plus peur, ni de la nuit noire ni du tonnerre. Peut-être pourrai-je voler pour revenir de temps en temps à Fès, frôler le sommet du Zalagh et aller planer au-dessus de la terrasse de notre maison, dire à Ghita et à Driss : Admirez mes ailes, puis repartir vers d'autres horizons.

« Debout, Namouss, on va rentrer. »

Rappel à la réalité. Namouss a du mal à revenir de son périple, mais ses frères ne vont pas l'attendre. Il se lève et se met à trottiner derrière les assassins de son rêve.

9

Trois jours se passent qui ont permis à Namouss de se familiariser avec les lieux au point de se voir confier par Ghita de menues missions : acheter du pain, du charbon s'il vient à en manquer, ou, plus important, aller sommer les filles d'interrompre leur baignade pour rentrer. Il a aussi appris des rudiments de natation. Faute de voler dans les airs, il apprécie d'évoluer dans un autre élément, même si la prouesse se limite à quelques brasses, jamais loin du bord du bassin. Le peu qu'il a appris, il ne le doit d'ailleurs pas à ses frères mais à Driss, et il n'est pas près d'en oublier les circonstances.

Le lendemain de leur arrivée à Sidi Harazem, le soleil est à peine levé que son père le réveille pour l'emmener nager avec lui dans le bassin de Qobba, ce temple réservé aux adultes. À cette heure de la journée où il fait encore frais, l'eau tiède est plus délicieuse, et les baigneurs sont rares. Le lieu tient davantage du hammam que de la piscine. Y règne une semi-obscurité, accentuée par l'écran de vapeur qui monte de l'eau. Dans l'une des allées, deux masseurs s'activent à décrasser la peau de leurs clients puis à leur « étirer les os » jusqu'à les faire craquer. À intervalles réguliers, le chant à la gloire du Prophète fuse et se répercute longuement sur les parois de la voûte. Peu de baigneurs nagent vraiment. Certains sont adossés au rebord et devisent entre eux à voix basse. D'autres s'adonnent à des ablutions minutieuses où même les dents ne sont pas négligées. Une pâte argileuse prélevée sur les murs du bassin leur sert de dentifrice et l'index tient lieu de brosse.

C'est dans cette atmosphère de rituel compliqué que Namouss apprend à faire des mouvements dans l'eau. Driss le guide. Tantôt il le tient, tantôt il le lâche. Et même si ses faux mouvements provoquent l'hilarité des adultes, Namouss ne renonce pas. Pouvoir flotter librement l'espace de quelques secondes lui procure un sentiment de puissance, comme s'il avait vaincu une limite et acquis de ce fait une nouvelle faculté. D'où lui vient cette force ? De lui-même ou de Driss ? Il n'a pas de réponse. Il sent simplement son père le serrer contre lui, chose qui arrive rarement. De surcroît, ce jour-là, Driss le serre contre son torse nu et lui transmet ainsi sa chaleur. L'enfant sent battre le cœur de son père contre le sien. Moment de douce fulgurance contre lequel l'oubli et même la mort ne pourront rien. Un brin d'éternité. Le goût de celle-ci. Son odeur.

« N'aie pas peur, lui murmure Driss. Remue tes

bras, les jambes en même temps. Ne te crispe pas. Voilà. »

Namouss suit les consignes à la lettre. Il s'applique mieux qu'à l'école. Il sait que son bon point, il l'a déjà. Ce moment où il a son père pour lui tout seul, et qui ne se reproduira peut-être jamais.

Le quatrième jour, un petit événement vient interrompre la monotonie qui s'installe. En dehors des baignades et du rituel de la balade dans la prairie, Sidi Harazem n'offre aucune distraction. À la tombée de la nuit, une sorte de couvre-feu s'établit. Dès après le dîner on se couche, pour se réveiller au chant du coq. Le sommeil n'est d'ailleurs pas de tout repos, car, dans ces logis de fortune, on doit se battre la nuit durant contre de minuscules mais redoutables envahisseurs. Attirées par la peau douce des citadins, les puces et les punaises de campagne s'en donnent à cœur joie. Même Namouss, apparenté par son surnom à cette espèce de suceurs de sang, n'échappe pas à leur avidité. Il doit, au risque de s'étouffer, s'envelopper entièrement dans son drap pour se défendre contre leurs attaques déloyales. Ce n'est qu'à l'aube que les envahisseurs, repus, se retirent.

Aussi, quand ce matin-là le frère cadet de Driss, Abdelkader, débarque à l'improviste, il est accueilli comme un libérateur, notamment par les enfants. Avec lui, ils savent que les nuits à venir vont prendre une autre tournure, devenir des veillées où, grâce à son talent de conteur, l'oncle va les tenir en haleine et repousser le plus longtemps possible le moment où les bestioles passeront à l'action.

Un personnage que l'oncle Abdelkader. Au physique, si Driss n'est pas un géant, son petit frère frôle, lui, le nanisme. Il a une drôle de bosse au front, non pas au milieu, ce qu'on pourrait prendre pour la marque de piété dont s'enorgueillissent les piliers de mosquée, mais sur le côté gauche, donc une excroissance naturelle. En outre, il est sourd comme une casserole. Comment l'est-il devenu ? Cela reste un mystère parmi tant d'autres.

Il en va ainsi du sobriquet dont on l'a affublé, à telle enseigne que la plupart des gens qui le connaissent ont oublié qu'il s'appelle Abdelkader. Pour eux, c'est Touissa, et rien d'autre. Maintenant, pourquoi Touissa, diminutif de *tassa* (tasse) ? Quand on dit *tassa*, on pense tout de suite à l'expression « frapper la tasse », ce qui en langue populaire est on ne peut plus significatif et équivaut en français à : s'envoyer un verre (plutôt plusieurs), lever le coude, biberonner, picoler, bref, s'enivrer. Quoi ? Oncle Abdelkader boit de l'alcool ? Une fois l'indignation passée, on prêtera l'oreille à Radio Médina à laquelle rien n'échappe et qui d'un grain fait une pyramide. On raconte que des gens au-dessus de tout soupçon, notables ou non, s'arrangent sous divers prétextes pour se faufiler en dehors de la médina et aller au mellah, là où, dans des bistrots appelés *cantinas*, on sert du vin casher et de la *mahia* fabriquée par les juifs de Sefrou ou de Demnate. Les tenanciers, outre le profit qu'ils en tirent, sont réjouis et pas peu fiers de voir ces fidèles de la religion dominante partager avec eux les plaisirs que leur permet généreusement la leur. On raconte aussi que, sans aller jusqu'au mellah, il y a bien aux alentours immédiats de la vieille ville, non loin de Bab Boujeloud, une *cantina* où de très respectables coreligionnaires peuvent « frapper la tasse » avec des breuvages numéro un. Ah, ces Nazaréens, il ne leur suffit pas d'occuper le pays et de le gouverner à leur guise, il leur faut aussi corrompre les âmes et les vouer aux tourments de l'enfer !

Et Touissa dans tout cela ? Va pour ceux dont les choukaras sont pleines. De telles incartades ne les mettent pas dans la gêne. Mais comment Touissa, qui est plus pauvre que Job, se débrouille-t-il ?

Autre mystère du bonhomme, son éternel célibat. À son âge, la trentaine largement dépassée, c'est une anomalie. D'où les histoires qui circulent sur son compte dans la famille. Il paraît, mais Dieu est plus savant, que Touissa disparut de Fès pendant plus d'une année. Des témoins l'auraient vu à Marrakech, où il aurait contracté mariage et même eu un enfant. Puis, un beau jour, il réapparut, les mains vides, sale, déguenillé, couvert de poux. Pressé de questions au sujet de son aventure, il fit mine de ne rien comprendre. À chaque détail qu'on voulait lui soutirer, il partait du même rire hystérique qui le faisait se tordre quand on le chatouillait (il était extrêmement sensible aux chatouilles et, connaissant ce point faible, les enfants prenaient plaisir à le provoquer). Bref, on ne put rien tirer de lui sur ce chapitre.

Par la suite, il continua à fuguer, mais pour de

courtes périodes. Il revenait toujours dans le même état et Ghita s'occupait de lui comme une mère. Elle le nettoyait, l'habillait de propre et lui permettait de rester à la maison jusqu'à ce qu'il fût remis sur pied, en état de s'activer.

L'activité de Touissa est d'ailleurs une bizarrerie supplémentaire du personnage. C'est qu'il n'a pas suivi comme ses deux frères le chemin de ses ascendants, selliers de père en fils depuis des générations. Il a, à la suite d'on ne sait quel dévoiement, appris le métier de babouchier. Un métier qu'il pratique en dilettante, car, en temps ordinaire, ce partisan du moindre effort se contente d'assurer une présence au souk Sekkatine et, en échange de quelques services, ses frères pourvoient à l'essentiel de ses besoins. Pas tous, puisque notre homme est porté sur le kif. Pour s'en procurer, il est bien obligé d'aller travailler par à-coups dans un atelier du quartier Bine Lemdoune. Il arrive à Namouss d'aller le surprendre là. Une fois sur deux, Touissa trime effectivement dans ce réduit obscur qu'il partage avec d'autres artisans. S'il est totalement sourd, il doit avoir une vue de lynx pour coudre à la main, et avec une telle dextérité, ces babouches qu'il va vendre lui-même au souk Sebbat, où ma foi son ouvrage est très apprécié par les commerçants. L'autre fois, Namouss le trouve absorbé par une cérémonie qu'il conduit avec un art consommé : la préparation du kif. Sur une planche posée à même le sol, Touissa étale le bouquet de l'herbe. Une par une, les tiges sont effeuillées, et les graines écartées. Un tas se forme, que Touissa va attaquer avec un couteau à la lame soigneusement effilée, le réduisant en un hachis sur lequel il verse quelques brins de tabac. Ensuite vient le fignolage de la coupe et l'élimination des poussières. Le produit fini est versé dans une tabatière en cuir, et la dégustation commence. Touissa remplit le fourneau de son sebsi, l'allume et tire une longue bouffée en fermant les yeux. Puis il passe la pipe à son collègue le plus proche, qui en tire une bouffée et la passe au suivant. Le test semble probant puisque celui qui doit être l'artisan en chef ordonne à un apprenti d'aller chez le cafetier et de rapporter du thé. Namouss, quant à lui, ne tient pas le coup longtemps. L'odeur du kif jointe aux émanations des produits utilisés dans l'atelier lui fait tourner la tête. Il annonce, par gestes, qu'il va partir. Et Touissa, content de la visite, sort une pièce qu'il lui glisse dans la main.

« Prends, lui dit-il, et salue pour moi la maîtresse de la maison. »

On raconte tellement de choses sur l'oncle Abdelkader. Tiens, la dernière, pour lui adresser un sourire là où il est, maintenant qu'il repose près de ses frères au cimetière de Bab Guissa : la famille de l'oncle Si Mohammed célébrait une grande occasion, et celle de Namouss y était invitée. Après le repas, l'assistance se mit à gesticuler d'une façon inhabituelle avant d'être gagnée par une contagion de fou rire. Touissa, qui gloussait dès qu'on lui adressait la parole, se roulait par terre et faillit suffoquer cette fois-ci. Aussi dut-il sortir de la maison pour se calmer et respirer un bon coup. La nuit avançait et il tardait à rentrer. On en conclut qu'il était parti pour de bon et on ferma la porte de la maison. Entre-temps, le mystère de la crise de fou rire avait été percé. La tante de Namouss, qui était plutôt pimbêche, avait décidé ce soir-là de révéler un trait inattendu de son caractère : le côté facétieux. Elle avait mis du *maâjoun*, un puissant euphorisant, dans la nourriture afin, disait-elle, de faire danser les singes et d'en rire. Bien, bien, la blague fut diversement appréciée par les singes. Mais ce qui les inquiétait le plus, c'était le sort de Touissa. Qu'avait-il pu lui arriver dans l'état où il était parti ? Le lendemain matin, l'affaire eut un dénouement heureux et assez cocasse. Quand on ouvrit la porte de la maison, Touissa était couché là, dormant du sommeil du juste... une grosse pastèque sous la tête. Pourquoi une pastèque, et comment avait-il pu se la procurer à l'heure avancée de la nuit où il était sorti ? Petit mystère qui s'ajoute aux grands.

Ah, Touissa ! Le jour où il s'est éteint, la famille s'est rendu compte qu'il n'avait pas de carte d'identité établie à son nom. Le permis d'inhumer ne pouvait donc pas être délivré. Il a fallu réunir douze témoins pour attester sur l'honneur que la dépouille qu'on allait mettre en terre était bien celle d'Abdelkader, fils de haj Abdeslam ben Hammad Laâbi Rachidi et de Fatma bent Abderrahmane Chaqchaq, présumé né en 1915 à Fès.

L'histoire d'Abdelkader a pris fin ainsi. Celle de Touissa continue.

Touissa distribue les cadeaux qu'il a apportés : *jabane* (nougat), gâteaux de sésame, noix et dattes pour les enfants, et un foulard jaune pour Ghita.

Cette fois-ci, il a soigné sa mise et respire la propreté. Autre détail qui frappe Namouss, il porte des chaussures. En fait, il a toujours porté des chaussures, et c'est seulement ce jour-là que Namouss le remarque vraiment et s'amuse à ce paradoxe du babouchier. Une remarque entraînant l'autre, il se rend compte que Touissa, contrairement à ses frères, et là encore ce n'est pas une nouveauté, s'habille à l'européenne. Un pantalon, une chemise et, directement sur la chemise, même l'été, un paletot noir qui lui arrive aux chevilles comme une jellaba. Les gens de la condition de Touissa ne s'embarrassent pas d'élégance. Et puis la tenue traditionnelle est devenue trop onéreuse. Ils ont donc recours aux surplus américains proposés à la Joutiya de Boujeloud. Dans ce marché aux puces que Namouss connaît bien, on farfouille dans des montagnes d'habits et chacun y trouve, pour une somme modique, son bonheur. Voilà de quoi expliquer cette énième bizarrerie de Touissa.

On fait fête à l'oncle prodigue. Son côté bohème fascine les enfants. Avec lui, on s'amuse comme avec un camarade de jeux. On peut le taquiner, même lourdement, sans que cela prête à conséquence. La grande sœur Zhor prend l'initiative, car elle est la plus douée pour communiquer avec

Touissa. Elle a appris sur le tas le langage des sourds-muets et le pratique à merveille. Un jeu qui fait l'unanimité consiste à attiser les phobies alimentaires de Touissa, qui a en horreur le miel et les gombos. Zhor fait mine de tremper l'index dans un pot de miel et le porte à sa bouche en émettant un bruit de succion et de délectation. Rien qu'à cette mimique, Touissa commence à se trémousser et à glousser. Mais Zhor s'acharne. Elle retire son doigt de la bouche, ouvre la main et se donne une tape sur le front avec la paume en criant : « Le miel ! Le miel ! » Touissa gigote et glousse de plus belle, essaie de prendre la fuite. Alors les enfants l'encerclent et se mettent à le chatouiller jusqu'au moment où ils ont peur qu'il ne s'étouffe de rire. On lui laisse le temps de souffler et le même scénario reprend, cette fois-ci avec les gombos. *L-mloukhiya !*

La journée se passe à ces joyeusetés. Touissa est content de retrouver Ghita et Driss, même si cette intimité devient pesante au moment où il ressent le besoin de fumer un sebsi. Il n'ose pas devant Driss qui, s'il n'est pas l'aîné, est malgré tout plus âgé que lui. Il lui doit donc le respect. Il attend sur des charbons ardents que ce dernier sorte pour s'adonner à son vice. Loin de s'en formaliser, Ghita l'encourage :

« Alors, qu'est-ce que tu attends ? Maintenant que le ventre est plein, il peut dire à la tête : Chante ! »

La nuit arrive, et le dîner est servi. Un couscous simple saupoudré de cannelle et de sucre, accompagné de lait. Devant les mines déçues des enfants, Ghita annonce qu'il y aura une suite, mais juste une *chhioua* (une gâterie), clignant d'un œil et désignant de l'autre Touissa. Les plus futés devinent qu'il y a anguille sous roche. Ils mangent jusqu'à plus faim.

Après le couscous, la gâterie. Ghita dépose sur la table un grand plat en raphia surmonté d'un couvercle en forme de cône. Namouss ne comprend pas tout de suite. Celle qui l'a devancé d'une nuit, donc d'une ruse, Zhor, a saisi la situation. Elle se met à crier dans l'oreille de Touissa :

« Soulève le couvercle ! »

Touissa ne sait pas pourquoi on lui demande pareille chose, mais il s'exécute. Et, en découvrant le plat, il libère du même coup un coq vigoureux qui bondit sur lui en battant des ailes avant de se projeter dans le fond de la chambre. Cette fois, ce n'est pas Touissa qui rigole le plus. Toute la chambrée se tient les côtes. Le clan de Namouss a de ces idées !

Une heure plus tard, on s'installe sur les couches pour la veillée. Driss baisse la flamme de la lampe à pétrole. Le calme règne, et Touissa sait, sans qu'on le lui réclame, que le moment est venu pour lui d'occuper la scène. Il commence par demander qu'on répète après lui les formules propitiatoires sans lesquelles le conteur ne peut pas être bien inspiré :

« Maudissez Satan !

— Sois maudit et lapidé, ô Satan !

— Béni sois-tu, ô prophète de Dieu !

— Béni sois-tu, reprend l'assistance.

— Une deuxième fois.

— Béni sois-tu !

— Une troisième fois.

— Béni sois-tu, ô prophète de Dieu ! »

Et Touissa commence.

« On raconte, messeigneurs, qu'au temps jadis, dans un pays comblé par le ciel de ses bienfaits, un roi régnait par la justice et la compassion. Et sa justice s'étendait même aux animaux, au point que la brebis faisait bon ménage avec le loup, le lion et la gazelle s'endormaient côte à côte... »

On se contentera de cet avant-goût, car les histoires de Touissa sont longues, longues, et Namouss n'en a jamais pu suivre que les premiers épisodes. Chaque fois, les délices du conte le livrent aux délices du sommeil.

Une question demeure toutefois : Comment l'oncle Touissa, qui, dans le quotidien, bredouille à peine quelques mots, se transforme-t-il, par la magie du verbe, en un puissant aède ? Comment un homme sourd et analphabète de surcroît a-t-il pu acquérir cette culture et l'art de la transmettre ? Mais, après tout, Homère n'était-il pas aveugle ? Bien plus tard, Namouss se posera ces questions et répondra tout bonnement : Touissa, ce fut mon Homère à moi.

Ghita, qui, une semaine plus tôt, avait mené le combat pour cette villégiature, finit par la trouver pesante :

« On est venu soi-disant pour la verdure et le repos, et qu'est-ce qu'on a gagné ? La crasse et les corvées. Et puis monseigneur Ramadan approche, et je sais ce qui m'attend à la maison. »

Profitant de l'aubaine, Driss approuve avec enthousiasme.

« Votre mère a raison, il est temps de rentrer.

— Hum, remarque Ghita, tu espérais que j'ouvre la bouche pour attraper au vol mes paroles. C'est comme si on t'avait frappé avec un beignet enduit de beurre et de miel. »

Sur ces propos aigres-doux, la décision du retour est prise. Cette fois-ci, dans sa hâte à retrouver son travail, Driss se résout au voyage en car, réalisant en partie le rêve de Namouss.

L'objet d'émerveillement qui va l'emporter à Fès est un vieux tacot à la couleur indistincte, celle d'origine ayant été dévorée par la rouille. Pour ce qui est de la taille, il correspond à peu près à ce que Namouss a imaginé. Heureusement, car il y a foule autour de l'engin et un amas considérable de bagages. Il ne faut pas loin d'une heure pour que tout soit chargé sur le toit, et encore une petite autre pour que les voyageurs s'entendent entre eux pour s'installer (les places ne sont pas numérotées), après avoir calé dans les filets, au-dessus de leur tête, les bagages à main : couffins pleins à craquer de légumes frais, paniers d'œufs, bidons d'huile menaçant de se renverser, poulets attachés par les pattes, caquetant et battant des ailes, et même quartiers de mouton encore sanguinolents, vaguement enveloppés dans des torchons. Une fois les places de l'intérieur occupées, les quelques voyageurs qui restent, visiblement moins argentés, sont autorisés par l'aide-chauffeur-graisseur à se hisser sur le toit en payant demi-tarif. Namouss aimerait faire partie du lot. De là-haut, il pourrait mieux admirer le paysage et, le nez au vent, embrasser l'horizon, caresser un volant imaginaire et sentir que c'est lui le maître de cette folle équipée. Il s'en ouvre à Driss, qui lui oppose un refus net :

« Là-haut, c'est juste bon pour les campagnards, et de plus dangereux. »

Sur ce, le graisseur lance au conducteur :

« *Yallah*, roule ! »

Le car quitte Sidi Harazem en empruntant une descente sinueuse. Il ronfle et tangue comme une bête ivre. Le moteur lâche une forte odeur d'essence qui rappelle à Namouss le désagrément vécu à l'aller : les exhalaisons malodorantes du cheval nommé Abdelwahab. En quête de complicité, il se tourne vers Ghita. Mais celle-ci, qui avait bien réagi lors de l'épisode précédent, est visiblement mal à l'aise. L'odeur d'essence, jointe au tangage du véhicule, lui a remué le cœur. Pour se retenir de vomir, elle respire nerveusement une pelure d'orange en égrenant la liste des parents et des saints qu'elle invoque d'habitude en cas de péril.

Ayant achevé sa descente, le car roule enfin en rase campagne et le chauffeur donne un coup d'accélérateur. Le silence inquiet qui avait régné auparavant est alors interrompu par des soupirs et des grognements de soulagement, puis par un concert d'encouragements au conducteur. À l'exception des femmes, grands et petits s'en mêlent et scandent à l'unisson :

« *Zid, zid, ya chefor*
Zid nghiza fel-motor !* »

Enhardi par la vox populi, le chauffeur écrase jusqu'au plancher le champignon. Le tacot bondit et s'élance à une vitesse qui excite encore plus les voyageurs mâles. Au train où vont les choses, Namouss, qui a d'abord participé au concert, se tient coi. Ghita est au plus mal, et lui-même commence à s'inquiéter. Il se demande comment un engin propulsé à cette vitesse pourra bien s'arrêter. Ne va-t-il pas au contraire continuer sur sa lancée jusqu'au moment où il s'arrachera de la terre, s'envolera pour fendre les airs et disparaître Dieu sait où ? Par chance, l'angoisse ne dure pas longtemps. Quelques signes annoncent que Fès n'est pas loin : les maisons en dur au bord de la route, des bicyclettes et des voitures venant en sens inverse, et puis un début de cohue à l'intérieur du car, les voyageurs pressés s'étant mis debout pour retirer des filets leurs bagages. Au bout d'un virage, Bab Ftouh apparaît. Revenant à la raison, le bolide ralentit et va se ranger tranquillement au pied de la muraille.

* Vas-y, vas-y chauffeur / Encore un petit coup d'accélérateur !

Fès, l'été, à l'approche du ramadan. C'est l'effervescence. Artisans et commerçants mettent les bouchées doubles en prévision du ralentissement que leur activité va bientôt connaître. C'est aussi le moment où les foyers doivent faire provision de tout : farine, huile, sucre, miel, beurre rance, épices, légumes secs, viande confite... car ce mois de grande abstinence donne lieu à de véritables ripailles nocturnes. L'animation de la médina est à son comble. Et ce n'est pas pour déplaire aux enfants, qui en profitent à leur manière. Les parents mettent la main à la choukara, et l'argent de poche récolté va tout de suite dans celle des marchands de pétards, billes, toupies. La ville entière commence à retentir de crépitements et de détonations. Les ruelles à l'écart des souks sont autant de scènes où se déroulent des compétitions de billes et de toupies, suivies attentivement par toute la marmaille du quartier.

Pour Namouss, les choses ne se passent pas aussi bien. Driss ne veut pas entendre parler de pétards, seul objet de sa convoitise, car il n'est guère adroit aux autres jeux, qu'il se contente le plus souvent de regarder, et parfois d'arbitrer, rôle peu reluisant en l'occurrence. Tout ce qu'il obtient de Driss, c'est de quoi s'acheter une toupie. Alors, tant qu'à faire, il décide de satisfaire un vieux désir. Car, en matière de toupies, ce ne sont pas les *roumies* proposées par les boutiquiers qui l'intéressent. Fabriquées à l'usine, elles se cassent au premier choc et leur couleur uniforme passe vite. Il leur préfère celles faites à la main par un artisan du cru qu'il aime observer dans son travail.

L'échoppe du tourneur se situe juste à la sortie de la ruelle où habite Namouss. L'homme s'active sans répit, avec une concentration, comment dire... aimante, dont rien ne peut le distraire. Même quand le client se présente pour une commande, il sait qu'il devra attendre que le maître ait fini de modeler la pièce qu'il a entre les mains. S'il s'agit d'un enfant, l'attente se prolonge davantage. L'artisan a d'autres priorités et, quand il consent à s'occuper de lui, c'est plutôt par gentillesse, une toupie n'étant pas d'un grand rapport. Il prend un morceau de bois informe, le dégrossit, le cale sous son gros orteil, et se met à le ciseler. Les outils pour ce faire ainsi que la technique apparentent cet art à celui du violoniste. Une simple pression du burin accompagnée de quelques mouvements d'archet, et la toupie prend forme. Il ne reste plus qu'à la doter d'une pointe en fer. Mais ce n'est pas l'affaire du tourneur. L'enfant doit aller se la procurer à deux pas, chez un forgeron du souk El-Haddadine.

Changement total de décor. Namouss, ayant pu réaliser la partie la plus agréable de son désir, redoute l'étape suivante. Mais il faut y aller. L'atelier du forgeron est plongé dans l'obscurité. Les flammes du fourneau éclairent à peine les visages noircis du *maâllem* et de l'apprenti qui actionne le soufflet. Il y a là une odeur de roussi qui fait deviner le pire. Les yeux du forgeron brillent d'un étrange éclat et son sourire en coin glace Namouss d'effroi. Tout est bien qui finit bien. La pointe en fer est prête, ajustée au corps de la toupie, et Namouss peut s'extraire de cette situation périlleuse.

Retour à l'air libre. La toupie en poche, il n'a pas envie de jouer. Le séjour à Sidi Harazem a fait surgir en lui des sentiments nouveaux. Ce premier voyage le remplit d'une certaine fierté. Beaucoup de ses camarades du quartier n'ont pas vécu, eux, ce qu'il estime être une grande aventure. Ce déplacement dans l'espace, puis dans le temps qui lui a ouvert une fenêtre sur l'avenir, là où il s'est vu pourvu d'ailes, s'élevant au-dessus de Fès, embrassant les horizons connus et inconnus. Du coup, et peut-être parce qu'il pense avoir échappé à un danger, le désir de redécouvrir sa ville s'impose à lui. La redécouvrir avec les yeux qui ont voyagé, avec le besoin de garder en mémoire ce qu'il risque de perdre si jamais des ailes lui poussaient réellement et l'emmenaient si haut et si loin qu'il atteindrait un point de non-retour. Jusqu'à maintenant, il vivait dans la médina comme dans un cocon. Il ne se posait pas la question de savoir comment était fait ce cocon et qui l'avait fait. Chrysalide parmi les chrysalides, il attendait avec une vague conscience le moment où il allait percer la douce enveloppe et se tenir au seuil de la lumière.

Et c'est la traversée qui commence.

10

Le territoire de Namouss est un mouchoir de poche. Il se limite au quartier des Kairouanais, et encore. Quant à l'autre quartier, celui des Andalous, Namouss n'y a pour ainsi dire jamais mis les pieds. Pour lui, comme pour la plupart de ses camarades, c'est presque un pays étranger où il ne fait pas bon s'aventurer. Là-bas vivent des bandes d'enfants hostiles qu'on ne rencontre que lors de batailles sporadiques. Quand elle a lieu, la guerre interquartiers s'organise selon un protocole digne d'armées régulières. Un émissaire est envoyé à l'autre camp, porteur de la déclaration belliqueuse, proposant la date et le terrain de la bataille, précisant aussi la nature des armes qui devront être utilisées, généralement ceintures et/ou cailloux, sans parler des techniques de lutte au moment du corps à corps — le coup de tête, jugé dangereux, est autorisé ou non selon les circonstances. L'état-major autoproclamé du quartier commence alors à élaborer la stratégie et à sélectionner les recrues.

Namouss, qui entre à peine dans la catégorie des poids plume, ne fait pas partie des enfants appelés sous les drapeaux. Même si de menues tâches lui sont confiées lors des préparatifs, il doit se contenter, au moment des affrontements, du rôle de spectateur.

Convenons qu'il se sent plus à l'aise dans ce rôle. Couardise ou adhésion précoce à la philosophie de la non-violence ? La question reste ouverte. Quoi qu'il en soit, ces guerres ne l'ont pas marqué. À peine se souvient-il d'une bataille que son quartier a une fois accueillie et qui s'est terminée, d'après la version officielle, par la défaite des visiteurs. Victoire ou pas, ce qu'il en a retenu, c'est qu'il y a toujours danger à s'aventurer seul en territoire ennemi. Alors, le sien lui suffit, assurément plus prestigieux puisque abritant les deux mosquées phares de Moulay Idriss et de la Qaraouiyine, assurément plus animé, car toute l'activité de la ville s'y concentre. Namouss connaît ce territoire souk par souk, place par place, ruelle par ruelle. Il connaît les venelles qui permettent le raccourci, de « voler le chemin » comme on dit. Et, ce qui compte le plus, il sait où et à quel moment aller à la rencontre de ces personnages hors du commun qui le fascinent. Qui sont-ils ? Anges ou diables ? Mendiants ou prophètes ? Allez savoir. Par la mise comme par le verbe, ils tranchent avec le comportement si réservé des gens. Les adultes ne les tiennent pas en grande estime. Ils s'arrêtent, les écoutent l'air mi-amusé, mi-réprobateur, puis se dispersent sans faire de commentaire. Les enfants, eux, sont partagés entre une vague admiration et un réflexe d'agressivité vis-à-vis de ces pauvres hères sans défense. Namouss, quant à lui, est attiré par leur excentricité, qui lui rappelle celle de son oncle Touissa. Les paroles qui sortent de leur bouche ont sur lui le même effet que les contes de ce dernier. Avec eux, il découvre que les mots peuvent dire autre chose que ce qu'ils disent d'habitude. Cela ressemble à ce qu'il a ressenti le premier jour de classe, quand M. Benaïssa s'est mis à jouer de la flûte. Il y a donc paroles et paroles, musique et musique.

À propos de paroles et musique, le premier personnage qui va faire partie du panthéon de Namouss est plutôt un gentil taciturne, un familier de la Source des Chevaux appelé Mikou. On raconte qu'il est issu d'une grande famille, qu'il a quittée pour une vie plus libre de vagabondage, et que les siens l'ont renié en retour. Du coup, plusieurs maisons du quartier lui ont ouvert leur porte. Selon l'humeur, il mange et dort ici ou là, et rend en échange quelques services : porter le pain au four, aller remplir les seaux d'eau à la fontaine publique, aider à transporter de lourdes charges ou à faire le grand ménage. Un peu simplet, le visage toujours rayonnant, il est particulièrement populaire parmi les enfants, qui lui font parfois cortège dans ses déplacements. Mikou est alors en verve et, d'une belle voix, il entonne une chanson de sa composition aussitôt reprise par la petite foule de ses suivants :

Écoutez, ô les filles
On dit que Mikou est mort
L'âne l'a mordu
et il en est mort.

Pourquoi s'adresse-t-il spécialement aux filles ? De quel Mikou parle la chanson ? Personne ne se pose ces questions. La chanson, elle, est devenue un vrai tube que les enfants ont intégré à leur répertoire.

Dans le quartier, Mikou est entouré d'une autre sollicitude. Alors qu'il est encore dans la force de l'âge et n'a aucune difformité physique, il est le seul homme à pouvoir circuler parmi les femmes à l'intérieur des foyers. Les hommes semblent trouver cela normal, et les femmes en être réjouies. Elles peuvent montrer leur visage et se laisser aller à des familiarités avec un étranger à la famille. Un jeu qui a l'air de les exciter. Elles n'hésitent pas à le taquiner sur des sujets « au-dessous de la ceinture », et le pauvre Mikou, qui a apparemment fait vœu de chasteté, en rougit jusqu'aux oreilles.

Écoutez, ô les filles
On dit que Mikou est mort…

Namouss essaie de comprendre. Mikou est un homme, et il n'est pas un homme. Peut-être n'est-il qu'un enfant qui a grandi trop vite. Et lui, qui n'arrête pas de penser, est-il déjà un grand dans le corps d'un enfant ?

Avec ces points d'interrogation plantés au-dessus de la tête, Namouss entreprend sa tournée. Au sortir de la rue, à main droite, au lieu-dit le Petit Puits, là où se succèdent les boutiques de maroquiniers, il sait qu'il va trouver un autre personnage en pleine action. Contrairement à Mikou, dont la notoriété ne dépasse pas le quartier, celle-là, car il s'agit d'une femme, est connue de toute la ville. Son surnom de Chiki Laqraâ (la Frime chauve) lui va bien. La peau blanche, une taille au-dessus de la moyenne, un crâne dégarni sauf de quelques touffes teintes au henné retenues par un frontal, vêtue d'une simple robe, le visage découvert, elle a tout pour attirer l'attention. C'est au cours de l'après-midi, au moment de la grande affluence, qu'elle opère. Elle va de quartier en quartier, s'arrête aux endroits où elle est assurée de haranguer le maximum de monde. Le Petit Puits est un de ses lieux de prédilection.

Son discours a déjà commencé quand Namouss arrive. Les mains sur les hanches, la tête penchée en arrière, les yeux exorbités, elle poursuit de sa voix tonitruante un récit où les menaces et les injures s'adressent tantôt à un adversaire absent, tantôt aux boutiquiers et badauds présents. Par certaines de ses intonations, par une partie de ses vocables orduriers, son discours n'est pas éloigné des litanies de Ghita. Mais Chiki Laqraâ va à l'évidence plus loin. Et puis, si Ghita garde une suite dans les idées, Chiki pratique plutôt l'art du coq-à-l'âne. Elle joint aussi le geste à la parole chaque fois que les choses du sexe sont abordées, quand les mots pour le dire ne sortent de la bouche de Ghita que par inadvertance. Que de fois Namouss n'a-t-il pas entendu sa mère, si elle venait par exemple à faire un faux pas, s'écrier : « Les ...ouilles* ! »

Chiki s'égosille face à son public médusé :

« Con de sa mère, elle me prend pour qui ? Moi, je suis femme, fille d'une maîtresse femme. Ma tête est nue, et je n'ai rien à cacher. Qu'elle approche, et je lui montrerai par où pisse le poisson ! L'homme, elle avait l'œil sur lui. *Toz !* Qu'elle le prenne et l'emporte avec elle dans le tiers désolé de la planète. Quel bien peut sortir de l'homme ? Il prétend avoir de la raison alors que son esprit loge dans ses œufs. Vous vous taisez, hein, les teigneux ! Je suis devenue pour vous un spectacle. Eh bien, je vais vous montrer le henné de mes mains. Tenez (elle soulève les pans de sa robe et arque son bassin), voilà sur vos yeux, et qu'ils soient frappés de cécité ! Mais vous êtes déjà aveugles, sauf au brillant de l'or. Vous mangez la part de l'orphelin. Le centime est pour vous plus précieux que vos pupilles. Ô les cœurs de pierre ! C'est tout ce que vous emporterez avec vous dans l'au-delà. Et maintenant, osez, venez me fermer la bouche. Enfermez-moi à l'hospice de Sidi Frej. Je ne sais pas qui est le plus fou d'entre nous. La plus folle,

* Les points de suspension ne censurent rien. Le but est de rendre compte de la prononciation fassie d'une consonne comme le *qaf*, rendue par *af*.

c'est cette maudite par ses parents. Con de sa mère, elle croit qu'elle m'a eue. Elle ne connaît pas Chiki. Gare à ceux qui ne connaissent pas Chiki ! Sa malédiction est redoutable. Je suis la poule noire qui vous poursuivra jusqu'au jour de la Résurrection. »

Malgré ces dures accusations et ces menaces, quelques bonnes âmes glissent une petite pièce dans la main de Chiki qui, soudain apaisée, le sourire aux lèvres, répond ainsi à leur générosité :

« Il n'y a pas que des fils de putes. Soyez bénis, mes enfants. »

Puis elle quitte les lieux, suivie par une foule d'enfants.

Namouss, un peu étourdi par ce discours, décide de leur fausser compagnie. Il prend à gauche et se dirige vers la place Nejjarine, où un autre spectacle l'attend. L'homme qui officie là a, lui aussi, bien choisi l'endroit. La place Nejjarine est à l'intersection de trois souks particulièrement fréquentés : celui des menuisiers, qui donne son nom à la place, celui des selliers, où Driss tient boutique, celui des potiers enfin. Cela sans parler de la fontaine de la place, où les gens du quartier viennent s'approvisionner en eau.

On l'appelle Bou Tsabihate (l'Homme aux chapelets). Et c'est vrai qu'il en est couvert. Plusieurs autour du cou, tombant sur sa large poitrine. D'autres passés autour de ses bras, constamment ouverts lors de son prêche. Il a belle allure. Élancé, de forte constitution. Une barbe généreuse qui lui couvre entièrement le visage. La tête couverte d'un turban jaune impeccablement enroulé.

Namouss a entendu des versions contradictoires à son sujet. Les uns le tiennent pour un fou de Dieu, voire un saint homme. D'autres le soupçonnent d'être l'adepte d'une secte religieuse de mèche avec les autorités coloniales. Le fait qu'il ait choisi de propager ses idées place Nejjarine, là où se trouve un commissariat de police, accréditerait la deuxième thèse. Tout ce qui se dit à voix haute dans ce lieu peut-il être vraiment sincère quand des oreilles trop attentives sont là pour le capter ?

Namouss ne sait qu'en penser. En fait, ces ratiocinations l'indiffèrent quand Bou Tsabihate élève la voix et se lance dans son homélie, imposant le silence même aux incrédules :

« Revenez à Dieu, ô esclaves de Dieu ! Ne vous laissez pas abuser par ce monde éphémère. Ce ne sont que ruses de Satan qui se plaît à vous pisser dans l'oreille, à vous détourner du droit chemin. La prière et la foi sont le seul remède. Mais qu'est-ce que je vois ? Les mosquées se vident quand c'est l'heure de vous remplir la panse. Vous êtes toujours à ronfler quand le muezzin vous rappelle à vos devoirs. Et l'orphelin, que faites-vous pour lui ? Et le mendiant, que lui donnez-vous, sauf les croûtons et les os ? Et le pèlerinage, combien d'entre vous qui thésaurisent l'or et l'argent s'en sont acquittés ? Ô têtes noires, vous vous êtes dévoyés, pharaonisés. Et vos enfants vous rendent la pareille, qui ont abandonné obéissance et pudeur. Je vous le dis, la fin du monde approche. Les gnomes vont bientôt apparaître. Ils sortiront de la vasque de Moulay Idriss. Les mules concevront et mettront bas. Et le déluge vous submergera. Vous paierez cher vos péchés le jour où vous vous présenterez nus devant votre Seigneur. L'enfer éternel sera votre châtiment. Revenez à Dieu, ô esclaves de Dieu ! »

Contrairement à Chiki Laqraâ, Bou Tsabihate ne fait pas de quête. Une fois son discours terminé, il s'éclipse on ne sait où. Et les gens qui l'ont écouté se dispersent, l'air grave. Les artisans du voisinage reprennent leur activité, l'air tout aussi grave.

Namouss, lui, poursuit sa propre quête. Il passe en courant devant le souk des selliers pour ne pas être aperçu de Driss. Destination, le *horm*, le sanctuaire de Moulay Idriss.

Adossé à la barre qui délimite le *horm*, Bidouss, le mendiant unijambiste, est là, fidèle au poste. Malgré sa jambe de bois, l'homme se dresse de toute sa taille. Comme l'oncle Touissa, il est habillé d'un paletot noir. Alors que les autres mendiants prennent l'air misérable et rivalisent de complaintes accrocheuses, Bidouss reste sobre et digne. La demande qu'il formule d'une voix monocorde est pour le moins étonnante : « Cent réaux pour Dieu ! » Cent réaux, rien que ça, une vraie somme ! Une telle exigence étonne Namouss. En même temps, elle l'impressionne. Si Bidouss demande tant, c'est qu'il estime que sa fonction le mérite. D'où le respect qu'il lui inspire. D'ailleurs, il est là comme en mission. Il peut attendre des heures, mais il suffit (cela n'arrive pas tous les jours) qu'un croyant sorte le gros billet et le lui remette pour que notre homme plie bagage et se fonde dans la foule pour ne réapparaître que le lendemain.

Circuler dans le *horm*, malgré la cohue ou plutôt à cause d'elle, est un plaisir trouble pour Namouss. Il y a là une concentration de femmes, les unes jouant des coudes pour avancer, les autres agglutinées autour des boutiques pour acheter qui des cierges décorés, qui du bois de santal ou de l'eau de fleur d'oranger, qui de l'écorce de noyer et du khôl. Parmi cette gent féminine, il y a aussi des petites filles qu'on peut regarder, vu la configuration des lieux, les yeux dans les yeux, alors que d'habitude, quand elles passent dans le quartier, elles le font d'un pas précipité, ce qui permet à peine de mémoriser leur silhouette. Quant à leur parler, *hchouma*, ça ne se fait pas. Ici, curieusement, dans ce lieu saint, c'est presque le corps à corps, même si, éducation oblige, chacun s'évertue à glisser sur l'autre plutôt qu'à rechercher le contact. Cela n'empêche pas le trouble, exacerbé par la chaleur ambiante et les parfums que les marchands font brûler comme pour mieux étourdir les clientes.

Namouss sent ces choses-là. Mais cela ne va pas jusqu'aux tourments de la chair. Ce qui l'en distrait provisoirement, c'est son humeur espiègle. Aujourd'hui, hélas, il ne peut pas lui donner libre cours. En compagnie de ses camarades de quartier, il est capable de s'enhardir et de participer à un jeu cruel dont les victimes sont justement les femmes. Le « jeu » consiste à profiter de la bousculade et de la fièvre des marchandages pour attacher, à l'aide d'une épingle de nourrice, les pans de jellaba de deux ou trois femmes. Les plus adroits, munis d'une aiguille et de fil, s'ingénient même à les coudre ensemble. Ensuite, ils suivent leurs victimes jusqu'à la sortie du *horm*. Quand chacune essaie d'aller son chemin, elle se rend compte qu'il y a problème. La malice éclate au grand jour, provoquant l'hilarité générale. Les malédictions pleuvent sur la tête des enfants, qui se dispersent alors comme une volée de moineaux.

Tant bien que mal, Namouss arrive à Bab Loufa, porte qui permet d'accéder à la vasque centrale de la mosquée. C'est ici que les enfants se donnent rendez-vous, car ils ne sont guère tolérés dans les salles de prière. Pour accréditer leurs intentions pieuses, ils font mine de procéder à des ablutions qui, la chaleur aidant et l'envie de se rafraîchir devenant plus pressante, se transforment vite en une pagaille de l'arroseur arrosé. Surgit alors un personnage redouté, qui est là pour veiller au respect des lieux et à la tranquillité des fidèles. Les enfants ne le connaissent que sous le nom de l'instrument qu'il utilise pour ce faire : Bou Souita, le père Fouet ; un fouet démesuré. Longue tige de cognassier avec, accrochée au bout, une tout aussi longue lanière en cuir, il permet d'atteindre les fuyards aux coins les plus reculés de l'esplanade et de distribuer ainsi démocratiquement les coups. Une fois les délinquants châtiés et dispersés, Bou

Souita est bien obligé de vaquer à d'autres tâches. L'attroupement des séditieux se reforme aussitôt, avec cette fois-ci un peu plus d'organisation. Des sentinelles sont désignées pour donner l'alerte en cas de retour inopiné de Bou Souita. Et les jeux reprennent.

À ce stade de ses pérégrinations, sans savoir pourquoi, Namouss éprouve un autre besoin. Il rejoint d'abord les quelques enfants qui sont là et fait ses ablutions avec application. Il n'est pas sûr de respecter l'ordre et le nombre des gestes rituels, mais peu lui chaut, l'intention y est, ce maître mot de Driss. Il quitte alors le groupe et se dirige vers la salle où repose le saint patron de la ville. La tête haute, il avance à pas mesurés et prend l'air de quelqu'un d'inspiré. On doit lire sur son visage l'« intention » s'il veut être admis dans le saint des saints. Et ça marche. Il est entré et s'approche de la grille qui entoure le mausolée. La robe qui recouvre le tombeau est en vue. Son cœur bat la chamade. Est-ce la peur ? De quoi ? Ou est-ce le fait d'être le seul enfant au milieu de tant de patriarches, imposant le respect mais qui sont là, agenouillés devant la grille dans une attitude de soumission, murmurant des prières où ils expriment leur faiblesse et l'espoir d'un secours à leur détresse ? Il ne sait. Ses jambes flanchent, et il se retrouve à genoux. Il réfléchit à ce qu'il va dire. Il ne se sent pas particulièrement malheureux et n'a rien à demander. La seule chose qui lui vient à l'esprit est la prochaine rentrée scolaire. Et il a bien envie de réussir à l'école. Va pour la réussite. Les mots se forment sans mal. Il formule son vœu, embrasse la grille et se retourne, s'assoit en tailleur. Il pense être admis maintenant et peut observer à loisir ce qui se passe autour de lui. Les personnes ici présentes, assises ou couchées à la romaine, s'abandonnent à leur rêverie, indifférentes au temps qui s'écoule. Pourtant, les murs de la salle sont presque tapissés de grandes horloges dont les balanciers s'activent en une sorte de cacophonie feutrée, même si toutes affichent la même heure. Namouss s'étonne à cette profusion d'appareils de mesure du temps quand les gens qui ont trouvé refuge auprès du saint semblent entièrement détachés des choses d'ici-bas. Lui aussi se laisse aller à la rêverie. De nouveau ses ailes poussent. Il monte, monte, traverse les cieux jusqu'au moment où une lumière intense l'éblouit. Il s'efforce de garder les yeux ouverts, car il sait que le Visage va lui apparaître. Un moment, et il Le voit sur son trône. Un vieillard à la barbe magnifique, l'air sévère, qui lui tend la main. Namouss l'embrasse et ressent aussitôt une force incroyable. Mais une voix vient interrompre cette euphorie :

« As-tu fait tes ablutions comme il faut ? »

Namouss tombe de très haut tant cette demande sème le trouble dans son esprit. Il se réveille au moment où l'ombre de Bou Souita passe devant la salle. Paniqué, il prend la fuite et va donner l'alerte à ses camarades.

Ceux-ci ne l'ont pas attendu pour échapper au père Fouet. Il les retrouve en conciliabules à la porte de la mosquée. L'un d'eux a signalé l'apparition d'Aâssala, pas loin de là, du côté de la Qaraouiyine. Le groupe décide d'aller à sa rencontre.

Aâssala, la femme aux chats, la presque muette, la vagabonde. Namouss a un faible pour elle, même s'il s'en défend avec énergie. C'est qu'elle est liée à une histoire qui l'a longtemps tourmenté et qui a démarré quand il était tout petit. Est-ce Ghita, est-ce sa sœur Zhor qui lui a infligé ce tourment? Il ne s'en souvient plus. Toujours est-il qu'au commencement quelqu'un a prétendu le plus sérieusement du monde que Namouss ne faisait pas partie de la famille. Il avait été trouvé aux jardins de Jnane Sbil, muni d'une gargoulette, vendant de l'eau aux promeneurs. On avait alors pris pitié de lui et on l'avait recueilli. Namouss vivait cette histoire comme un drame. Il évitait de faire des bêtises, car, chaque fois, on la lui ressortait en l'accompagnant d'une menace. S'il récidivait, on allait lui rendre sa gargoulette et le lâcher à Jnane Sbil pour qu'il reprenne son ancienne activité. Où était cette maudite gargoulette? Namouss l'avait recherchée partout dans la maison, en vain. Le doute ne le quittait pas, même aux moments où une bonne atmosphère régnait dans la famille et qu'on s'évertuait à le rassurer, à lui présenter toute cette histoire comme une bonne blague. Mais, dans les moments néfastes, on poussait encore plus loin la plaisanterie. Puisque c'était un enfant trouvé, plus tard, quand il serait en âge de se marier, personne ne voudrait de lui. Un jour, il fut surpris en train de dire que les enfants ne devaient pas embêter Aâssala la femme aux chats, *meskina,* la pauvre, et quelqu'un s'écria :

« On a trouvé ! On va te marier avec elle ! »

Namouss a mis du temps à se remettre de cette histoire. Même maintenant, le doute le reprend et lui arrache des larmes qu'il a peine à cacher. Mais, avec Aâssala, rien n'a changé. Il l'aime bien, en secret, et veille, quand il est avec ses camarades, à ce qu'elle ne soit pas agressée.

Le groupe quitte le *horm* de Moulay Idriss et se dirige vers la Qaraouiyine. Un début d'attroupement annonce la présence d'Aâssala. Namouss se faufile au premier rang. Sa « promise » est là. Une petite noiraude, avec deux têtes d'épingle en guise d'yeux, des cheveux noirs en bataille. Alors qu'elle est couverte de hardes, elle porte au moins une bague à chacun de ses dix doigts. Elle tient entre les bras un joli chaton. Un autre est juché sur son épaule. Des chats plus faméliques sont autour d'elle. Aâssala ne tient aucun discours. Elle grommelle entre ses dents des propos s'adressant davantage aux chats qu'aux curieux qui l'encerclent. Mais, à la moindre menace, sa voix s'élève en un grognement rauque qui oblige les curieux à reculer. Parfois, un enfant la prend en traître et la tire par la manche. Il est aussitôt attaqué par la meute des chats qu'on dirait dressés à défendre leur maîtresse. Les enfants avertis n'osent donc pas s'en prendre directement à elle. Ils se contentent de lui envoyer des quolibets. Il arrive qu'un pleutre, se tenant à bonne distance, lui lance un caillou avant de s'enfuir.

Namouss est là, à la regarder avec un mélange de pitié et d'admiration. Il voudrait qu'aucun mal ne l'atteigne. En même temps, il lui envie cette relation qu'elle a avec les chats, qui ont l'air d'être à sa dévotion. Il aurait aimé avoir un chaton à la maison, s'occuper de lui. Une dure loi l'en empêche. Dans sa famille, il y a des interdictions avec lesquelles on ne badine pas. Cela va de l'élevage des pigeons à la distillation de l'eau de fleur d'oranger en passant par les conserves de citrons et d'olives. Le mal frappe si jamais il y a transgression. Ghita est intraitable sur ce point. Alors, avoir un chat, pas question, c'est comme si on faisait entrer chez soi un djinn. Les chats ne possèdent-ils pas sept âmes ?

Namouss sait donc que son désir restera frustré alors qu'Aâssala jouit de ce privilège. Elle au moins est libre d'avoir les compagnons qu'elle veut et de vagabonder où bon lui semble. Arrivé à ce stade de son raisonnement, il s'arrête, inquiet. Si la liberté et le vagabondage l'attirent, c'est qu'il y a quelque chose de vrai dans l'histoire qui l'a torturé par le passé. Et voilà qu'il s'enhardit pour la première fois : après tout, un enfant trouvé peut avoir une autre vie, peut-être meilleure. Pourquoi se tracasser tant ? Du malheur qui l'a poursuivi pendant longtemps, il est donc sur la voie de la guérison.

Et, comme pour annuler cette fraîche velléité d'indépendance, il se surprend à dire :

« Je dois rentrer. Il se fait tard. »

11

C'est le mois de ramadan et ses longues matinées de réclusion. Rien ne sert d'aller dehors. La médina est déserte. À la maison, il faut se garder de faire du bruit pour laisser dormir tout leur soûl ceux qui jeûnent. Même Driss, non agressif de nature, devient méchant si on vient à troubler son sommeil.

Réveillé depuis un bon bout de temps, Namouss piaffe. Il a faim et en veut à Ghita de ne pas être levée pour s'occuper de lui. Satan se met à lui souffler plusieurs idées de bêtises. Il en écarte quelques-unes, mais l'appel du ventre est le plus fort. Il sait qu'il ne peut pas prétendre à un petit déjeuner avec du lait chaud et ce qui s'ensuit. Il doit donc se rabattre sur les restes du repas de la veille. En fouinant dans le cagibi qui sert de cuisine, il réussit à mettre la main sur un quart de pain déjà « mordu » et un bout de viande froide enrobé de graisse durcie. Il commence à dévorer sa pitance quand il entend un couinement de souris provenant de derrière les jarres de provisions. Paniqué, il recule et, dans son geste inconsidéré, heurte l'étagère où sont rangées les casseroles et autres marmites. Patatras, des ustensiles dégringolent et se répandent jusqu'au patio en un bruit assourdissant. Sur ce, la souris, encore plus paniquée que Namouss, bondit de sa cache et, après avoir fait un tour endiablé dans le patio, file droit vers la chambre des parents.

La maison est bientôt sens dessus dessous. Cris affolés de Ghita. Driss surgit en tenue légère, coiffé de son bonnet de nuit. Il ouvre avec fracas la porte des toilettes, s'empare d'un gourdin et d'un bond regagne le champ de bataille en jetant au passage un regard noir à Namouss. Tirés de leur sommeil, frères et sœurs remplissent aussitôt le patio. Chacun s'est muni d'une arme en cas de besoin : babouche, sandale, balai de doum. L'atmosphère est électrique. Namouss sait qu'il ne va pas s'en sortir indemne. Quoique. Il réfléchit vite. Après tout, personne n'était là pour savoir que c'est lui qui a fait tomber les ustensiles. Pourquoi ne serait-ce pas la souris ? Cette version pourrait tenir la route. En tout cas, mieux vaut s'éclipser, attendre l'heure de la rupture du jeûne pour réapparaître. D'ici là, il y a des chances que l'affaire soit oubliée.

Dans la rue, il erre comme une âme en peine. Désertée, la médina est méconnaissable. Les rares passants qu'il croise ont la mine renfrognée. Peu d'échoppes sont ouvertes, et les artisans qui y trônent travaillent à un rythme bien relâché. Seuls quelques épiciers attirent une maigre clientèle : des petites bonnes, reconnaissables à leur humble mise, et surtout à ces fichus délavés, trop grands pour elles, qui leur donnent un air de vieilles filles. Elles sont là, les yeux gonflés de sommeil, à renifler leur morve et à attendre que l'épicier daigne les servir.

C'est alors que Namouss découvre l'étendue du problème qu'il s'est créé. De toute la journée, sauf miracle, il n'aura rien à se mettre sous la dent et, comme il ne pourra pas rentrer à la maison avant le coucher du soleil, que faire de cette montagne d'heures devant lui ?

Sans but précis, il reprend ses déambulations. Au bout d'un moment, marchant dans les rues vides, il a l'impression d'être dans une autre ville. Sans la foule qui les encombre d'habitude, les souks sont devenus plus larges. On peut prendre son temps, regarder devant et autour de soi, lever les yeux vers le ciel, suivre dans son vol une cigogne et, là où des claies de roseau couvertes de vignes forment un toit tutélaire, admirer les grappes de raisin pendant comme des lustres, tendre l'oreille aux piaillements des oiseaux qui ont construit leur nid dans ce lit de fraîcheur.

Namouss avance, guidé par l'envie soudaine de revisiter certains lieux en mettant à profit cette exceptionnelle accalmie. Ses pas le portent vers le marché Joutiya, là où l'affluence atteint des pics en temps ordinaire. Ici, dès le matin, les gens s'agglutinent devant les étals de bouchers, de poissonniers, de marchands de légumes et, au milieu de la place, font cercle autour des vendeurs d'olives, d'escargots et de sel qui, faute de boutique, étalent leur marchandise dans de grands couffins évasés, posés à même le sol. Les gargotes servant de la harira ne désemplissent pas. Il arrive parfois à Namouss de se glisser à l'intérieur de celle de Ba Allal en faisant attention à ne pas être vu par quelqu'un susceptible de rapporter la chose à sa mère. Car Ghita estime que manger dehors, ce qu'elle appelle la « nourriture de la rue », est dégradant. C'est juste bon pour les mendiants, les sans-famille et les célibataires. Quand il brave l'interdit, Namouss se brûle la langue en mangeant sa soupe tant il doit faire vite. Ensuite, il quitte la gargote comme un voleur.

Aujourd'hui, il n'y a ni soupe ni son odeur. Peste ! La place désertée sent plutôt le crottin et l'urine. Quelques ânes sont là, affalés, l'œil mi-clos, agitant nonchalamment la queue pour chasser les mouches insistantes. À leur mine, on croirait qu'ils jeûnent eux aussi. Il faudra attendre midi pour que le lieu retrouve un semblant d'animation. Mais ce n'est pas à cela que pense Namouss. Puisque c'est ramadan, l'événement se produira bien plus tard, quand la nuit sera avancée. La place de la Joutiya se transformera en cour des miracles. Il n'y aura plus ni achat ni vente. Des funambules, des conteurs se partageront l'espace et tiendront le haut du pavé jusqu'aux premières lueurs de l'aube. Ils rivaliseront de jongleries et d'éloquence. Autour d'eux, la foule sera dense, médusée, complice. Des voleurs à la tire opéreront. Des chants à la gloire du Prophète s'élèveront au moment de la quête.

De tous ces spectacles, celui qui a la faveur de Namouss est donné par un personnage à la légende établie, un conteur nommé Harrba. Au physique, l'homme est sans relief : une petite tête vissée sur un tronc malingre, des yeux chassieux, une moitié de crâne dévorée par la teigne. N'empêche que ce gringalet est une véritable bête de scène, un narrateur hors pair qui sait maintenir en haleine son public avec un répertoire des plus variés. Tantôt il improvise des sketches inspirés de la vie quotidienne où il tourne en bourrique ses coreligionnaires, tantôt il raconte dans des versions qui n'appartiennent qu'à lui des histoires connues de tous. Collée sur son épaule, une petite *taârija* lui permet d'accompagner son récit ou de l'interrompre par des performances rythmiques où il excelle.

Namouss sera là à l'écouter, seul ou en compagnie d'une bande de camarades. Il se laissera porter par sa voix qui sait parodier l'homme et la femme, le riche et le pauvre, le maître et le domestique, le citadin et le paysan, le sourd et le bègue, le cadi corrompu et l'imam tartufe, le mendiant feignant la cécité, le marchand trompant sur la marchandise, et maints autres simulateurs et filous. Puis Harrba changera de registre. Namouss voyagera alors dans les temps anciens, s'émerveillera aux miracles réalisés par les prophètes et les saints, souffrira à leurs souffrances, s'enthousiasmera aux exploits des héros guerroyant sans relâche contre les ennemis du bien et de la foi, s'ébahira à l'évocation des charmes des princesses : grain de beauté adroitement placé, chevelure qui arrive aux chevilles, bouche en forme de bague, grenades des seins, taille fine qu'une seule main peut enserrer.

Harrba sautera, virevoltera, se multipliera. Il imitera le vent, les vagues, le tonnerre, la pluie, le cri des animaux, le pet sonore des sans-gêne, celui silencieux des sournois, et sans crier gare s'arrêtera pour réclamer son dû :

« Vous voulez que je continue ?

— Oui ! répondra le public unanime.

— Eh bien, dira-t-il, le cinéma c'est pas gratuit. Mettez la main à la poche, et que je les entende tinter, vos sous. »

Le spectacle durera jusqu'à l'approche du *s'hour*, le dernier repas avant la reprise du jeûne. Des rues avoisinantes parviendra le chant des « marteleurs », ces facteurs de l'aube qui font la tournée des maisons. Avec un marteau de cuivre, ils frapperont sèchement aux portes pour signaler aux gens qu'il faut se dépêcher de manger. Alors la foule se dispersera en un clin d'œil. Les artistes ramasseront leurs accessoires et suivront le mouvement.

Namouss compte bien retrouver Harrba cette nuit. D'ici là, son sort reste incertain et, pour chasser cette idée désagréable, il n'a d'autre choix que de poursuivre son errance. Il pense à Driss, et cette pensée le guide tel un aimant vers le souk de la corporation des selliers.

Sekkatine ! Il a le sentiment qu'ici c'est un peu

la maison de son père, alors que celle de la Source des Chevaux est incontestablement le fief de sa mère. L'idée d'être partagé entre deux maisons le trouble. Laquelle l'attire et le réconforte le plus ? D'un côté, l'enceinte de la famille, l'ordre rassurant qu'y fait régner Ghita, de l'autre, un territoire délimité lui aussi, mais grouillant de vie, relié aux activités de la ville, recevant les échos de l'extérieur : les campagnes, les autres villes, et le monde d'ailleurs. Et Driss, artisan respecté, au centre de tout cela.

Sekkatine est entièrement vide, les échoppes bouclées. Seul le gardien du souk est là, à demi couché sur un sac de jute, près de l'entrée. Il commence par lui jeter un regard soupçonneux avant de le reconnaître pour le fils du *maâllem* Driss et de s'enquérir de ce dernier :

« *Yak labass ?* Comment va Ba Driss ?

— *Labass, labass* », répond à contrecœur Namouss, qui lui en veut d'être là comme pour l'espionner. Il aurait voulu être seul pour cette visite qui sort de l'ordinaire et dont il ne comprend pas lui-même le véritable objet.

Il tourne le dos au gardien et s'engage dans le souk. L'alignement des échoppes fermées le déstabilise. D'habitude, quand Sekkatine est ouvert, il est capable de reconnaître les yeux fermés chacune d'elles et de nommer celui qui l'occupe : son oncle Si Mohammed, le fabricant d'étriers Meslouhi, les artisans Berdaï, Chadane, Amine Rabiî, les commerçants Tahiri : Sid Louafi et Sidi Hafid, les Sebti : Mohammed Lehsiki et son fils haj Mohammed le Petit, dit le Clou, le chef de la corporation haj Abderrahmane Sekkat, etc. L'échoppe de son père est juste au milieu, face à celle du coiffeur-circonciseur Doukkali. Namouss peut dresser une galerie de portraits de toutes ces personnes. Il y a les gentils et les moins gentils, les grandes gueules et les timorés, les âpres au gain et ceux qui se contentent du minimum licite, les pince-sans-rire et les bonnes poires, les envieux et ceux qui ont la baraka, les pudiques et les sans-gêne, les rapides et les lents, les besogneux et les perfectionnistes. Alors, on ne risque pas de s'ennuyer quand Sekkatine bat son plein.

Très tôt le matin, on ouvre. La porte surélevée des échoppes est composée de deux battants. On rabat le premier après avoir actionné la serrure avec une grosse clé. Le battant supérieur est poussé et fixé comme un auvent à l'aide d'un gros bâton. Une corde accrochée au plafond, nouée à son extrémité, permet de se hisser à l'intérieur en un bond athlétique. Par rapport aux passants et aux clients, l'établi est presque à hauteur d'homme. Seul le coiffeur a succombé aux sirènes de la modernité. Sa boutique se ferme avec des battants qu'on glisse sur les côtés et, comble du luxe, on y accède par des marches.

C'est là que Namouss s'assoit pour reprendre son souffle et rêvasser de nouveau. Un sourire point sur son visage. Il se remémore ces matinées où le travail démarre lentement dans le souk, et notamment ces plaisanteries qui se répètent chaque fois qu'un des artisans arrive un peu tard, le teint rose, emmitouflé jusqu'aux oreilles dans une serviette de bain. Le sens de ce passage au hammam de si bon matin n'échappe pas à ses compères. Dès qu'il s'installe dans sa boutique et étend sa serviette sur le bâton qui sert à soulever l'auvent, les quolibets fusent :

« Aha ! On a eu recours aux grandes ablutions !

— L'eau était chaude, j'espère.

— Le masseur s'est bien occupé de toi, hein ?

— Grand bien te fasse, *maâllem*.

— La dame doit être fourbue ce matin. Je ne te dis pas comment le ménage sera fait.

— Et le repas de midi, il devra être conséquent. Ces choses-là ouvrent l'appétit.

— Que Dieu nous donne un peu de ton ardeur.

— Ménage quand même ta santé, *maâllem*.

— Gardes-en un chouïa pour la seconde épouse si la première jette l'éponge. »

Le bonhomme encaisse de bon cœur et semble prendre ces railleries pour un hommage à sa virilité. Il sait qu'il pourra dès le lendemain rendre la pareille à quelqu'un d'autre. C'est dire si le travail commence dans la bonne humeur.

Au début de sa fréquentation du souk, Namouss ne comprenait rien à ce langage codé. Il ne voyait pas pourquoi le fait d'aller au hammam devait mettre dans l'embarras l'homme soucieux de propreté. Il ne connaissait pas la différence entre les petites et les grandes ablutions, jusqu'au jour où le maître d'arabe, Si Daoudi, éclaira sa lanterne. La leçon portait sur la prière et les conditions de pureté requises pour qu'elle soit valable. Ainsi, les petites ablutions suffisent si le fidèle n'a fait qu'uriner ou lâcher un vent dans les heures qui précèdent la prière. C'est seulement en cas de « souillure aggravée » que les grandes ablutions s'imposent. Le musulman doit alors aller au hammam pour s'en débarrasser. Le maître s'était contenté de cette formule sibylline mais, sur l'insistance d'un élève effronté, il expliqua que cette souillure se produit quand l'homme s'unit avec la femme, et il finit par cracher le morceau en précisant :

« Il ne doit pas y avoir de honte en matière de religion. Apprenez, ô troupeau d'ignorants, qu'on désigne par cet acte le coït licite sans lequel vous ne seriez pas là. »

Depuis lors, Namouss, s'il ne saisit pas tous les sous-entendus grivois, sait au moins de quoi il s'agit et redoute par-dessus tout le jour où ce sera le tour de Driss d'être au centre de ces plaisanteries.

Il est rare d'ailleurs qu'il vienne au souk le matin. Cela n'arrive que si Ghita l'envoie en mission spéciale ou quand, après avoir opposé une longue résistance, il finit par accepter de se faire couper les cheveux et d'abandonner ainsi sa tête au coiffeur Doukkali. C'est qu'il a un contentieux avec ce dernier. La circoncision est encore fraîche. Mais il ne lui en veut pas tant de l'avoir opéré. Après tout, il avait envie d'être comme les enfants de son âge. Dans les mois précédant l'opération, les camarades qui étaient passés par là commençaient à le railler sur le bout de trop qui pendait à son zizi. Ce dont il tient rigueur à Doukkali, c'est de l'avoir pris en traître. Alors qu'il était décidé à affronter avec courage l'instant fatidique, le coiffeur utilisa un subterfuge.

« Regarde là-haut le petit oiseau vert qui fait frrr ! » lui lança-t-il.

Et c'est au moment où il leva la tête pour chercher le volatile à la couleur rare que le coup de ciseau fut porté.

Namouss lui en veut aussi pour des raisons plus prosaïques. Chaque fois qu'il lui coupe les cheveux, c'est un crève-cœur. Prétextant des touffes qui rebiquent, il n'arrête pas d'égaliser au point de lui dénuder complètement le crâne. Namouss n'ose pas faire la moindre remarque et, quand il sort de là, il a honte de se voir tondu comme un mouton. Autre raison de cette aversion, l'odeur nauséabonde que dégagent les mains de Doukkali qui, à l'évidence, ne se les lave pas au savon après sa toilette intime. Dur, dur. Il faut retenir sa respiration au risque d'une autre asphyxie. Quel soulagement quand le coiffeur lui met du talc sur la nuque et autour des oreilles, puis l'époussette avec un blaireau aux poils doux avant de déclarer, fier de son travail :

« Regarde-toi, tu es comme un nouveau marié ! »

Les mauvais souvenirs sont toutefois rares à Sekkatine. Fastes sont les après-midi, par exemple. Peu avant la cohue, Namouss aime se hisser à l'intérieur de l'échoppe, s'accouder à l'établi et rester là à regarder travailler son père. De ces moments, sa mémoire olfactive enregistre les odeurs du cuir de chevreau ou de vache, du fil de chanvre, de la cire, des laines naturelles ou teintes, du fer des mors et des étriers, du bois des arçons, de la colle à base de farine et, bien sûr, du tabac à priser que Driss consomme à profusion comme la plupart des gens de Sekkatine. Et l'odeur de son père, c'est un subtil mélange de ces fauves arômes. Ce qui le fascine le plus quand il est là, ce sont les mains de Driss, grandes pour sa taille, on dirait détachées de son corps tant elles sont agiles. Le pouce et le majeur, protégés par des dés en cuir, semblent démesurés par rapport aux autres doigts. La paume calleuse qui s'abat sur l'ouvrage pour renforcer les coutures a la force d'un marteau. Namouss admire ce déploiement d'énergie et d'ingéniosité. Il sait que ces mains-là ont la baraka, elles qui le nourrissent et le protègent.

D'autres fois, quand un client se présente, il prend un égal plaisir à suivre les péripéties de la tractation. Driss commence par exposer la variété des selles et l'usage approprié de chacune. Si c'est pour la fantasia, la selle d'apparat s'impose. Dans ce cas, il faut choisir entre la fassie, brodée or, ou la brodée avec du fil d'argent, originaire de Tlemcen. Si c'est pour tous les jours, une simple brodée avec du fil fait l'affaire. Vient ensuite le montage de la selle depuis le *tarchih,* composé de plusieurs tapis de laine cousus qu'on doit mettre en premier sur le dos du cheval, jusqu'à la têtière en passant par l'arçon, le trousse-queue, la sous-gorge et les sangles. Arrive enfin le plus délicat, quand il faut parler argent. Curieusement, le client se transforme alors en humble quémandeur. Il jure ses grands dieux que la récolte a été mauvaise cette année, qu'il va être bientôt sur la paille. Il supplie Driss de l'aider à traverser cette mauvaise passe et de prendre en pitié sa marmaille.

« Je t'embrasse les mains, *maâllem*, ne sois pas dur. »

Cette comédie ne trompe pas Driss, qui en a vu d'autres. Mais il semble avoir été ému et propose un marché sans appel.

« Tu sais ce que nous allons faire ? Laissons de côté les marchandages et entendons-nous sur la marge de bénéfice. Le prix de revient est tant. Alors, combien me donnes-tu pour ma peine ?

— Mille, *maâllem.*

— Maudis Satan, homme. Tu sais combien de travail cela représente ?

— Ouvre ta main, *maâllem,* voilà ce que je vais te donner : mille cinq cents, pas un centime de plus. Si j'en ajoute un, je jure, et trois fois plutôt qu'une, que ma femme me deviendra illicite.

— Laisse ta femme tranquille, homme. Allez, sors-les et prends ta selle. Ô dispensateur des biens et distributeur des parts, merci à Toi ! »

Sur ce, Driss tend sa paume et l'acheteur commence à y déplier les billets en comptant :

« Un, c'est Dieu. Deux, et Il n'a pas d'associé. Trois... »

Namouss écarquille les yeux à ce spectacle et jubile à chaque billet que la main de son père recueille. Vendredi prochain, se dit-il, je vais pouvoir demander une bonne *tatriba* (argent de poche).

Sekkatine s'anime de plus en plus. La vente aux enchères a commencé. D'abord celle des *lbadi* (petits tapis de laine) confectionnés chez elles par des *maâlmate*. Elles les confient aux aboyeurs Ammour ou Raïss, qui les passent autour du bras et vont de boutique en boutique pour récolter les enchères. Les artisans savent reconnaître le label de chaque ouvrière : Chérifa, Fdila, la Berbère ou les filles de Merqtani sont celles dont ils apprécient le plus l'ouvrage. Ils ont d'ailleurs inventé un langage codé pour se signaler la qualité des produits. Namouss a fini, là aussi, par en percer le mystère. Il sait que la marchandise qualifiée de *chorba* est de mauvaise qualité, et le contraire si on dit qu'elle est *jrih*.

Après les tapis de laine vient le tour des selles d'occasion, des étriers, des fusils de fantasia. Il arrive que des objets qui n'ont rien à voir avec la sellerie soient mis en vente : samovars, plateaux en cuivre, poignards ciselés... Puis l'activité baisse et le souk retrouve un peu de calme. Les commerçants font leurs comptes et les artisans se remettent au travail, avec moins d'ardeur qu'auparavant. Les commandes pleuvent sur le cafetier du coin, Krimou. Café ou thé à la menthe servis dans des verres *chebri* (de la taille d'un empan). On sort les noix ou les boîtes de tabac à priser et on s'adonne tranquillement à son plaisir. C'est le moment aussi où l'on accueille des visiteurs de passage qui viennent échanger des nouvelles et discuter des événements en cours : mariages, divorces, décès, maisons à vendre, nouveaux produits sur le marché, évolution des prix et, bien sûr, bras de fer des nationalistes avec les autorités coloniales. On évoque à voix basse les noms de Allal el-Fassi, Belhassan Ouezzani, Abdelkrim Khattabi, du sultan que Dieu lui donne la victoire, des caïds félons qui sévissent dans les campagnes. On suppute la position des Maricanes et des Rouss (les deux grandes puissances), le soutien de l'Égypte, et on prie Dieu de prendre en pitié les musulmans dans leur ensemble, de leur apporter le soulagement.

Namouss est là à grappiller ce qu'il peut de connaissances. Ce qui se passe dans le pays le dépasse, et il l'assimile à un ordre naturel des choses. L'Histoire n'a pas encore frappé à la porte de sa conscience. Il attend avec impatience quelque imprévu qui viendrait rompre ces discussions sérieuses. Tiens, si Abdeslam Laïrini pouvait surgir à l'instant, une valise à chaque main ! L'homme ainsi nommé est un commis voyageur originaire du nord du pays, plus précisément de la ville de Larache. Une fois par mois, il fait le va-et-vient entre Fès et la zone espagnole, d'où il rapporte des marchandises étonnantes : savonnettes en forme de fruits (citrons, poires, bananes), chaussures italiennes, foulards et chemises en soie, pyjamas, parfums Rêve d'or et Tabu, chocolat, tubes de dentifrice, brosses à dents et, chose qui indispose Namouss, gargoulettes espagnoles à la décoration et aux formes inhabituelles. Sitôt sa présence signalée au souk, bien des discussions s'interrompent. On accourt pour palper les articles, qui s'arrachent pour la plupart. Driss achète rarement, pour une raison qui échappe à Namouss. Aussi ce dernier doit-il se contenter du plaisir des yeux. De l'ouïe aussi, car Abdeslam Laïrini parle avec l'accent chantant du Nord. C'est comme une autre langue pour Namouss, qui, à l'école, a commencé à prendre goût aux langues.

Il y a des jours où l'imprévu n'est pas au rendez-vous. La discussion traîne. Driss, qui s'aperçoit de l'ennui de son rejeton, décide de le libérer.

« Rentre à la maison », lui ordonne-t-il.

Cet ordre réveille Namouss de sa longue rêverie. Il regarde autour de lui pour s'assurer que Driss n'est pas dans les parages. Quelques échoppes ont déjà ouvert. Il est temps de quitter les lieux.

Où aller maintenant ? Il est à peine midi, et il faut tenir jusqu'à l'approche du coucher du soleil. Pas d'autre solution que de continuer à errer. Il quitte Sekkatine, tourne à gauche, dépasse la fontaine Nejjarine et emprunte la ruelle qui débouche sur la rue des Pavés. Arrivé là, il s'arrête devant une boutique, fermée elle aussi, mais pas pour la même raison que les autres. En fait, de mémoire d'homme, elle a toujours été fermée, d'où l'auréole de mystère qui l'entoure. On l'appelle la boutique du Prophète et on raconte que l'Aimé de Dieu est passé par là. L'empreinte de son pas y est encore gravée sur le sol. Namouss a souvent essayé de regarder, par une petite fente, ce qui se passe là-dedans, mais il n'a jamais rien pu distinguer dans le noir. Aujourd'hui, dans sa détresse, il aspire à un miracle. Il se met contre la porte et colle son œil à la fente. Son besoin d'être secouru lui fait capter comme un souffle provenant de l'intérieur. Il en est remué. « Ô émissaire de Dieu, se surprend-il à murmurer, sors-moi de cette mauvaise passe. » Sur ce, il se sent bousculé, puis écrasé violemment contre la porte. Essayant de s'accrocher à quelque chose pour ne pas perdre l'équilibre, sa main agrippe la queue d'un animal sorti d'on ne sait où. Il se rend compte qu'il s'agit d'un âne lourdement chargé qui a glissé sur les pavés et s'est presque renversé sur lui. Heureusement que l'ânier est là. À coups de trique, il réussit rapidement à remettre la bête sur ses pattes et à dégager Namouss, qui a eu plus de frayeur que de mal. Celui-ci reprend son chemin, un peu sonné.

Il a besoin de grand air, et c'est tout naturellement qu'il pense à Jnane Sbil. Pour y parvenir, il faut une bonne trotte, et en pente ascendante : la rue des Pavés, ensuite la Petite Montée jusqu'à Bab Boujeloud. « Tant mieux, se dit-il, cela me permettra de "rapprocher l'heure du moghreb" (rupture du jeûne). » Cette perspective lui redonne de l'énergie. Il décide d'arrêter de flâner et de parcourir le chemin d'une seule traite. Mais l'animation, devenue conséquente, contrarie légèrement son plan. À ce moment de la journée, la soif et la faim commencent à tenailler les gens. Ceux qui sont en manque de tabac à priser ou à fumer perdent patience. Leur humeur devient massacrante. Ils cherchent la petite bête et sont à l'affût de la moindre parole, du moindre geste estimés déplacés pour s'accrocher et épancher leur bile. Ici et là, des altercations éclatent, suivies avec un intérêt soutenu par des groupes d'oisifs dont la préoccupation essentielle est de rapprocher le moghreb, selon la formule déjà utilisée par Namouss. Toute distraction, au sens fort du terme, est pour eux bienvenue. Parmi eux, deux catégories sont à distinguer. Celle des moqueurs, des jeteurs d'huile sur le feu, qui se tiennent un peu à l'écart pour pouvoir détaler au cas où les bagarreurs, excédés par leurs quolibets, abandonneraient la partie qui les oppose pour se retourner contre eux. Ils lancent ainsi leurs commentaires insidieux :

« Qui a laissé tomber son sebsi ?

— Qui a laissé tomber sa tabatière ?

— Allume et tire une bonne bouffée.

— Le moghreb est en-co-re loin

— et la bonne est une pis-seuse ! »

La deuxième catégorie est composée de bonnes âmes qui s'interposent entre les adversaires et, à force de citations pieuses, essaient de les ramener à la raison. Encore que ces conciliateurs, en jouant un rôle civique, rapprochent eux aussi, mine de rien, l'heure du moghreb.

Curieux, d'ailleurs, l'intérêt subit de la plupart des gens pour la course des aiguilles pendant ce mois où l'on célèbre la patience. Dès que le soleil quitte le zénith et entreprend sa chute, les questions qui reviennent constamment tournent autour du même pot :

« Quelle heure est-il ?

— À quelle heure est le moghreb aujourd'hui ?
— Combien reste-t-il pour le moghreb ? »

Et, comme si ces précisions ne suffisaient pas, d'aucuns, encore plus inquiets, demandent :

« Tu es sûr que ta montre est bien réglée ? »

Namouss a du mal à se frayer son chemin parmi cette foule fébrile. Il veille à ne bousculer personne pour ne pas s'attirer les foudres de quelqu'un qui serait, comme on dit, *mramden* (atteint de ramadan). Enfin, il parvient à Bab Boujeloud. La voie est libre.

Jnane Sbil est un véritable havre de paix. L'allée centrale, entourée de bigaradiers touffus, est parcourue par une double rangée de vasques dont les jets d'eau s'élancent et retombent comme des danseurs répétant inlassablement un ballet dirigé par une main invisible. Namouss quitte l'allée et prend à gauche. Il traverse une petite forêt de bambous grandis à l'ombre de pins et de palmiers géants. Çà et là, de frêles daturas ploient sous leurs grappes de clochettes odorantes. Le bruit d'un ruissellement se fait entendre et, au bout du sentier, la noria du jardin apparaît, majestueuse. La roue à godets tourne lentement, comme si elle caressait la surface de l'eau. Namouss s'assoit sur un banc et s'abandonne à ce spectacle qui lui met du baume au cœur. Bercé par le chuintement, il finit par s'assoupir. Les sensations qu'il éprouve bientôt dans son rêve n'ont rien à voir, hélas, avec la paix environnante. Un poids énorme oppresse sa poitrine alors que les images défilent à un rythme accéléré dans sa tête. Encore une fois ce cauchemar.

Cela s'est passé il y a un an. La scène se déroule à Aïn Allou, la rue où se trouve le Petit Puits. Ce jour-là, il n'est pas venu pour écouter Chiki Laqraâ couvrir d'injures le fantôme de sa rivale et les teigneux au cœur de pierre. Il est à cet endroit par le plus pur des hasards. Et la révolte gronde autour de lui. La foule rassemblée dans ce boyau bloque la circulation. Des hommes, des enfants et même des jeunes filles scandent des slogans :

« À bas le colonialisme !

— Vive l'indépendance ! »

Puis une chose inimaginable se produit : une jeune fille dévoilée est soulevée par deux manifestants, portée à bout de bras. Et c'est elle qui, balayant toute réserve, lance un chant que la foule reprend aussitôt :

Le Maroc, notre patrie
Je lui fais don de mon âme
Et celui qui piétine ses droits
Devra goûter à la mort…

La foule ne cesse de grossir et l'excitation est à son comble quand des coups de feu éclatent, provenant du haut de la rue.

« Les goumiers ! Les goumiers ! » crie quelqu'un.

Et c'est la panique. Une vague de manifestants dévale d'en haut, suivie d'une autre. C'est comme un château de cartes qui s'abat et se transforme en un amas grossissant de corps affalés les uns sur les autres, gesticulants, pris au piège. Namouss sent la terre se dérober sous ses pieds. La vague l'a happé, submergé, emprisonné. Le fétu de paille qu'il est se trouve au centre d'une botte compacte sans la moindre issue. Averti par l'instinct, il se garde de bouger ou de crier pour se concentrer sur sa respiration. La bouche ouverte, il essaie de capter un peu d'air, mais ses poumons sont de plus en plus aplatis et son cœur cogne à grands coups. L'idée de la mort l'effleure et, curieusement, ce n'est pas sa fin qui le tarabuste. Il pense plutôt à la réaction de Ghita, qui va se mettre dans tous ses états si elle apprend ce qui lui est arrivé, à Driss, qui pourrait lui supprimer son argent de poche de la semaine. Mais ces idées s'éloignent à mesure que l'étouffement s'accentue. Il ne peut plus respirer, c'est juste un râle qui sort maintenant de sa bouche. Dans un dernier éclair de lucidité, il se rend compte qu'il est collé au corps inerte d'une femme qui lui a plaqué sa main au visage. Sans savoir pourquoi, il prend cette main et la mord de toute l'énergie qui lui reste. Il sent l'odeur du sang. Le sien ou celui de la femme ? Il ne peut pas voir. À l'obscurité qui l'entoure s'est substitué un écran de fumée blanche et glaciale qui envahit son cerveau et engourdit ses membres. Autour de lui, les cris et les gémissements s'estompent.

C'est à ce moment-là que l'étau se desserre. Quelqu'un est en train de le tirer. Il ouvre un œil pour voir une casquette de policier, puis un visage, des lèvres qui lui ordonnent :

« Fous le camp d'ici ! »

Libéré de l'étau, il atterrit, évolue d'abord à quatre pattes avant de se relever tant bien que mal et déguerpir après avoir reçu un coup de pied au derrière de la part de son sauveur.

« Tu veux boire ? »

Celui qui tire ainsi Namouss de son somme agité est un petit bonhomme pas plus haut que trois pommes, portant au-dessus de l'épaule... une gargoulette ! De sa main libre, il lui tend un gobelet en insistant :

« Tu veux boire ? »

Namouss regarde cette apparition, l'air hébété. À peine sorti de son cauchemar, le voici devant une espèce de sosie qu'il aurait voulu ne jamais rencontrer. L'histoire qui l'a tant fait souffrir ne finira-t-elle donc jamais ? Quel est ce malin génie qui s'acharne à la lui rappeler, surtout en ce jour où tout va de travers ? Ayant repris un peu ses esprits, il attrape le gobelet et le vide d'une seule traite. L'enfant s'amuse d'une telle soif :

« Tu as jeûné aujourd'hui ? »

Prudent, Namouss lui renvoie la question :

« Et toi, tu as jeûné ?

— Non, rétorque l'enfant, je suis plus jeune que toi.

— Moi, je suis le plus jeune de mes frères, renchérit Namouss. C'est pas demain que je vais commencer à jeûner. »

Et la discussion s'enchaîne ainsi :

« Moi, je n'ai ni frère ni sœur.

— Et tes parents ?

— Je n'en ai pas.

— Tu habites où ?

— À Fès Jdid.

— Chez qui ?

— Chez des gens. Je travaille, et je leur donne les sous.

— Ils t'ont trouvé ici, à Jnane Sbil ?

— Non, ils disent qu'ils m'ont ramené de la campagne, mais ils mentent.

— Qui t'a donné la gargoulette ?

— Je l'ai achetée avec mon argent.

— Tu vends l'eau partout ?

— Ici, quand ce n'est pas le ramadan, sinon je vais au mellah.

— Et pourquoi tu es là maintenant ?

— J'ai assez travaillé. Je suis venu me reposer, et ce qui me reste d'eau je le distribue *fabor*.

— Qui c'est qui va boire de ton eau ?

— Les enfants, et les femmes qui ont leurs règles.

— C'est quoi ça ?

— Tu ne sais pas ?

— Non.

— Elles perdent du sang.

— D'où ?

— De là où tu es sorti.

— Et pourquoi ?

— C'est comme ça. Et alors elles ont le droit de boire et de manger.

— Ah ! voilà pourquoi ma grande sœur mange parfois.

— Tu n'es qu'un *kanbou,* toi, tu ne sais rien.

— Si, j'apprends beaucoup de choses à l'école.

— Moi, j'apprends plus dans la rue.

— Quoi, par exemple ?

— Des ruses. Et puis je sais me défendre.

— Moi aussi.

— Mon œil ! Si je souffle sur toi, tu t'envoles.

— Ne me provoque pas. Je ne te frapperai pas, car tu es plus jeune que moi.

— Tâte un peu mes biceps.

— C'est vrai, ils sont durs comme du bronze.

— Toi, tu t'es enfui de la maison.

— Comment tu le sais ?

— Tu as fait une bêtise, et ça se lit sur ton visage.

— Je n'ai rien fait. »

La prière de laâsser vient d'être annoncée. Le moghreb n'est plus très loin. Namouss décide de partir. Il quitte à contrecœur son compagnon. L'hostilité du début de leur rencontre a disparu. Il est même triste à l'idée qu'il ne le reverra peut-être jamais. Il se retourne pour le regarder une dernière fois. Le vendeur d'eau est juché sur le banc, sa gargoulette posée près de lui. Ses petits pieds nus, poussiéreux, se balancent dans le vide. Derrière lui, l'encadrant, le prenant presque pour centre, la noria poursuit sa rotation. Sur cette image un peu inquiétante, Namouss se dirige vers la sortie.

12

Retour à la maison. L'appréhension est intacte, et ce n'est pas l'état d'énervement dans lequel il trouve sa mère qui va dissiper ses craintes. Ghita semble d'abord ignorer sa présence. C'est qu'elle est engagée dans une de ses tirades mémorables qu'elle interprète en utilisant le patio comme scène. Habitué à ces représentations, Namouss ouvre grand les oreilles, en attendant de voir venir. Mais ce qu'il entend est stupéfiant :

« Elle est bien belle, notre religion ! On doit passer toute la journée étranglés comme des chiens. Le gosier sec et les intestins qui jouent de la trompette. Ni repos le jour, ni sommeil la nuit. Et qui c'est qui récolte les tracas ? C'est Ghita, la bonne des grands et des petits, l'orpheline qui n'a personne pour la prendre sous son aile. Si seulement j'avais quelque part où aller, je jure par Dieu que je ne resterais pas ici une seconde. Que disaient les maîtres, nos ancêtres ? " Le pays qui t'humilie, quitte-le. " C'est vrai, la terre est vaste. Moi, je peux vivre n'importe où, même dans une nouala ou sous une tente. Mes bras sont capables de me nourrir. D'ailleurs, de l'eau et du pain me suffiraient. Je n'ai besoin ni de caftan ni d'or. Je n'ai besoin ni d'homme, ni d'enfants, ni de qui m'apporterait des maux de tête. Tête, ô ma tête, tu vas éclater. Ma tête, ma tête, ma tête... »

Sur ce, elle fait volte-face et, remarquant enfin la présence de Namouss, elle le tance :

« C'est maintenant que tu rentres, fils du péché ? Où étais-tu depuis ce matin ? Avec qui es-tu allé vagabonder ? Nous sommes restés toute la journée le cœur suspendu. Ton père a failli louer les services d'un crieur public pour te rechercher. »

Namouss commence sérieusement à paniquer, quand elle change brusquement de registre :

« Approche ! Et dis-moi d'abord : tu n'as rien mangé depuis hier, n'est-ce pas ?

— Non, s'empresse de répondre Namouss que cette question remplit d'espoir.

— *Wili, wili* ! s'écrie Ghita soudain apitoyée. Le gosse mourait de faim et personne n'était là pour le secourir. Viens, viens, mon pauvre petit. Commence par me goûter cette maudite harira et dis-moi si elle est suffisamment salée. Je ne sais pas ce que j'ai avec le sel. Ça date du temps où, jeunes mariés, nous vivions ton père et moi chez ton oncle. Eh bien, figure-toi que, quand c'était mon tour de faire la cuisine, ta tante, que Dieu la punisse pour ses actes, s'arrangeait au moment où j'avais le dos tourné pour ajouter une poignée de sel dans la marmite. Et, lorsque je servais, le tajine était immangeable. Tout ça pour créer la zizanie entre Driss et moi. J'étais encore une enfant mais, un jour, je me suis réveillée à l'aube, j'ai ramassé mes affaires et donné à choisir à ton père : ou bien il me trouvait une maison à moi, ou bien on allait chez le cadi...

— Fais-moi goûter la harira », implore Namouss dont les intestins jouent depuis des heures de la trompette, et même du tambour.

Ghita lui remplit un bol à moitié. Il l'engloutit et en redemande :

« Remplis-moi le bol.

— Alors, le sel, il y en a assez ? »

Namouss, qui n'en est plus à ces nuances, répond par une pirouette :

« Ta soupe, elle n'a pas sa pareille. »

Ravie du compliment, Ghita découvre un plat rempli de gâteaux au miel et l'encourage :

« Prends ce que tu veux. Mange, mange. Toi, au moins, tu es libéré de nos devoirs. Quelle félicité ! »

Namouss, qui réfléchissait en se sustentant, est maintenant presque rassuré. S'il est puni, ce sera pour sa fugue et non pour la bêtise commise de bon matin, mais il veut quand même en avoir le cœur net. Non sans imprudence, il demande :

« Et la souris ?

— Quelle souris ?

— Celle qui est sortie du cagibi ce matin, vous l'avez tuée ?

— Tais-toi ! Elle a réussi à s'échapper. Ton père, en voulant l'écraser avec son gourdin, a raté son coup et a failli me briser la jambe. Mais comment sais-tu qu'elle est sortie du cagibi, tu y étais ou quoi ?

— Non, yemma, je te le jure.

— Ne jure pas. Si tu mens, tu seras métamorphosé en singe. Débrouille-toi. Allez, termine ton gâteau et file au four pour rapporter le pain. Il y en a cinq grands, et un petit où j'ai mis de l'anis et du sésame. Tu vois, j'ai pensé à toi. Tiens, voilà l'argent de la cuisson. Serre-le bien dans ta main pour ne pas le faire tomber ou te le faire voler par quelqu'un. Ne traîne pas là-bas et ne laisse pas les autres te prendre ton tour. Allez, file. Les hommes ne vont pas tarder à rentrer et le moghreb va bientôt " parler " ».

À son retour du four, Namouss trouve la famille réunie autour de la table. Ghita a déjà servi la soupe, posé les assiettes de gâteaux au miel, de dattes et de figues sèches. Pendant les quelques minutes qui précèdent l'annonce de la rupture du jeûne, les mines sont renfrognées. On fixe la nourriture en silence et on tend l'oreille. Enfin le canon tonne et l'appel du muezzin s'élève.

« *Bismillah* », commence Driss.

Le premier bol de harira est vite avalé dans un concert de grognements et de claquements de langue. Au deuxième bol, l'atmosphère se détend sensiblement. Namouss met à profit cette embellie pour intervenir. L'idée qui a germé dans son esprit afin de couper l'herbe sous les pieds de Driss ne manque pas de hardiesse.

« J'ai jeûné aujourd'hui, déclare-t-il avec une assurance effrontée.

— Enfin, jusqu'au milieu de l'après-midi, précise Ghita le sourire en coin. Un autre jour, tu feras mieux.

— Et jusque-là, où étais-tu passé ? s'enquiert Driss avec un accent d'irritation dans la voix.

— Je jouais dehors avec mes amis, répond Namouss sottement.

— Et depuis quand tu joues à Sekkatine, et tout seul de surcroît ? Le gardien du souk me l'a rapporté. Toi, tu es devenu un *chitane*. Alors, finis de manger et disparais de ma vue. Tu mérites une bastonnade qui t'arracherait la plante des pieds. »

Namouss se tient coi. Il sait qu'une telle menace dans la bouche de Driss n'est pas à prendre à la lettre. Tout au plus, elle exprime la colère, une colère qui sera retombée après le repas. Le cauchemar a donc pris fin. Et, ma foi, l'un dans l'autre, il ne s'en est pas trop mal tiré. Il quitte la table le premier.

Dans la rue, il retrouve quelques-uns de ses camarades : Hat Roho, son copain de classe, un blondinet aux yeux bleus, Hammad, un élément à peine toléré par la bande parce que morveux, grincheux et pleurnichard, Loudini, un faciès de bandit, le plus futé de tous, jamais en manque d'idées hasardeuses, Belhaj, un petit vieux au teint laiteux, à la tête ronde, plus ronde que les ballons de chiffons avec lesquels on joue.

Enhardi par ses prouesses de la journée, Namouss propose à cette équipe de choc une partie de *taïba* (colin-maillard). Mais Loudini, qui n'aime pas qu'on lui vole la vedette, veut imposer un jeu assez corsé : *tafriq Nsara* (le grand écart des Nazaréens). Hammad, peu doué pour les performances athlétiques, milite pour un exercice plus conventionnel : *seb sebbout* (saute-mouton). Hat Roho, qui ne veut pas être en reste, suggère un tournoi de toupie. La controverse s'anime, risque de dégénérer en dispersion générale quand Belhaj, si timoré d'habitude, apporte la solution de compromis : on commence par la course, et après on passe aux autres jeux. Grand seigneur, Loudini accepte, entraînant l'adhésion de la majorité. Seul Hammad proteste, se met à pleurnicher et décide de ne pas prendre part à la compétition. Mais, collant qu'il est, il se mêle illico du débat concernant la formation des équipes. Comme s'il en voulait à Namouss, il est d'avis que ce dernier soit opposé à l'adversaire le plus redoutable, à savoir Loudini. Et il n'en démord pas, son retrait faisant de lui, pour une raison de simple arithmétique, l'arbitre désigné du jeu. Résultat obligé : Hat Roho contre Belhaj, Loudini contre Namouss. Et c'est parti ! Ligne de départ : le centre de la place de la Source des Chevaux. Les deux coureurs se tiennent dos à dos. Sur un signe de l'arbitre, ils s'élancent, l'un à gauche, l'autre à droite. Celui de gauche file sur Aïn Allou, escalade la montée des Tamisiers, traverse la rue Bouaâqda, dévale celle de Ben Debbouz et, de là, fait son entrée dans le quartier. Celui de droite emprunte le même itinéraire, en sens inverse. La triche n'est pas possible, car, à un moment déterminé, les adversaires devront se croiser. C'est d'ailleurs l'occasion d'évaluer si on a pris du retard ou de l'avance. Suite du déroulement : une finale opposera le vainqueur de la première course à celui de la deuxième.

On peut aisément deviner que, ce soir-là, Namouss perd la partie, dès le premier tour. Ses déambulations depuis le matin dans la médina et son raid jusqu'à Jnane Sbil, ajoutés à la solidité de l'adversaire, ne pouvaient donner que ce résultat. Loudini, qui le bat à plate couture, n'a aucun mal à triompher d'un Hat Roho vainqueur de la pâle course qui l'a opposé à Belhaj.

La nuit avance. Beaucoup de gens sont sortis des maisons et ont quitté le quartier pour aller veiller ailleurs. Parmi les premiers, Driss, qui s'est dirigé vers Sekkatine pour reprendre son travail et se joindre à une partie de cartes en fin de soirée. Les ateliers de la Source des Chevaux ont retrouvé leur animation. Celui des Ahl Touat, des maroquiniers originaires du Sahara, vibre de chants rythmés par des battements de mains. Namouss n'a jamais osé s'y aventurer. Les gens du Touat sont considérés un peu comme des étrangers, et donc tenus à l'écart. Mais leurs chants, si différents de ceux de Fès, sont d'une étrange beauté.

La bande de Namouss a épuisé son répertoire de jeux. Elle entoure maintenant un personnage dont elle apprécie particulièrement la compagnie. Dans le quartier, Si Abdeltif est un des rares adultes qui ne regarde pas de haut les enfants et se prête volontiers au dialogue avec eux. S'il appartient à une grande famille de chorfa, il n'a nullement la retenue de ces derniers et tient un discours des plus libres. Au physique, l'homme est d'une corpulence certaine. Son ample jellaba n'arrive pas à camoufler un embonpoint si phénoménal que cet à peine quadragénaire doit s'aider d'une canne pour se déplacer. C'est peut-être la raison pour laquelle il aime s'installer sur un banc de pierre au milieu de la ruelle et deviser avec son auditoire pendant des heures. La famille de Si Abdeltif est une des plus puissantes du quartier, où elle possède plusieurs maisons. Dans les campagnes environnantes, elle est aussi propriétaire de vastes domaines. Souvent, les produits de ses terres arrivent dans le quartier chargés sur des ânes. Les *chouaris* regorgent de sacs de blé et d'olives, de paniers de figues, de raisin. La bande de Namouss profite du déchargement pour ramasser ce qui tombe, et parfois pour chaparder carrément une poignée de figues fraîches ou une généreuse grappe de raisin. Cette opulence familiale n'a pas tourné la tête à Si Abdeltif, qui semble préférer la compagnie de gens plus humbles. Rien à voir avec la morgue de son grand frère, qui est la terreur des enfants. Dès qu'il apparaît à l'entrée de la rue, les jeux doivent s'arrêter pour lui libérer le passage. Si l'on joue au ballon, il faut vite le ramasser, sinon ce despote s'en empare et le confisque, insensible aux supplications. C'est sûrement l'humour qui a sauvé Si Abdeltif de ces extrémités. Et il en a à revendre. Qu'il raconte des anecdotes ou qu'il interprète des rêves à sa façon facétieuse, on peut dire qu'il a choisi de la vie ce qui la rend légère et plutôt rose. Quand il arrive, essoufflé, et s'abat de tout son poids sur le banc, sa première sortie donne le ton.

« Les montées et le trou nous ont scié les genoux* ! »

Après cette formule d'ouverture vient l'anecdote du jour.

« Cet après-midi, raconte-t-il, je me dirigeais vers Batha en empruntant la montée du Lion. À quelques mètres de moi, la dame vénérable qui me précédait lâchait sans gêne un pet après l'autre. À un moment, elle s'est arrêtée, s'est retournée et m'a demandé comme si de rien n'était : "Pouvez-vous me dire, Sidi, si la prière de laâsser a été annoncée ? — Oui, Lalla, lui répondis-je, au troisième pet exactement." »

Pour ce qui est de l'interprétation des rêves, Si Abdeltif reste dans la même veine. Lors de la soirée, un adulte fait part à l'assemblée de son rêve, le plus sérieusement du monde.

« Je me suis vu, comme je vous vois maintenant, en train de marcher au milieu d'un potager où poussaient toutes sortes de légumes. Et ce qui m'a frappé le plus, c'est que j'étais vêtu d'un burnous rouge dont les pans étaient verts. Je n'arrive pas à m'expliquer ce mélange de couleurs inhabituel. Prions Dieu que cela ne soit pas porteur d'un malheur. Alors dis-moi, Si Abdeltif, quelle est la clé de ce rêve ? »

* Pour saisir ce trait d'humour fassi, rappelons que les rues de la médina n'arrêtent pas de monter et de descendre. Quant au trou, on ne va pas faire un dessin !

Et celui-ci de répondre, en laissant d'abord planer le mystère :

« Il s'agit d'un radis avec ses fanes.

— Et alors ? insiste le monsieur, intrigué.

— Et alors, tu vas te le prendre dans le cul ! »

Mais Si Abdeltif n'est pas uniquement porté sur la chose. Avec les enfants, il peut avoir un autre souci de pédagogie. Pour clôturer la veillée, il se plaît à leur proposer des énigmes, comme celle-ci, que personne n'a pu dénouer :

« Quelle est la rue de Fès où le chameau peut passer sous un minaret ? ... Personne ne trouve ? Décidément, vous n'avez pas d'yeux pour voir. Regardez par là, la voûte par laquelle on passe pour aller à Aïn Allou. Levez maintenant vos têtes. Qu'est-ce qu'il y a au-dessus de la voûte ? Le minaret de notre mosquée. Cette rue, espèce d'ignorants, c'est la nôtre, la Source des Chevaux. Allez, dispersez-vous maintenant. Je vous en ai appris suffisamment aujourd'hui. »

Si Abdeltif s'en va, et la soirée continue, même si elle est moins animée. Les gens du Touat ont fini de chanter. Peu de passants dans la rue. La bande de Namouss est à court d'idées quand on entend la voix de Chahmout s'élever sous la fenêtre de Lalla Abla. Dans la vie du quartier, ce rituel intrigue particulièrement les enfants. De quoi s'agit-il ? Chahmout est un vague cousin de Si Abdeltif. On ne sait s'il est marié ou célibataire. Lalla Abla, elle, est une veuve ou une divorcée, une voisine en tout cas de Namouss, qui la connaît bien. Et c'est vrai qu'elle est avenante, bien en chair. L'histoire de ces deux tourtereaux est-elle connue des grandes personnes ou seulement des enfants qui en sont les spectateurs à cette heure avancée de la nuit ? Toujours est-il qu'à ce moment-là Chahmout se plante sous la fenêtre de Lalla Abla et, l'appelant par un nom d'homme, il lance d'une voix caverneuse :

« Abdeslam, ô Abdeslam ! »

Lalla Abla tarde à répondre et, quand elle se met à sa fenêtre protégée par un moucharabieh, elle couine des propos à peine perceptibles.

Namouss, qui pour ces choses-là est long à la détente, a fini par comprendre. Le cœur battant, il se cache dans le vestibule d'une maison pour ne pas être le témoin de ces conciliabules fleurant le péché. Il en attend la fin avant de réapparaître et de décider d'aller se changer les idées ailleurs.

Il quitte ses camarades et, contrairement à la promesse qu'il s'est faite dès le matin de retourner le soir à Joutiya pour assister au spectacle de Harrba, il opte pour le sanctuaire de Moulay Idriss. Manque d'idées ou crise de mysticisme ? Les paris sont ouverts.

13

Après la fin de monseigneur Ramadan, la vie reprend son cours normal. Finies les sorties nocturnes et les veillées. Dès la tombée de la nuit, on dîne vite et on se couche comme les poules. L'oncle Touissa a disparu de nouveau. Il n'est pas là pour meubler les soirées. La rentrée scolaire est encore loin, et Namouss commence à trouver le temps long. L'oisiveté aidant, il est en proie à une espèce de langueur qui lui ôte l'appétit et le pousse à la solitude. La terrasse de la maison devient son refuge. Les bains de soleil ramollissent encore plus son corps et son cerveau et, quand il s'obstine à fixer l'œil de l'astre, il a l'impression de fondre dans un chaudron porté à ébullition. Il est alors tiraillé entre la tentation de se laisser dissoudre et un vague instinct de conservation. Sur ce fil mince, les images de l'incident du Petit Puits se remettent en place. Il mord jusqu'au sang la main de la femme sur laquelle il est couché. La femme lui abandonne sa main sans réagir, sans émettre un cri. Autour d'eux, les bruits sont devenus de plus en plus sourds. Puis le nuage blanc vient l'envelopper avant de s'immiscer dans sa chair et verser dans ses organes un liquide glacial.

De cet incident, Namouss n'a rien confié à ses parents. Il ne s'en est pas ouvert à ses camarades. Il en garde le lourd secret, sachant qu'il n'aura pas les mots pour exprimer ce qui lui est arrivé.

Parfois, la langueur qui l'envahit s'accompagne d'un trouble d'une autre nature. Une sève inhabituelle circule dans ses veines, provoquant une onde de picotements qui parcourt sa peau de la plante des pieds jusqu'au crâne. Un nouveau sens, qu'il ne connaissait pas, s'éveille en lui. Avant cet été, ce n'est qu'incidemment qu'il prêtait attention à son corps. Au hammam, bien obligé. Lorsque sa mère le déshabillait pour le changer et qu'il avait hâte que ça se termine au plus vite. Avec ses copains, quand ils décidaient d'uriner ensemble pour voir celui dont le jet porterait le plus loin. Difficile dans ce cas de ne pas jeter un regard en coulisse sur le petit tuyau des voisins et de comparer. Mais là, les choses prennent une autre tournure. Sur la pudeur ancrée est venue se greffer une curiosité insistante pour le corps qui est le sien. Et, ma foi, il lui trouve des charmes. D'abord ses mains, dont il scrute la forme harmonieuse, ses pieds, qu'il juge assez jolis. Puis il se laisse aller à se toucher les joues, les lèvres, et de fil en aiguille la poitrine, le ventre. Arrivé au mitan, il hésite, quand c'est là que la pulsation est la plus forte et qu'une raideur délicieuse attend qu'on la saisisse afin d'en jouer à l'air libre, de l'exposer aux rayons du soleil pour qu'elle s'épanouisse davantage. L'audace s'arrête là. Ce que Namouss en retire, c'est une agréable harmonie avec son corps. Voilà qu'il se l'approprie et l'habite alors qu'auparavant il lui était un peu étranger. À ce stade de la découverte, l'idée du bien et du mal ne lui effleure pas l'esprit. Ce qu'il éprouve est une affaire entre lui et lui, et il compte bien la préserver de toute immixtion étrangère. Namouss a déjà son jardin secret.

Et le jardin s'agrandit du fait d'une curiosité supplémentaire. De l'endroit où il est, comment ne pas s'intéresser à ce qui se passe sur les terrasses avoisinantes ? Au début, Namouss était plutôt poète dans l'âme. Quand il montait à la terrasse, il se plaisait à contempler sa ville. De son promontoire, il pouvait reconnaître les minarets de la plupart des mosquées prestigieuses. Son regard se portait sur les bordjs du sud, du nord et au-delà, vers la forêt des oliviers accrochés aux contreforts des collines qui fermaient l'horizon. Il restait absorbé par le spectacle des volutes de vapeur qui dansaient lentement au-dessus du damier des maisons et tendait l'oreille à la vaste rumeur montant des ateliers et des rues marchandes. Couronnant ce tableau, le ciel lui offrait une autre perspective de digressions visuelles, une toile qu'une main heureuse peignait en continu, usant de couleurs dont Fès avait le secret et qu'il avait pourvues de noms originaux : *zebti* (couleur chair), *qouqi* (mauve artichaut), *fanidi* (rose bonbon), *hammoussi* (pois chiche), *zaâfrani* (safran), *fakhiti* (bleu azur), *zrireq* (violine). Ces mêmes couleurs qu'affectionnait Ghita au point d'en composer le bouquet de ses caftans étaient montées au ciel pour barioler la toison du troupeau clairsemé des nuages. Et que dire de la palette des couchers de soleil, quand l'appel à la prière du moghreb s'élevait et qu'au faîte des minarets s'allumaient de pâles lampions? L'horizon était alors strié de folles arabesques dessinant dans leur mouvement une panoplie de têtes enturbannées, de houris ailées, de dragons crachant du feu, le tout embarqué sur un immense tapis volant aux franges dressées en éventail telle une queue de paon.

Mais, avec le temps, ce regard d'esthète commence à s'accompagner d'un besoin d'observation plus terre à terre. Il se porte volontiers sur l'environnement immédiat et furète dans les terrasses du voisinage, domaine réservé de la gent féminine. Il observe le va-et-vient des jeunes filles vaquant à leurs tâches en habits d'intérieur, les bras dénudés, les cheveux lâchés. Parmi elles il y a aussi des oisives, qui s'attardent en ces lieux pour se dorer au soleil et s'adonner à une contemplation du paysage non dépourvue d'intérêt pour les présences attentives qu'elles ont repérées autour d'elles. Il arrive que l'une de ces effrontées (au visage rétamé, ajouterait Ghita) prenne un bout de miroir où elle fait semblant de se regarder avant de le retourner, capte le rayonnement du soleil et le braque traîtreusement sur Namouss au point de l'aveugler. Parfois, ce sont de vraies réunions féminines qui s'improvisent. On monte des matelas, le nécessaire à thé, les plateaux de pâtisseries, et on s'installe pour deviser, rire et chanter en chœur. Au milieu de ces festivités, il n'est pas rare qu'une dame, apparemment respectable, sorte une cigarette et se mette à fumer le plus tranquillement du monde. Namouss en est outré, et sa réaction, du moins au début, est de fuir devant cette abomination qui peut attirer un malheur, même sur la tête d'un innocent spectateur.

Ces découvertes ne sont pas de tout repos. Et cela n'arrange pas l'instabilité de son humeur. Alors, pour épancher ses tourments, la rue reste le meilleur exutoire.

Pendant les jours qui précèdent la rentrée scolaire, les jeux reprennent de plus belle mais, cette fois-ci, la bande de Namouss s'ingénie à se payer la tête des passants. L'une des facéties nécessite toute une préparation. Il faut d'abord réunir les accessoires : un vieux portefeuille, un hameçon et quelques coudées de fil de canne à pêche (à défaut, plusieurs crins arrachés à la queue d'un cheval et noués ensemble font l'affaire). On bourre de papier le portefeuille pour lui donner un volume alléchant et on y plante l'hameçon auquel on a attaché solidement le fil. Ensuite on règle la mise en scène : le portefeuille est posé au milieu de la rue, bien en vue, et les comploteurs se cachent dans le vestibule de la maison la plus proche, derrière la porte laissée entrouverte. Le meneur de jeu ramène à lui le fil, l'enroule autour d'une main et reste aux aguets. On attend le pigeon, qui ne tarde pas à se manifester. Dès qu'il remarque le portefeuille, il s'arrête, regarde autour de lui et, après un moment d'hésitation, se penche pour le ramasser. Mais l'objet convoité glisse et lui échappe. Il essaie de le rattraper, une fois, deux fois, en vain, jusqu'au moment où la chose disparaît par enchantement derrière la porte. Devant ce phénomène surnaturel, le pauvre bougre reste hébété et finit par s'éloigner en maudissant Satan et ses œuvres. Il arrive toutefois que quelqu'un de moins naïf se rende compte de la supercherie, en repère vite l'origine et se rue sur la porte pour débusquer les plaisantins. Ceux-ci, plus rapides, lui claquent la porte au nez et prennent la fuite par la terrasse de la maison.

Une version différente de la même malice consiste à trouer une pièce de monnaie au milieu et à la fixer au sol avec un clou. Ainsi, le pigeon qui veut la ramasser s'échine à l'extraire. De guerre lasse, il abandonne la partie et s'éloigne, l'air penaud.

C'est Loudini qui est le plus souvent le maître d'œuvre de ces facéties. Et Namouss a presque de l'admiration pour ce chenapan qui, s'il ne s'entend pas avec l'école, a toujours des idées en réserve pour varier les aventures et les plaisirs. C'est lui encore l'ordonnateur d'occupations autres que ludiques, où le groupe s'initie par exemple au commerce qui a fait la prospérité de la ville. Pour les enfants, il s'agit plutôt d'activités mineures destinées à se procurer un peu d'argent de poche. Mais, dans le cas de Loudini, c'est une vocation réelle. Depuis que Namouss le connaît, il a déjà commencé à entreprendre. Chaque après-midi, on peut le retrouver se tenant à croupetons à l'entrée du souk El-Attarine. Devant lui, un tabouret sur lequel il a posé une plaque à gâteaux remplie de *chalaouane*, ce gratin de pois chiches à la peau dorée qu'il prépare chez lui et fait cuire au four public. Une friandise bon marché que s'arrachent petits et grands. Muni d'un couteau, Loudini coupe selon la demande, une demi-tranche ou juste un quart. Il empoche d'avance l'argent et, d'un ton péremptoire, ordonne aux clients envahissants d'attendre leur tour et de ne pas trop se pencher sur la plaque. En moins d'une heure, il écoule sa marchandise et plie bagage.

En plus de ce petit commerce, dont il maîtrise la chaîne de bout en bout, notre capitaliste en herbe a investi dans un autre secteur d'activité : la confiserie légère. Pour cela, il a commandé à un menuisier du souk Nejjarine une *tbila* : présentoir en bois muni de pieds courts et protégé sur le dessus par une grille de fil de fer. Quant au stock, à renouveler chaque semaine en moyenne, il se limite en haute saison à deux paquets de chewing-gum et une trentaine de bonbons de différentes couleurs. La gestion de l'entreprise a été confiée à Belhaj, garçon sérieux inspirant la confiance. C'est lui qui tient « boutique » dans le quartier, et son travail est rétribué le plus souvent en nature : le dernier chewing-gum tout ramolli, les bonbons cassés, donc invendus à la fin de la semaine. Loudini, lui, empoche régulièrement la recette et pense à d'autres investissements.

Le domaine où il réussit à mobiliser toute la bande est celui de la confection des moulins à vent, les *frafer*. Il fournit la matière première : papier de couleur, épingles, bouts de roseau, et supervise le découpage, le pliage et le montage. Une fois les *frafer* prêts, il les essaie un par un, puis les répartit entre les membres du groupe et détermine pour chacun le territoire où il ira les vendre. En fin de journée, il arrête les comptes, prélève la moitié de la recette et partage l'autre entre les vendeurs. Il justifie cette répartition en reprenant à son bénéfice une formule imagée qu'on utilise pour défendre la part du lion et faire avaler la pilule à ceux qui se sentiraient lésés : Mangez un œuf-œuf et donnez-m'en une moitié-moitié.

Et Namouss dans tout cela? À l'évidence, il n'est pas doué pour le commerce, ni celui du gratin de pois chiches demandant des connaissances culinaires, ni celui de la confiserie, requérant du bagou et la patience de Job. Pour ce qui est de la confection des *frafer*, n'en parlons pas. S'il exécute le découpage tant bien que mal, il rate la plupart du temps le pliage et le montage. Que de fois Loudini ne l'a-t-il pas rabroué et menacé de le licencier parce qu'il bousillait la matière première ou qu'il fallait tout refaire après lui ! Au moment de la répartition, il consent toutefois à lui en confier un lot. Là, Namouss s'acquitte honorablement de sa tâche. Au bout de sa tournée dans le territoire qui lui a été assigné, il arrive à en vendre deux ou trois. Au vu de l'effort que cela lui demande, une idée bizarre n'a pas manqué de lui traverser l'esprit. C'est qu'il a du mal à avaler cette histoire d'œuf-œuf et de moitié-moitié. Pourquoi, raisonne-t-il, Loudini prend-il autant ? D'accord, il fournit le papier et le reste. Mais moi aussi je peux acheter la matière première, me faire aider pour la confection et la vente, et au bout du compte me remplir confortablement les poches. Cette révolte primaire contre la logique du capitalisme naissant le pousse à envisager de tricher en demandant aux acheteurs un prix légèrement supérieur à celui fixé par Loudini et d'empocher la différence. Hélas, si l'idée le séduit sur le moment, il doit l'abandonner après mûre réflexion. Se rappelant la devise « Fès est un miroir », il en déduit que tout finit par se savoir. Il revient à des dispositions plus vertueuses, dictées, c'est vrai, par la crainte que sa combine ne soit découverte, avec les conséquences désastreuses que cela produirait sur son statut au sein du groupe.

Non, non, se dit-il en chassant définitivement cette idée. Que Dieu maudisse la religion de l'argent !

L'été s'étire et, malgré des loisirs variés, Namouss est de nouveau envahi par la langueur. Quelque chose lui manque et il ne sait quoi au juste. L'école ? Patience, c'est pour bientôt. Le voyage ? Certes, mais il est assez réaliste pour ne pas y songer de sitôt. L'amour des parents ? Il l'a, même si les signes de tendresse sont rares, souvent indirects, imprévisibles le plus souvent. Les amis ? Il y a ceux de la bande, qui valent ce qu'ils valent mais sont d'un bon secours quand la solitude pèse ou que l'atmosphère à la maison devient intenable. Alors quoi ? Peut-être une âme sœur à qui il pourrait confier son lourd secret et, sans aller jusque-là, au moins les idées bizarres qui lui passent par la tête, les images incompréhensibles qui défilent devant ses yeux dans son rêve éveillé, les voix qu'il entend, venant, on dirait, d'un autre monde, et puis ces picotements qui lui parcourent le corps, ces douces ondes qui le submergent, cette attente d'une main, oui d'une main vraiment caressante, d'une odeur et d'un souffle qui viendraient se mélanger aux siens juste avant de s'endormir. Voilà, il a remué tout cela, et il n'est pas plus avancé. Ayant atteint les limites de sa pensée, il descend de son nuage et atterrit dans le patio de la maison.

Ghita est là, assise sur un petit matelas, habillée comme pour les grandes occasions, la tête serrée dans un foulard jaune safran. Sur un mouchoir brodé, étalé sur le carrelage, elle a disposé son maigre attirail de maquillage : une fiole de khôl, un morceau de *souak* (écorce de noyer), une soucoupe en terre cuite enduite d'une pellicule de carmin. La séance commence par une minutieuse toilette des dents, qu'elle frotte énergiquement avec le morceau de *souak*. Elle ne s'arrête que lorsque ce dernier se réduit à quelques filaments qu'elle mâchouille avant de les recracher. Entre-temps, c'est vrai, ses dents sont devenues bien blanches et, revers de la médaille, ses doigts tout noircis. Ensuite vient le maquillage proprement dit. Elle humecte de salive un bout de tissu qu'elle a enroulé autour de son index et prélève un peu de carmin. Après avoir apposé trois petites touches rapides au milieu de chaque joue, elle étale avec soin le produit sur toute la surface. Puis elle revient à charge jusqu'à ce que ses joues, à force d'être frottées et refrottées, acquièrent une couleur proche du naturel. Curieusement, ce souci de discrétion n'est pas appliqué aux lèvres, qu'elle enduit copieusement, peut-être parce que sa bouche est minuscule et que, dans un élan de coquetterie, elle veut mettre en valeur ce qu'elle estime être un vrai canon de beauté. Elle s'assure auprès du miroir que cette opération est réussie et passe à la suivante, qu'elle apprécie modérément. C'est qu'avec le khôl elle nage dans la contradiction. Elle l'aime « piquant » et en déteste les effets. Tout en pestant contre la brûlure, elle s'en remet à profusion en chuintant et en claquant la langue de satisfaction. Après s'être « aveuglée de ses propres mains », comme elle dit, elle essuie ses larmes et s'attaque à ses sourcils. Là encore, le souci de discrétion n'est plus qu'un souvenir. Ses sourcils, qu'elle a fins et clairs, sont élargis et rallongés par des traits qui finissent par dessiner autour de chaque œil une demi-lune généreuse.

« Comment me trouves-tu, espèce de djinn ? » lance-t-elle à Namouss, qui a suivi l'opération de bout en bout.

Ne sachant que répondre, celui-ci demande en échange :

« Pourquoi tout ça ? Tu vas sortir ?

— De quoi te mêles-tu ? Tu ne sais pas qu'aujourd'hui c'est le jour de Lalla Mira ?

— Qui c'est, cette Lalla Mira ? Une goule comme Aïcha Qandicha ?

— Que tes lèvres soient paralysées ! Ne prononce plus le nom de cette charogne, sinon elle va sortir pour te manger et se curer les dents avec tes os. Lalla Mira, elle, est une musulmane. C'est l'esprit qui m'habite, me protège et veille sur nous. Ô Lalla Mira, *taslim*, à toi je me soumets. Me voilà mise comme tu le désires. Ma tête est couverte de ta couleur. Éloigne de moi et de ma progéniture le mal, que le mauvais œil crève avant de nous atteindre. *Taslim ! Taslim !* »

Ne comprenant rien à ce charabia, Namouss poursuit son idée fixe :

« Tu vas sortir, dis ?

— Oui, je vais sortir, et alors ? Va me dénoncer au monde entier si tu n'es pas content.

— Je veux aller avec toi.

— Fais ce que bon te semble. Moi, j'ai besoin de "refroidir mes djinns" et je vais de ce pas à la *hadra* des Gnaoua. »

Namouss croit saisir qu'il s'agit d'une fête où il y aura des musiciens. Son désir de suivre sa mère en est renforcé.

Contrairement à Driss qui court plus qu'il ne marche, Ghita, quand elle est dehors, évolue comme sur des œufs. Derrière elle, Namouss râle de devoir faire du surplace. De plus, à en juger par l'indifférence qu'elle lui témoigne, il n'est pas sûr d'avoir vraiment eu l'autorisation de l'accompagner. Il doit donc s'accrocher, supporter ce rythme de tortue et se rappeler de temps à autre à son souvenir en la tirant légèrement par la manche de sa jellaba. Ce psychodrame dure jusqu'à ce qu'ils atteignent la montée des Grenadiers. Ghita, qui a déjà du mal à marcher sur les pavés en terrain plat, flanche devant la difficulté. Elle se résout à solliciter l'aide de son rejeton, qui la lui accorde volontiers. Regonflé par cette reconnaissance, il lui donne la main et se redresse de toute sa taille pour lui offrir son épaule.

« Où on va ? demande-t-il pour officialiser l'acquis.

— Ne me brouille pas l'esprit avec tes questions, répond-elle. Et fais attention où tu mets les pieds, sinon tu vas nous faire tomber. »

Ils arrivent essoufflés en haut de la montée. Ghita, virtuose des retournements, prend à gauche par Lemtiyine en disant :

« Lâche-moi la main maintenant. Je peux marcher toute seule. Tu crois que mes os se sont effrités ou quoi ? J'ai encore mes propres ailes, et je peux aller et venir, monter et descendre. La lame reste suffisamment effilée pour couper l'oignon. Allons, nous sommes bientôt arrivés. »

Lemtiyine ! Là est l'école de Namouss. Se peut-il qu'ils y aillent pour la *hadra* ? Et que viendraient faire les musiciens gnaoua dans le sanctuaire de M. Fournier ? M. Benaïssa se joindrait-il à eux pour jouer de sa flûte ? Indifférente à ces spéculations, Ghita passe devant l'école sans jeter un regard de ce côté-là. Son pas est devenu plus sûr. Elle accélère, tourne dans la première rue à droite et se met presque à courir. Namouss trotte derrière elle. Ils débouchent sur une petite place et Ghita s'engouffre aussitôt dans une ruelle sombre en criant :

« Je ne peux plus me retenir. Toi, reste où tu es et surveille. »

Un moment après, on entend un psss..., puis un char...rr, et Namouss, interloqué, devine de quoi il s'agit. Une angoisse réelle le saisit. Que se passerait-il si un « étranger » surgissait à l'improviste ? Sa mère aurait-elle le temps de finir et de se rhabiller ? Catastrophe ! À peine a-t-il formulé ces craintes qu'un grand gaillard sort de la ruelle en relevant les pans de sa jellaba et en pestant :

« Les femmes n'ont plus de pudeur ni de honte. Satan joue à sa guise dans leur tête. *Tfou !* »

Et il s'éloigne, l'air furibond.

D'interminables secondes passent avant que Ghita ne réapparaisse, la mine réjouie, en faisant ce commentaire anodin :

« J'allais éclater. Allah ! Quel soulagement ! Bon. Avance, toi. C'est ici. »

Dans la fièvre de l'événement précédent, Namouss n'a même pas remarqué le bruit qui parvient de la maison que sa mère lui indique. Pourtant, c'est un sacré tintamarre, où il reconnaît les percussions des tambours et les claquements métalliques des crotales. À Bab Guissa, à Joutiya, il a eu plusieurs occasions d'assister aux concerts improvisés des Gnaoua et de suivre leurs danses acrobatiques. Leur musique contraste sérieusement avec l'autre, l'andalouse, celle dont il est abreuvé à satiété et que la radio diffuse régulièrement le vendredi et les jours de fête. Autant les rythmes de la première sont endiablés et cognent au cœur, autant ceux de la deuxième sont fluides et berçants, au point d'être soporifiques. Entre ces deux extrêmes, Namouss penche pour un troisième genre, le *melhoun,* où le chanteur au moins raconte une histoire, et qui plus est dans la langue parlée de Fès. Mais l'élément qui a fait pencher la balance vers ce genre est, à n'en pas douter, une chanson particulière de son répertoire : *Le Poème de Ghita.* Quand il l'a entendue pour la première fois, il en a été vraiment troublé. Quelqu'un chantait à la radio et s'adressait à sa mère par son nom. Par quelle magie avait-il su qu'elle s'appelait Ghita ? Et Driss qui était là à l'écouter, l'air ravi, reprenant le refrain avec le chanteur, tapant des mains, jetant à sa femme des regards entendus, l'encourageant à être attentive à tel vers qui l'enchantait :

« Écoute, Ghita, écoute le sens et les allusions ! »

Et Ghita, baissant les yeux, feignant la modestie et une légère indifférence, mais qui n'en était pas moins aux anges et ne perdait pas une miette du sens et des allusions.

Voici rapportée la complainte de l'amant
Brûlant comme moi pour sa belle
Et quand il croit que le feu faiblit et s'éteint
À la seule vue de la jeune beauté
Sa flamme se ranime et l'embrase
Pauvre amoureux que l'appétit et le sommeil ont quitté
Dès que la jouvencelle apparaît
C'est comme s'il voyait les portes de la mort
Celle qui le possède, de son état guère ne s'émeut
Elle est le roi inique et juste, comblé par la vie
Devant sa porte, on implore sans cesse ses grâces
Et jamais on ne se lasse

Dites à Lalla Ghita ma souveraine :
De ta rencontre, daigne combler l'amoureux
Ô toi, mère de l'ondée...

Dites à Lalla Ghita : C'est de toi que j'espère le secours
Prends pitié de celui qui n'a d'autre amour que toi
De sa raison tu t'es emparée
Alors pourquoi l'as-tu jeté sur les braises ?
D'un seul baiser, fais-le revivre
Ô si chère, avant qu'il ne soit trop tard
Ne sais-tu pas qu'il est l'esclave à toi confié
Observant sans nul écart les règles de la bienséance ?
Tes désirs sont les siens, c'est toi son vivre et sa vie
Et ton indifférence, c'est son trépas
Ô comme lui est tourment
Ton charme sans pareil !

Dites à Lalla Ghita ma souveraine...

Loin de cette poésie intimiste portée par une musique discrète, ce qui se passe dans la grande maison où sont entrés Ghita et Namouss relève de la parade, de la fête débridée. La foule des spectateurs massés autour des Gnaoua est composée exclusivement de femmes et d'enfants des deux sexes. L'atmosphère est surchauffée. Des nuages d'encens se dégagent de plusieurs braseros et forment peu à peu un brouillard épais où l'on distingue à peine les visages. Des salves de youyous répondent régulièrement au déchaînement des tambours et crotales. Au milieu de ce tohu-bohu, Ghita, mue par un étrange ressort, abandonne brusquement son rejeton et, jouant des coudes, se propulse aux premiers rangs. Namouss essaie de la rejoindre mais le mur des corps qui s'est ouvert pour l'avaler s'est refermé aussitôt. Paniqué, il cherche une solution et, en levant les yeux, remarque qu'au premier étage d'autres spectatrices suivent la cérémonie, agglutinées autour de la balustrade. Il y court. Une dame, apitoyée par son air hagard, lui ménage une petite place et l'écrase en échange de tout son poids et de son lourd parfum. Supportant stoïquement ces désagréments, Namouss a pour unique souci de retrouver sa mère. Il compte sur la couleur de sa jellaba pour la repérer parmi la foule. Peine perdue. Le brouillard d'encens est devenu plus opaque. Son regard est alors attiré par le groupe des femmes qui sont en train de danser maintenant au milieu de la ronde. Danser n'est d'ailleurs pas le mot. Leur agitation n'a rien à voir avec les ondulations des bras, les déhanchements, les frémissements du ventre et des épaules, figures obligées de la danse telle qu'il la connaît et que les femmes se plaisent à exécuter, l'air coquin, lors des fêtes et des réjouissances. Elle se résume en un seul mouvement de la tête, d'arrière en avant et vice versa, de plus en plus saccadé. Le reste du corps est figé, sauf quand l'une d'elles s'abat sur les genoux et se met à actionner de la même manière son torse avec une force inouïe. Libérée du foulard, sa chevelure se répand, vole en avant, en arrière, puis se met à tournoyer comme un aigle géant secoué par la tourmente en plein vol. Et les Gnaoua, inspirés par cette folie, d'accélérer encore plus le rythme, de lancer de rauques onomatopées en signe d'encouragement. Des youyous unanimes leur répondent. Le summum est atteint, provoquant un autre phénomène : une jeune spectatrice bondit dans le cercle, on dirait piquée par un scorpion, et s'écroule aussitôt par terre. Prise de convulsions, elle se roule et gigote dans tous les sens. À ce spectacle, des danseuses ayant gardé un peu de raison accourent mais, au lieu de la calmer, se contentent de l'entourer pour restreindre l'espace de ses gesticulations. Ce faisant, elles ont l'air ravi et semblent même jalouser cette « pauvre épileptique ». C'est Namouss, apitoyé et anxieux, qui émet ce diagnostic. L'épilepsie, il connaît. Dans la médina, les cas ne sont pas rares. Et, quand cela arrive, les secouristes ont pour souci immédiat de libérer le corps de la victime des mauvais esprits. Ils lui mettent dans la main une grosse clé en fer et lui aspergent le visage avec un peu d'eau. Tandis que, là, on ne fait rien pour arrêter la crise. La jeune fille continue à se contorsionner, et les femmes autour d'elle poussent des youyous, prenant ce malheur pour une bénédiction.

Et Ghita dans cette affaire ? Elle n'a pas donné signe de vie. Namouss commence à désespérer de la retrouver dans cette cour des miracles. Il se sent las et s'en veut de s'être embarqué dans cette galère. Il décide alors de s'éclipser et de laisser sa mère se débrouiller avec ses histoires de Lalla Mira.

Voilà comment il a raté son initiation.

14

La rentrée des classes vient sauver Namouss d'un état proche de l'abattement. Au terme d'un été rempli de péripéties où il est allé de découvertes en frayeurs, de questionnements en déceptions, il en est arrivé à une conclusion déconcertante, celle d'avoir fait le tour de sa vie et de trouver le bilan assez morose, sans avoir pour autant la moindre idée de ce que pourraient être une vie meilleure, un monde sans peines et sans soucis.

Le gros nuage de ces idées lourdes à porter crève par enchantement sur le chemin de l'école. L'air est vif en ce matin d'octobre, et le soleil est de la fête. Après la montée des Grenadiers, Namouss tourne dans la rue El-Amer et longe un verger protégé par un muret surmonté d'une haie de troènes. Un parfum de caramel et de musc envahit ses narines. De l'intérieur du verger parviennent des effluves de terre fraîchement remuée et arrosée, de cardons coupés, de fleurs de bigaradier sur le point d'éclore. Parmi tant de senteurs enivrantes vient s'insinuer une odeur alléchante... d'oublies, qu'il reconnaît aussitôt. Il presse le pas pour découvrir le vendeur posté en bas des escaliers qui montent vers le portail de l'école, déjà entouré d'un groupe d'enfants. Quand son tour arrive, il ne sait pas s'il doit actionner le tourniquet ou s'en remettre pour cela au vendeur. Ce dernier, vu l'affluence, tranche pour lui. L'aiguille s'emballe, fait un bruit de crécelle en raclant les clous qui séparent les cases, puis elle freine, glisse mollement devant les chiffres les plus convoités avant de se coincer dans la case de la poisse.

« Une ! » lance le vendeur.

Il soulève le couvercle de sa boîte et, surprise, en sort deux gaufres qu'il tend à Namouss avec le sourire en sus :

« Tiens, la deuxième est pour celui que la chance a trahi. »

Cette largesse est la bienvenue. Elle réconforte Namouss qui commence à devenir superstitieux. Par ce geste, le vendeur d'oublies a déridé le sort.

Dieu, ce qu'elles sont bonnes, ces gaufres ! Adossé maintenant au portail de l'école, Namouss les engouffre autant par gourmandise que par peur d'être surpris au milieu de ces délices par un importun qui viendrait lui réclamer quelque fumeux partage. Il engloutit la dernière bouchée, la meilleure, juste au moment où la cloche sonne. Presque aussitôt, le portail s'ouvre, et c'est parti pour d'autres tribulations.

L'année débute sous de bons auspices. Le nouveau maître est français, ce qu'il y a de plus français. Une tignasse blonde, une grosse moustache tabac, les yeux tellement bleus qu'on a du mal à les fixer. M. Cousin, qu'il s'appelle. Dans sa logique de petit colonisé qui s'ignore, Namouss prend cela pour une espèce de promotion. Le voici au contact direct du Nazaréen, cet être mythique aux pouvoirs mystérieux, objet d'une trouble fascination. Contrairement à l'idée reçue, celui-ci a l'air bienveillant et se fend de temps à autre d'un sourire dépourvu d'hypocrisie. Il est là qui parle posément, marche sur terre, circule entre les rangées, écrit au tableau en se salissant les doigts avec la craie, et ne rechigne pas à effacer avec une brosse, de sa propre main, la partie de la leçon que les élèves ont recopiée. La seule chose qui choque Namouss, c'est de le voir sortir un mouchoir de sa poche et se mettre à vider son nez bruyamment. Comment interpréter ce manque d'éducation ? Coutumes différentes ou mépris pour l'assistance ?

Malgré cette anomalie, le charme n'est pas rompu. Au fil des semaines, M. Cousin va se montrer à la hauteur de la réputation de ses coreligionnaires. Il entraînera la classe dans un tourbillon de connaissances donnant le vertige. Cela commence le jour où il apporte un globe terrestre et le dépose solennellement sur le bureau. À la vue de ce ballon multicolore fixé sur un socle, les élèves s'attendent à une leçon sur leur sport favori. Le maître déçoit immédiatement leur attente en donnant des explications qui les laissent pantois : le globe représente la terre sur laquelle nous vivons. Comme on le voit, elle est ronde, et remarquez, elle tourne sur elle-même. Namouss reçoit cette avalanche de révélations et se pose les mêmes questions de bon sens qui doivent tarabuster ses camarades. Comment les gens vivant sur la partie inférieure du ballon font-ils pour ne pas tomber ? Si la terre tourne, comment se fait-il qu'on ne sente rien et qu'autour de nous tout reste immobile ? Mais M. Cousin semble lire dans les pensées et, pour convaincre les élèves du bien-fondé de sa théorie, il prend un seau prévu à cet effet et se lance dans une démonstration :

« Regardez, ce seau est rempli d'eau aux deux tiers. Je vais le faire tourner en l'air le plus vite possible, et vous verrez, pas une goutte d'eau ne tombera par terre. »

La démonstration est concluante. Ce que Namouss en retient, suivant un adage souvent cité par son père, c'est que la science est un océan et que cet océan obéit à des maîtres qui le connaissent bien. Alors, nazaréen ou pas, M. Cousin doit être cru sur parole. Comment dirait Ghita ? *Taslim ! Taslim !*

Tout se passe bien jusqu'à ce jour fatidique où M. Cousin aborde une nouvelle matière : la leçon de choses. Pour cela, il a apporté une carte qu'il déroule et fixe au tableau avec des punaises. À la vue du sujet représenté sur la carte, un frémissement parcourt la classe. Namouss n'avait jamais vu un mort à peine refroidi, a fortiori un défunt dont il ne reste que les os et qui se tient debout. La peur le saisit. En même temps, la présence du maître le rassure. Bientôt, les explications que M. Cousin donne l'éloignent de ces considérations funèbres et le replacent dans un exercice qu'il affectionne : l'apprentissage des mots nouveaux. Au terme de la leçon, il ressent la fierté de celui qui a plongé dans l'océan des connaissances et en a rapporté des perles rares. Mais, curieusement, M. Cousin ne partage pas cette euphorie. En guise de conclusion, il peste contre le manque de moyens :

« Si nous avions un squelette, un vrai squelette, j'aurais moins de mal à faire rentrer la leçon dans vos têtes de pioche ! »

On est à la fin de la semaine et, à la sortie de l'école, les grands de la classe décident de se retrouver le dimanche après-midi pour une partie de football au cimetière de Bab Guissa. Namouss propose de se joindre à eux. Après une brève délibération, on accepte sa demande. Il faut dire que son statut, en marge de l'équipe, est en train de changer. Auparavant, il se limitait à celui de ramasseur de balles. Normal, il est un des plus petits de la classe, composée pour une bonne moitié de lurons de l'âge de ses grands frères. L'un d'eux, paraît-il, est marié, ou du moins fiancé. Depuis quelque temps, on lui permet de remplacer le goal attitré en cas de forfait ou de mauvaise volonté de la part de ce dernier. Cette promotion le réjouit, car il croit naïvement qu'on lui reconnaît par là quelque talent. En fait, dans la logique de ces footballeurs mal dégrossis, le rôle de gardien de but est particulièrement déconsidéré. Plus il est nul, plus on a de chances de marquer. Les matches ont d'ailleurs du mal à démarrer tant le poste d'avant-centre est convoité et donne lieu à d'âpres discussions. S'il y a deux équipes opposées, le goal, lui, est, pourrait-on dire, commun. Le terrain ne comporte donc qu'un seul emplacement pour les bois. Faute de poteaux et de filet, un intervalle entre deux pierres tombales fait l'affaire.

Dimanche après-midi. Cimetière de Bab Guissa. Un coin à l'écart, parsemé de vieilles tombes aux rebords presque enterrés. Effet des ans, du soleil, des intempéries, mais aussi du passage des troupeaux de chèvres qui viennent par là paître régulièrement. Le terrain s'est aplani au point d'offrir un espace sans encombre pour des joueurs qui doivent ménager davantage leurs chaussures que leurs pieds. Car ici, comme dans les rues de la Source des Chevaux, on joue pieds nus. Les chaussures sont un bien trop précieux, voire un objet de luxe.

Passons sur les péripéties du match, les contestations pour une main, un coup franc, une balle envoyée au-dessus ou à côté des poteaux imaginaires, et même sur la mollesse du gardien de but, accusé de complicité tantôt avec une équipe, tantôt avec l'autre. Et c'est vrai que, dans un esprit de conciliation ou de justice, Namouss fait en sorte que l'écart ne se creuse pas trop entre les protagonistes. Ou alors il lui arrive simplement d'être distrait — le match dure depuis deux à trois heures — et de laisser ainsi passer des balles. Puis, quand il se réveille de sa torpeur et réussit un arrêt magistral, voilà qu'il encourt les foudres de l'équipe qui a raté l'occasion.

Le score final, 18 à 12, reflète assez bien la partie. Perdants et gagnants ont marqué à profusion. Namouss n'a donc pas démérité. Il s'en sort avec l'espoir qu'on fera de nouveau appel à lui.

La paix civile et le calme sont revenus. Le soleil est sur le point de se coucher et les derniers rayons enveloppent les lieux d'une lumière froide. Sous cet éclairage, les tombes ignorées réapparaissent, frêles embarcations à demi enterrées dans le sable, nimbées de poussière. Namouss est en train de remettre ses chaussures quand il remarque que quelque chose se trame autour de lui. Un groupe de ses camarades, parmi les plus âgés, est en conciliabules. Des propos échangés à voix basse, il capte quelques mots dont l'un revient fréquemment : squelette ! Il ne fait pas tout de suite le rapprochement avec les propos tenus par M. Cousin l'avant-veille, à la fin de la leçon de choses. Pourtant, il a comme un pressentiment que ses sens matérialisent en une vague sinistre née dans un coin reculé du ciel, un nuage brûlant et glacial, doté d'un œil de braise, qui s'est mis en mouvement et se rapproche de lui à la vitesse des éléments déchaînés. Bientôt, le souffle l'atteint et l'enveloppe, fait se dresser ses cheveux sur sa tête. Et l'étincelle jaillit dans son esprit agité. À la vue de ses camarades entourant maintenant une tombe et de l'un d'eux couché par terre, le bras enfoncé à l'intérieur, il saisit la situation. Il a envie de s'enfuir mais ses jambes ne répondent pas, ni son cœur qui bat à un rythme suffocant. Il a envie de fermer les yeux pour éviter de voir mais ses paupières ne répondent pas non plus. On dirait que quelqu'un les a retournées et collées. Il assiste, impuissant, à la suite des événements. Ses camarades, eux, exécutent leur tâche sans état d'âme. L'opération se déroule à l'instar d'un jeu où la gravité et la concentration sont de rigueur. Le squelette est ainsi sorti morceau par morceau, le crâne en dernier, intact. Namouss ne peut s'empêcher de le comparer avec celui qui figurait sur la carte, et de trouver la ressemblance frappante. Cette petite échappée le soulage un peu et le ramène à des considérations prosaïques. C'est M. Cousin qui va être content, se surprend-il à penser. Et cet assentiment supposé du maître de l'océan des sciences atténue son désarroi.

Le projet de se procurer un squelette avait dû être prémédité par le groupe des grands. L'un d'eux avait apporté un sac de jute. Celui qui semble être le meneur de la bande le remplit en vérifiant qu'aucune pièce ne manque. Le sac est fermé avec une ficelle, et l'ordre de départ donné avec cette consigne stricte : le secret doit être gardé. Pas un mot à la famille ou aux autres élèves de la classe. Demain, le squelette sera livré à M. Cousin.

De retour à la maison, Namouss n'a qu'une hâte, soustraire son visage aux regards de la maisonnée. Il a la certitude que son forfait est inscrit sur sa face : une croix indélébile au milieu du front, des scarifications sur les joues ou des pustules en formation sur le nez. Surtout ne pas se regarder dans un miroir. Il se couche sans dîner, se couvre entièrement la tête et tente de dormir. Peine perdue. La nuit sera longue et, quand il s'assoupit par à-coups, les images du squelette tiré de la tombe reviennent selon des scénarios tantôt lugubres, tantôt cocasses. Le squelette importuné se réveille, se dresse sur ses pieds et, brandissant une épée en or jaune, il coupe les têtes de ceux qui l'entourent. Les têtes tombent et se mettent à rouler sur le terrain envahi par une foule de gens qui les prennent pour des ballons, tapent dedans et marquent but sur but. Dans un autre scénario, le squelette réveillé n'est pas seulement en os mais en chair. Il est habillé d'une belle jellaba et d'un burnous noir. Il porte un turban immaculé. Il ressemble à Si Daoudi, le maître d'arabe. Dès qu'il se relève, un cheval ailé superbement harnaché se pose devant lui. D'un bond, il l'enfourche et le fait galoper en direction de... Sekkatine. Driss est là qui l'attend. Si Daoudi met pied à terre, et cette discussion s'engage : « Je suis venu te parler de ton fils. — Oui, Sidi, je sais. — Alors, qu'est-ce qu'on fait ? — Toi, tu l'égorges, Sidi, et moi je le scalpe. »

La version la plus éprouvante est celle où Namouss se voit lui-même dans la tombe. Le squelette et lui ne font qu'un. Il est mort sans être mort. Depuis un moment, il suit les conciliabules des gosses venus le déranger dans son repos éternel. Il ne peut pas leur parler, les dissuader d'une entreprise qu'il sent fatale, pour lui et pour eux. Quand ils commencent à le tirer, il pressent que l'âme qui planait encore sur sa tombe est en train de prendre son envol, de s'éloigner définitivement. Plus rien ne restera de moi, se dit-il. Je vais être perdu pour les miens. Leur mémoire se videra de moi. Et, ô malheur, au jour de la Résurrection je serai absent.

Au petit matin, Namouss est réveillé par le fracas du tonnerre et le crépitement sec de la pluie dans le patio de la maison. La colère du ciel vient ainsi relayer les visions de cauchemar, avec en prime la perspective angoissante de ce qui se passerait à l'école si jamais cette histoire de squelette tournait mal. Vers qui se tourner pour que le sort soit moins funeste ? À qui parler de ce qui ne peut se dire ?

Ghita est déjà debout, ou plutôt pliée en deux, en train de pousser avec un balai l'eau qui s'accumule dans le patio et risque de submerger les chambres. Elle regarde Namouss et visiblement ne remarque rien de particulier sur son visage. Elle lui envoie même un sourire et l'invite à aller faire sa toilette pendant qu'elle lui préparera son petit déjeuner. Bénie sois-tu, Ghita, qui fais briller le soleil dans un ciel pluvieux ! L'espoir revient.

Deux jours se passent à l'école sans que rien ne transpire de l'histoire. Avec M. Cousin, la leçon de choses a repris. La nouvelle carte qu'il a apportée représente cette fois-ci un homme scalpé dont on voit en rouge vif tous les muscles. Des noms encore plus compliqués que ceux du squelette tombent dans l'escarcelle de Namouss. Il les engrange avec avidité. Les mots deviennent pour lui comme une drogue qui l'aide à chasser de son esprit les images du cimetière, réelles ou cauchemardesques. Toutefois, cette occupation ne l'empêche pas de constater une gêne dans le comportement de M. Cousin. Il semble moins convaincu dans ses explications. Parfois, il s'arrête et laisse s'écouler un temps avant de reprendre le fil de ses idées. À des moments, Namouss a l'impression que son regard s'appesantit sur sa personne. Un frisson lui parcourt le dos et il a envie de crier : « C'est pas moi, m'sieur ! Je jure que c'est pas moi ! »

L'accalmie sera de courte durée. Au troisième jour, dès la première heure, branle-bas de combat. M. Cousin annonce la visite en classe du directeur, M. Fournier. Celui-ci ne tarde pas à arriver, suivi de Si Daoudi et d'un autre maître d'arabe qui s'occupe des grandes classes : Si Ben Jebbour. Les mines sont graves, menaçantes. Et c'est Si Ben Jebbour, que les élèves ne connaissent ni d'Ève ni d'Adam, qui prend la parole, et en arabe s'il vous plaît, larguant ainsi les Nazaréens présents, bien contents de tirer leur épingle du jeu. Le sermon démarre, implacable :

« Je vais vous dire ce que vous êtes, espèces d'enfants naturels, sans foi ni religion. Parmi les mécréants, vous êtes la catégorie la plus vile, la plus honnie. Car, sachez-le, il est trois péchés que Dieu ne peut pardonner à ses créatures : baiser sa mère, douter de Son existence et profaner les morts. Sachez que, même en enfer, votre place se situe au septième cercle, le dernier, celui où les souffrances ne peuvent être interrompues par aucun intercesseur. Rien ne sauvera le profanateur, ni cent ans de jeûne et de prière, ni des montagnes d'or distribuées aux pauvres. Et s'il croit se racheter par le pèlerinage, gageons qu'il brûlera avant d'atteindre la Kaâba sacrée. Nous sommes à Dieu et à Lui nous retournons. Si je suis venu ici, c'est pour vous rappeler les préceptes de notre religion et vous avertir du jugement de Dieu. Quant au jugement de la créature, il appartient au directeur de l'école, qui avertira bientôt les parents des sanctions prises contre les coupables. Le salut soit sur ceux qui suivent la voie droite. Amen ! »

Une fois les visiteurs partis, et après un silence pesant, M. Cousin se contente pour tout commentaire d'émettre un mystérieux « eh oui ! », avec sur les lèvres un sourire mi-figue, mi-raisin. À cette réaction, Namouss conclut, sans savoir pourquoi, qu'il est de nouveau sauvé.

La sentence tombe le lendemain. Quinze jours d'exclusion pour trois élèves, et Namouss ne trouve rien à y redire. Parmi eux, il y a le chef présumé et l'exécutant de la profanation. Quant au troisième, c'est bien celui qui a porté sur son dos le sac rempli d'ossements. L'un d'eux s'est-il dénoncé spontanément ou quelqu'un parmi les accompagnateurs a-t-il vendu la mèche ? Juré, ce n'est pas Namouss.

15

Il a fallu du temps pour surmonter les affres d'une telle mésaventure. Mais le torrent de vie a repris son travail. Il se propulse vers les contrées neuves de l'avenir, veille à la croissance des os et des envies, délie la langue et l'esprit, pousse à la découverte de ce qui va s'inscrire dans le cœur comme une partition du refrain de l'être. Et Namouss va rebondir, explorer d'autres territoires, que lui offrira son bonhomme de chemin.

Ce n'est pas que l'école ait perdu la saveur des premiers jours. Même s'il a été rudement échaudé, il se plaît encore dans cet univers où la connaissance reste désirable malgré ses aléas. Il est devenu simplement un tantinet sceptique. Et cette distance l'amène à se retremper dans la vie de la maison, du quartier et, au-delà, de sa ville. Il y reprend goût après l'avoir injustement délaissée, pense-t-il. Fès ne change pas, la famille est égale à elle-même, et les camarades de jeux sont bien reposants. Il suffit de se laisser couler dans ce moule. Quelle quiétude !

C'est le printemps à Fès. Et on peut parler sans lyrisme exagéré de splendeur. Le ciel ouvre son livret de bal, feuillette les pages de son bleu fluide, aux transparences pourvoyeuses de rosée, invite la lumière à la danse où l'on se tient juste par le bout des doigts. La musique est l'œuvre du maître du silence, un savant du dosage opérant par petites touches, ne libérant des sons et des voix que les harmonies heureuses qui vont se joindre au grand souffle de la ville pour réaliser la symphonie éternelle d'un monde lové dans son secret.

C'est le moment où les Fassis, ces indécrottables citadins, éprouvent le besoin de s'aérer, retrouver la nature, verdir leurs yeux et regarder le ciel de Dieu. Ils appellent cela la *nzaha*. Sans aller jusqu'à la campagne, il y a, aux abords immédiats de la médina, de multiples vergers où l'on peut s'adonner aux joies champêtres. Si l'on n'est pas propriétaire de l'un d'eux, on trouvera toujours un ami ou l'ami d'un ami qui vous prêtera le sien, l'espace d'un vendredi. Alors on en fait profiter le cercle élargi de la famille. De bon matin, on charge sur un mulet matelas, couvertures, ustensiles et victuailles, et la troupe, réunie la veille, prend le chemin du verger.

Celui que Namouss découvre en ce printemps se trouve au sortir de Bab Lahdid, dans une descente qui conduit à Bab Jdid. Un jardin potager enclos, planté d'arbres fruitiers, arrosé en bordure par une seguia, possédant un puits à la margelle construite en maçonnerie. À l'endroit le plus ombragé, une nouala spacieuse, semblable à celle que Driss avait louée à Sidi Harazem. La famille est au complet. Fait rarissime, celle de l'oncle Si Mohammed est là aussi : tante, cousins, cousines. L'oncle Touissa est prévu en fin de matinée, quand il se sera arraché des vapeurs du kif.

Ce jour-là, l'humeur de Ghita, habituellement fantasque, atteint le pittoresque. Elle décide tout à trac de « ne pas mettre les mains dans l'eau », de se croiser les bras et de s'en remettre pour les tâches ménagères à sa grande fille (Zhor) et aux cousines de celle-ci.

« Pourquoi, déclare-t-elle, mes épaules devraient-elles supporter toujours le fardeau ? Ne suis-je pas moi aussi une musulmane ? J'ai le droit, au moins une fois dans ma vie, de me gratter tranquillement la tête et d'" écouter mes os ". De toute manière, pour ce qu'il y a à faire ! La kefta et les brochettes sont prêtes, assaisonnées et tout. Il n'y aura plus qu'à les enfiler sur les piques et à allumer les braseros. »

Après cette sortie, elle s'allonge sur un matelas à l'intérieur de la nouala, indifférente à l'agitation autour d'elle et au spectacle ravissant de la nature dehors.

Namouss sait que la bouderie de sa mère ne durera pas longtemps. Ses bras et sa langue ne tarderont pas à la démanger. Elle se mêlera de tel ou tel détail des préparatifs du déjeuner et finira par envoyer paître les filles pour reprendre les choses en main. Il connaît sa Ghita sur le bout des doigts. Son comportement d'aujourd'hui tient à une raison simple : la présence de la tante, avec laquelle

elle n'a pas entièrement réglé ses comptes depuis la cohabitation désastreuse des débuts de son mariage. Devant celle qui s'était octroyé le rôle de belle-mère et l'avait traitée comme une bonne, elle a besoin maintenant de faire étalage de son indépendance et de ses pouvoirs acquis. Et toc !

Après cette analyse diabolique, Namouss décide de lâcher les jupons de sa mère et d'aller à la découverte du verger. Il bute, non loin du puits, sur l'assemblée masculine qui s'est constituée, entourant l'oncle, buvant ses paroles en attendant de boire le thé. Il s'arrête par politesse. Ayant remarqué sa présence, Driss l'invite à s'asseoir.

« Viens écouter ce que raconte le haj, ton oncle. La Mecque et Médine, ô mon fils, que Dieu ne nous prive pas de leur visite. »

L'oncle haj Mohammed vient en effet de rentrer de pèlerinage. Namouss le sait. Il a vu les cadeaux qu'il en a rapportés à ses parents. Pour Ghita, une fiole en fer-blanc remplie d'eau du puits sacré de Zemzem. Pour Driss... un linceul ! Drôle d'idée, a-t-il pensé en découvrant ce tissu blanc ordinaire dont l'équivalent se vend tous les jours à la Kissarya. Mais Driss, ravi, a soutenu que c'est le meilleur cadeau qu'on puisse rapporter de là-bas. Alors, si c'est comme ça !

Haj Mohammed parle posément, d'une voix de poitrine qui se voile par à-coups.

« Si vous n'avez pas approché ces lieux bénis, dites-vous bien que vous n'avez encore rien vu. Là-bas, le cœur s'ouvre pour être lavé des souillures d'ici-bas. La lumière de la foi l'inonde. Vous n'éprouvez plus ni la chaleur, ni la faim, ni la soif. J'en étais donc au moment où nous avons quitté la vallée de Mina en direction d'Arafat. Nous sommes passés par Muzdalifa et, vers midi, nous étions en vue du mont de la Miséricorde. Là, nous sommes restés à prier et à réciter le Coran jusqu'au coucher du soleil. Comment exprimer le sentiment qui était le nôtre durant cette station ? Oui, mes chers, nous nous étions rapprochés de Dieu, et Sa majesté nous enveloppait, enveloppait toute la terre partout où il y avait des musulmans. Après cela, nous sommes retournés presque en courant à Muzdalifa, où nous avons campé en attendant l'aube. Le besoin de sommeil nous avait quittés, lui aussi. Et quand, le lendemain, nous avons repris le chemin de Mina, nous étions frais et dispos comme si nous avions dormi toute la nuit. C'était le 10 du mois de doul-hijja, le jour du Sacrifice. Au petit matin, nous avons exécuté le rite de la lapidation. À chaque caillou que nous jetions sur Satan, son grand fils et le plus jeune, nous nous soulagions d'une mauvaise action et nous protégions des ruses que le Malin et sa progéniture nous réserveraient dans l'avenir. Puis, comme un seul homme, nous nous sommes alignés pour la prière. À nos oreilles parvenait le chant des anges, mêlé au concert des bénédictions que nos parents nous envoyaient de l'au-delà. À cet instant, écoutez bien ce que je vais vous dire, alors que je levais les yeux vers le ciel, le visage de mon défunt père, haj Abdeslam, m'est apparu, éclatant de lumière. Des paroles que ses lèvres murmuraient, j'ai compris qu'il m'appelait auprès de lui. Et je lui en étais reconnaissant. Mon vœu le plus cher, sur-le-champ, était de me prosterner, de réciter la *Chahada* et de ne plus me relever. N'est-ce pas là ce que le croyant peut désirer de mieux, rendre l'âme sur place et être enterré dans cette terre qui a eu le privilège de voir naître l'Aimé et, au terme qui lui avait été fixé, de recueillir son corps parfumé ? »

À ce point culminant du récit, l'assemblée, unanime, pousse un *Allah akbar* ! Les yeux sont humides, les esprits captés par une douce rêverie. Une question terre à terre du fils aîné de haj Mohammed vient rompre le charme :

« Comment sont les musulmans des autres pays ?

— Il y a des Blancs et des Noirs, des Chinois, des Indiens, des Perses, et même des Russes. Peu d'entre eux parlent notre langue. Pour communiquer, on était obligé d'utiliser des signes. Ils ne mangent pas comme nous non plus. Et je dois dire que, quand nous, Marocains, nous partagions avec nos voisins les plus proches notre nourriture, ils en étaient béats d'admiration. Fès, messieurs, et tout est dans Fès. Notre cuisine n'a pas sa pareille. Qu'y a-t-il de mieux que le tajine de viande et ses légumes mijotés, le poulet rôti avec son citron confit et ses olives, la pastilla avec ses pigeons et ses amandes, le vrai couscous aux sept légumes de chez nous ? Un jour, je me suis laissé tenter par un groupe d'Indiens qui m'ont fait goûter un de leurs plats. On ne m'y reprendra plus. Une bouchée a suffi. C'était le feu de la géhenne. J'ai failli en étouffer. Un autre jour, c'était au tour d'un Tunisien de me proposer le plat préféré de ses compatriotes : la *mloukhiya*. J'ai cru d'abord qu'il s'agissait de nos gombos, car je les aime bien, les gombos, contrairement à votre oncle Touissa. Mais, quand il m'a servi, j'ai vu une bouillie verdâtre-noirâtre dont la seule odeur remuait le cœur. J'y ai trempé mon pain par politesse. Ça avait le goût du henné, et la viande qui l'accompagnait, c'était du caoutchouc. Dieu nous en préserve !

— Il paraît qu'ils font du couscous au poisson, renchérit son fils, décidé à enliser la discussion dans ces plates considérations.

— Et pourquoi pas avec du cochon ? s'esclaffe haj Mohammed, provoquant l'hilarité générale. Il n'y a rien à dire, si tu veux bien manger, ne voyage pas, reste chez toi. Fès, mon ami, ses grandes maisons ! Les mains en or de ses maîtresses femmes ! Même avec des fèves sèches, elles te préparent un régal à t'en dévorer les doigts.

— Et l'eau, l'eau de Fès, ajoute Driss, douce comme du miel.

— Bien sûr, approuve haj Mohammed, un des bienfaits de Moulay Idriss, que sa baraka dure. »

Namouss commence à se lasser. Tant que son oncle parlait de choses graves, tenant au sacré, il a dû réfréner son envie de prendre la clé des champs. C'est le cas de le dire. Mais, maintenant, ces histoires profanes de bouffe l'indiffèrent. Il s'estime donc autorisé à s'éclipser pour aller à la découverte du verger.

Le lieu est assurément enchanteur. Comme le terrain est en pente, les bosquets d'arbres et les carrés de cultures en terrasses offrent le spectacle d'une large cascade de fleurs et de verdure coulant au ralenti et que le regard peut suivre jusqu'à la route goudronnée en contrebas. De plus, cette configuration fait du verger un petit labyrinthe où l'on peut se soustraire aux regards et cheminer à sa guise. Obéissant à un vieil instinct, Namouss ramasse un bout de branche cassée et, ainsi armé, s'engage avec assurance dans ce dédale lumineux et parfumé. Ce qui le frappe d'abord, c'est la variété des arbres sur lesquels il n'arrive pas à mettre un nom. Fleurs blanches, roses, rouges, violettes. Pruniers, poiriers ou grenadiers ? Le seul qu'il parvient à identifier est un citronnier, grâce aux fruits dont ses branches sont chargées. L'océan de son ignorance en matière de botanique est encore plus profond s'agissant de plantes. Et il y en a à profusion. Il se console en abordant un carré de menthe dont il reconnaît l'odeur avant que l'étincelle ne jaillisse dans son esprit et que le nom ne sorte de sa bouche sur un ton triomphal : *liqama !* Ah ! si M. Cousin était là ! songe-t-il. Il pourrait l'aider à lire dans ce livre inattendu. Mais, puisqu'il n'est pas là, il faudra bien qu'il se débrouille seul. Pour savoir de quoi il s'agit, le mieux est encore d'arracher la plante. Aussitôt dit, aussitôt fait. La première pousse qu'il retire de terre révèle une racine en début de croissance. Va savoir si c'est un navet ou une carotte ! À moins que ce ne soit une pomme de terre. De tâtonnement en tâtonnement, il poursuit son œuvre de prédateur et finit par déterrer quelque chose qui ressemble à quelque chose : un radis de bonne taille, bien rouge, qu'il essuie et croque à belles dents avec le sentiment de la première fois. Ce radis possède une saveur à nulle autre pareille. Outre le goût d'un vague péché et la fraîcheur sans égale de ce qui vient d'être cueilli, il y a le fait que c'est lui qui l'a découvert et arraché de ses propres mains. Ses papilles en seront marquées à jamais. À l'instar d'une certaine madeleine, on pourra parler dorénavant du « radis de Namouss ».

L'exploration du verger continue et la végétation se densifie. Imitant des personnages vus au cinéma, notre héros se sert de son bâton comme d'une machette et ouvre son chemin. Il ne sait pas que ce sont des tiges de maïs qu'il est en train d'étêter. Au bout d'un moment, d'autres réminiscences viennent atténuer sa furie d'exploration. N'y aurait-il pas, tapi dans un de ces fourrés, quelque bête sauvage ou l'un de ces serpents énormes qui s'enroulent autour de vous et vous broient les os ? À cette pensée, il dresse l'oreille. Le silence se fait pesant autour de lui. Aucun écho ne parvient de l'endroit où la famille est rassemblée. Il s'est donc beaucoup éloigné. Peut-être faudrait-il songer au retour. À l'instant même, il entend ou croit entendre un craquement suspect venant d'une barrière de roseau qu'il a atteinte. Plus question de crâner. Il bat en retraite, court, ne s'arrête que lorsqu'il a quitté la jungle et retrouvé l'espace dégagé, rassurant, du potager. Il s'assoit au bord d'un carré, planté de menthe d'après ses estimations. Gagné par la fatigue, il s'allonge au milieu du parterre pour en humer l'arôme en fermant les yeux. Le contact est agréable, mais d'arôme, point. Il s'en étonne et se relève pour voir d'où vient cette anomalie. C'est bien de la menthe, se dit-il. Alors comment se fait-il qu'elle ne libère aucun parfum ? Son souci de l'expérimentation le pousse à mieux comprendre. Il coupe quelques feuilles, les frotte entre ses paumes et les porte à son nez. L'odeur est repoussante. Une mauvaise herbe, en conclut-il, quand un curieux picotement commence à lui titiller les paumes et le bout du nez. Très vite, cela se transforme en une brûlure de tous les diables. Il croit bien faire en agitant les mains et en soufflant dessus. La douleur n'en est que plus vive. Il se précipite vers la nouala pour se plaindre à sa mère.

« Quelque chose m'a piqué ! crie-t-il en se tortillant.

— Quoi, un scorpion ?

— Non, la menthe qui pousse là-bas.

— Idiot, ce n'est pas de la menthe. Ça doit être des orties. Va plonger tes mains dans un seau d'eau froide. Ça va passer.

— Et mon nez ?

— Quoi, ton nez ?

— Il me brûle aussi.

— Eh bien, tant pis pour toi. Ça t'apprendra à le fourrer n'importe où. »

Un quart d'heure plus tard, les brûlures se sont apaisées. Namouss a rejoint le cercle des hommes.

Haj Mohammed, décidément intarissable, en est au énième épisode du feuilleton de son pèlerinage.

« Nous étions des mille milliers à tourner autour de la Kaâba en scandant : " Nous sommes venus à Ton appel. Grâces Te soient rendues ! " Nos invocations faisaient trembler la terre et s'élevaient au ciel telle une immense volée de pigeons. Ah, mes chers, quand ce dernier rite a été accompli et qu'il a fallu penser aux préparatifs du retour, notre cœur s'est déchiré. Pour moi, l'adieu à ces lieux bénis était plus dur que celui qui m'a fait tant souffrir quand ma mère a fermé les yeux sur son lit de mort. Mais ce ne sera qu'un au revoir. Dans deux ans, quitte à me ruiner, j'effectuerai, *incha Allah,* mon deuxième pèlerinage.

— Qu'Il nous fasse don de Ses largesses ! » soupire Driss qui aurait tant aimé connaître ce privilège. Et, pour se consoler, il cite un adage : « L'œil voit loin, mais la main est courte.

— Dieu est généreux », lui répond haj Mohammed, compatissant.

Un léger voile de tristesse plane sur cet épilogue quand l'oncle Touissa apparaît, précédé par son rire caractéristique. Namouss le reconnaît à peine tant il s'est sapé. Au lieu de son éternel paletot noir, il a revêtu une jellaba blanche. À ses pieds des babouches neuves et, sur la tête, il arbore une calotte de feutre gris, fendue au milieu, du genre appelé *watani* et dont la mode, lancée par les nationalistes, commence à concurrencer celle du tarbouch rouge. Ne venant jamais les mains vides, il a apporté cette fois-ci deux de ces fromages frais qu'on se procure chez le laitier. Il les suspend à la branche d'un arbre pour les laisser s'égoutter et rejoint le groupe. Avant qu'il ne s'assoie, les plaisanteries fusent :

« Alors, Touissa, ces beaux habits annoncent-ils enfin l'heureux événement ?

— Elle est arabe ou berbère, ta promise ?

— Une Fassie ou une Marrakchie ?

— Ce qu'il lui faudrait, c'est une Françaouia.

— De quoi as-tu besoin, toi qui es nu ? D'une bague, ô monseigneur !

— Félicitations, tu es revenu à la raison. »

Touissa ne capte que quelques bribes de ces propos mais, lisant sur les lèvres, il réagit par son gloussement habituel. On lui fait place et on lui sert du thé. Le soleil est au zénith. Il répand sur le verger une poussière d'or que le zéphyr se plaît à lécher. Le silence s'installe, permettant aux oiseaux de donner un bref concert où une tourterelle se distingue par de pieux trémolos (ne l'appelle-t-on pas Celle qui répète le nom de Dieu ?).

Driss estime alors que c'est le moment de passer aux nourritures terrestres.

« Où êtes-vous ? » lance-t-il en direction de la nouala. Et, jouant sur les mots, il ajoute, le sourire en coin : « Le pain commence à avoir faim...

— Nous venons, lui répond Ghita. Tout est prêt. »

Bien vite, la poussière d'or prodiguée par le soleil est chassée par la fumée dense provenant des braseros sur lesquels cuisent les premières fournées de kefta et de brochettes de viande. Ghita est au four et au moulin. Elle surveille la cuisson et s'occupe de la répartition des salades dans plusieurs plats, de la coupe du pain et de la préparation du thé. À peine si elle laisse aux filles la tâche de dresser la table.

Le repas est apprécié, particulièrement la kefta. Driss s'en explique :

« Aujourd'hui, j'ai voulu vous faire goûter de la viande de dromadaire. La meilleure pour la kefta. Et puis, le secret, c'est la façon de la préparer. Surtout pas avec ces machines qu'on utilise maintenant. Rien ne vaut la façon traditionnelle, le *maâllem* qui hache la viande à la main, prend son temps, goûte, ajoute au moment opportun les épices, sans oublier les herbes, surtout la marjolaine, pour obtenir la juste saveur. Quant aux brochettes, si tu les veux tendres, c'est le gigot d'agneau ou rien. Mangez, mangez, il reste encore l'aisance et la baraka. »

La publicité de Driss est loin d'être mensongère.

Après un tel repas, la sieste est de rigueur. Namouss ne peut pas y couper. Quand il se réveille, il trouve l'assemblée reconstituée, cette fois-ci pour une partie de cartes espagnoles. On joue au *tris*, avec l'option de révéler à son partenaire, par une série de signes, les cartes qu'on détient et de lui suggérer celles dont il doit se débarrasser. Les mines sont sérieuses, et les sens aux aguets. Driss, allié à Touissa, joue contre haj Mohammed et son fils aîné. Visiblement, les forces sont inégales.

L'équipe du haj a pris une sérieuse avance et Driss fulmine contre son partenaire, jugé trop dissipé.

Les parties se succèdent, interrompues en de brefs instants par un service régulier de thé ou de café. Le soleil, qui n'a pas tout son temps à lui, décline régulièrement. Bientôt, la brise risque de tourner à la bise. Plus qu'un moment et il faudra plier bagage. Fin de la *nzaha*.

Avec un sens de l'observation en pleine croissance, Namouss constate que, de toute la journée, ses parents et les autres grandes personnes n'ont presque pas bougé de leur place ou levé la tête. Eux qui prétendent venir dans pareil lieu pour verdir leurs yeux et regarder le ciel de Dieu ! Et d'en conclure à l'inconséquence troublante des adultes.

16

Course sans relâche des saisons. Le printemps a passé le témoin à l'été. C'est la période où le championnat de football atteint son point culminant. Fès bruit de rumeurs, de commentaires et de prévisions. Cette année, l'équipe de la ville, le MAS, est bien placée. Elle n'est qu'à deux points du leader provisoire, le Kawkab de Marrakech. Aussi le match qui l'oppose ce dimanche aux Roches Noires de Casablanca sera-t-il déterminant. Encore faudrait-il que le Kawkab perde contre le FUS de Rabat, presque lanterne rouge au classement général. Une autre question inspire les plus vives inquiétudes : le MAS se présentera-t-il avec sa meilleure formation ? Car un vrai drame s'est produit trois semaines auparavant : un des piliers de l'équipe, l'arrière central Couscous, a été blessé au cours du match contre le CODM de Meknès. Maudits Meknassis ! Ils se sont vengés de la tannée qui leur avait été infligée en blessant Couscous exprès, alors qu'il n'avait même pas le ballon. Cette agression restera gravée dans les mémoires. Elle ne fera qu'ancrer le jugement déjà exécrable que les Fassis portent sur leurs voisins immédiats. Un jugement que ces derniers leur rendent bien.

Le quartier général où se déroulent ces débats est une échoppe de maroquinier située dans la montée de Ben Debbouz, juste en face d'un poste de garde où des mokhaznis désœuvrés passent leur temps à jouer aux cartes. La boutique est un mouchoir de poche disposant de trois ou quatre minuscules tabourets à trois pieds, réservés aux visiteurs attitrés, l'un d'eux étant un des grands frères de Namouss, Abdel, joueur débutant à l'époque dans une formation locale de troisième division. Les murs sont entièrement tapissés d'affiches, portraits, coupures de journaux où l'on peut suivre les péripéties de l'épopée du MAS : évolution de la composition de l'équipe, trophées gagnés, photos prises avec quelque prince ou haute personnalité. Dans ce panthéon érigé à la gloire du MAS, l'observateur attentif relèvera une fausse note : la photo de la formation du Mouloudia d'Oujda. Mais il pardonnera aisément cette faiblesse au maître des lieux, originaire de l'Oriental. Il n'y a pas de mal à ce qu'un Fassi d'adoption se souvienne de ses origines. Le même observateur ne manquera pas de remarquer d'autres ouvertures du bonhomme : des portraits de Marcel Cerdan, Zatopek, Fausto Coppi sont là pour attester un engouement sportif tous azimuts, une large culture imposant le respect. Le maroquinier est d'ailleurs incollable s'agissant de noms de joueurs, d'entraîneurs, de dates de matches historiques, de classements de championnats, de gagnants de coupe et tutti quanti. Les yeux rivés sur son ouvrage (des portefeuilles en cuir), les mains toujours en activité, il distille ces précisions avec le calme et l'assurance d'un maître d'école. Il n'y a que pour les pronostics qu'il reste prudent et doit atténuer l'ardeur et l'optimisme de ses interlocuteurs. Inventant une formule qui fera école, il prévient :

« Un match n'est jamais gagné d'avance. »

L'assistance est moins sensible à ce type d'analyse. Elle veut se rassurer, car l'enjeu de ce dimanche est de taille. Le MAS reçoit les Roches Noires de Casablanca, une des rares équipes composée en majorité de Nazaréens. Il n'y a donc pas que des considérations de classement. La bataille opposera les nationaux aux étrangers, l'islam à la chrétienté. Elle relève du jihad. La foi véritable doit triompher.

« Oui, oui, essaie de tempérer le maroquinier. Tout cela est vrai. Mais n'oublions pas la force de l'adversaire. Ses joueurs entreront au stade après avoir mangé du porc et bu du vin. Dieu nous en préserve ! Cela dit, croyez-moi, ils auront de l'énergie à revendre. Et les nôtres, qu'est-ce qu'ils auront pris ? Un verre de petit-lait et un bol de *bissara,* de purée de fèves. Ce n'est pas avec de tels aliments, qui gonflent l'estomac plus qu'autre chose, qu'ils vont contrer les assauts du camp adverse. La vérité doit être dite. Invoquons toutefois le saint protecteur de notre ville pour qu'il nous vienne en aide, raffermisse notre foi, obscurcisse la vue des visiteurs et leur “ vide les genoux ”. »

Namouss est là. Il n'occupe pas un des tabourets d'honneur à l'intérieur de l'échoppe. À ces discussions savantes et passionnées, il est admis à condition de rester dehors et de rendre service à l'occasion : aller acheter à l'un des participants un paquet de cigarettes Casa Sports ou commander du thé pour toute l'assistance chez le cafetier du coin. Ce qu'il exécute volontiers, vu l'instruction qu'il reçoit en retour. Son intérêt pour le football est certes modéré, mais l'engouement unanime qu'il observe autour de lui l'entraîne, à son corps défendant, dans la spirale du patriotisme local, de ses préjugés et de ses aveuglements. Aussi, en ce dimanche tant attendu, le voici au milieu de la troupe excitée des supporters quittant le quartier et prenant la route de Dar Dbibagh, la ville nouvelle, là où se trouve le stade. La procession est dirigée par une connaissance, Mhammed Marrakchi, arbitre providentiel des tournois entre enfants qui se jouent dans le quartier. Qu'il arbitre ou non, Namouss a l'impression de l'avoir toujours vu un sifflet collé aux lèvres. Un bon bougre, il faut dire, patient et compréhensif. L'étoffe d'un éducateur. Marrakchi veille donc à l'ordonnance du cortège. En tête, le groupe de choc, composé de plusieurs bendirs et autres instruments de percussion. Juste derrière, deux joueurs de trompe et, fermant la marche, une claque nombreuse, adultes et enfants confondus. Tant qu'on est en médina, la musique reste discrète. Seul le chant des partisans du MAS est scandé de temps à autre :

Nous montons au stade
Ô nos seigneurs
Donnez-nous des passes
Ne nous oubliez pas…

Namouss s'égosille avec les autres, gonflé de l'importance de son adhésion à la cause commune. Il ne se rend pas compte de la trotte qui l'attend. Une fois Bab Boujeloud atteinte, il faut gagner Fès Jdid, puis le mellah, et couvrir encore une bonne distance avant d'arriver au stade. Il ne vient d'ailleurs à personne l'idée de prendre le bus ou de louer une calèche pour gagner du temps. La montée vers le stade doit rester une procession fervente, un message qu'on délivre en cours de route aux habitants indifférents ou à la foi vacillante. À la porte du stade municipal, l'ordre impeccable observé lors de la grande marche se rompt brusquement. C'est le chacun pour soi et la foire d'empoigne pour acheter les billets d'entrée. Il n'y a ni queue ni ce qui pourrait lui ressembler. On se glisse par-dessus ou par-dessous ceux qui vous précèdent. On joue des coudes, des hanches et, en cas de besoin, du coup de poing. Dans cette lutte pour les tickets, les plus forts sont les premiers servis. Quant aux malingres, aux gringalets, aux timorés, aux cardiaques et aux efféminés par la bonne éducation, ils n'ont d'autre solution que de se rabattre sur les vendeurs au marché noir, qui leur font payer cher ces infirmités. Le cas des enfants est différent. Ils se divisent en deux catégories : ceux qui accompagnent leur père ou leur grand frère.

Leur problème est résolu. Jusqu'à huit, dix ans, ils ne paient pas. Encore qu'à l'entrée du stade cela donne lieu à des controverses avec le contrôleur, finissant dans beaucoup de cas en marchandage sur le *fabor* qu'il exige pour fermer les yeux. Pour les non-accompagnés, le suspense dure jusqu'à la fermeture définitive des portes. Chacun doit repérer un adulte seul et l'implore, en lui embrassant la main, de le faire entrer. Selon la chance, on peut tomber sur une bonne âme ou un cœur de pierre. L'affaire n'est pas gagnée d'avance. Les laissés-pour-compte sont légion. Ils se contenteront de suivre le match du dehors, en essayant d'interpréter les huées, les hourras, les applaudissements et les explosions musicales leur parvenant de loin. Ce n'est qu'au milieu de la deuxième mi-temps que le contrôleur, compatissant, ouvrira la porte et leur permettra de recueillir les miettes d'une messe touchant à sa fin.

Ce jour-là, heureusement, le contrôleur a été plus que compatissant. Sa fibre patriotico-religieuse a dû l'amener à ce raisonnement simplet : plus il y a de musulmans pour encourager les nôtres, mieux ça vaut. Namouss est admis sans coup férir au temple des temples. Pas aux tribunes, bien sûr, juste aux pelouses, pas au milieu, mais au fond du terrain, près des bois. C'est de là qu'il suivra la partie, à travers un grillage, sous un soleil de plomb.

Précédés par les arbitres, les joueurs commencent à sortir des vestiaires. D'abord ceux des Roches Noires, accueillis par de timides sifflets. Pourtant, avec leur maillot en damier noir et blanc, ils ont belle allure. Ils s'égaillent sur une moitié de terrain en exécutant des mouvements d'échauffement. Leur constitution athlétique, leur souplesse, leur taille imposante sautent aux yeux, inspirent une appréhension qu'on s'efforce de surmonter. Le soulagement intervient avec l'apparition des premiers joueurs du MAS. Les cœurs battent à se rompre. L'instant est fatidique. Couscous a-t-il été sélectionné ou non ? Ouf, le voilà. Un tonnerre d'applaudissements le salue, suivi d'un tintamarre alimenté par les bendirs et les trompes. L'équipe des vert et rouge est maintenant au complet. Elle prend possession de l'autre moitié du terrain et donne à voir quelques passes et dribbles acrobatiques soulevant l'enthousiasme du public. Zemmouri, spécialiste en la matière, et Cortès, connu pour ses coups de tête imparables, sont au centre de la mêlée. À l'écart, sur la ligne de touche, Farina et Jamaï gonflent leur torse et s'élancent vivement en marche arrière. Le goal El-Manjra, vénéré entre tous, surveille cette démonstration du haut de sa taille en enfilant méthodiquement ses gants.

Quelques minutes après le coup d'envoi, c'est la stupeur. Un calme tendu plane sur les tribunes et les pelouses. L'équipe adverse a pris l'initiative. De plus, l'arbitrage tatillon, assuré par un Nazaréen, n'arrange pas les choses. Il n'arrête pas de signaler des fautes, surtout celles prétendument commises par Couscous. Un tel acharnement à l'encontre d'un joueur à peine remis de sa blessure provoque l'ire générale. Le scénario catastrophe avance et, avant la fin de la mi-temps, les Roches Noires parviennent à marquer, malgré un plongeon magistral d'El-Manjra. L'atmosphère est au deuil. Les musiciens sont au chômage technique. Le moment de la pause se passe en analyses et contre-analyses. L'unanimisme de façade se fissure. D'aucuns continuent à défendre mordicus la haute valeur de leur équipe, arguent de la partialité de l'arbitre et de la malchance pour justifier le but encaissé. D'autres, subitement passés à l'opposition, la stigmatisent en des termes blessants, voire orduriers. On en entend des vertes et des pas mûres. Couscous, le héros adulé, est traité de fils d'esclave parce qu'on découvre qu'il est noir. El-Manjra, pour avoir soi-disant laissé passer le ballon entre ses jambes, est accusé d'être une femmelette, un passif. Quant à Cortès, le virtuose du coup de tête, il est affublé par le caricaturiste de service d'un melon pourri à la place du ciboulot. Quelqu'un va jusqu'à affirmer que le match a été acheté, et de stipendier les dirigeants du MAS, vendus à l'étranger. Les esprits s'échauffent. On en vient aux mains, ici et là. Des mokhaznis armés de gourdins interviennent pour imposer le calme. Jour néfaste pour les vendeurs de cacahuètes, pépites et autres *tqiwtate* (friandises). Ils ont beau s'égosiller pour vanter leur marchandise, rares sont les clients qui ont le cœur à cela.

À la reprise, c'est au tour de l'équipe locale d'être accueillie par des sifflets de dépit, vite étouffés par une salve d'applaudissements venant du camp des légitimistes, encore majoritaire. La partie redémarre par une attaque surprise du MAS, où le public retrouve enfin le punch proverbial de sa formation. L'espoir renaît, mais le temps passe vite, et la défense des Roches Noires s'avère un mur de béton. On est dans le dernier quart d'heure quand un attaquant du MAS est fauché en pleine surface de réparation.

«*Pinanti! Pinanti!*» hurle la foule.

L'arbitre semble hésiter et finit, devant le déchaînement du public tournant à l'insurrection, par accorder le penalty. Couscous accourt du fond du terrain pour le transformer. Et il marque.

La partie se termine ainsi sur un score nul. Le pire pour une majorité de spectateurs ayant du mal à s'accommoder d'un tel résultat. Pour eux, une bataille n'a de sens que s'il y a un vainqueur et un vaincu. C'est la loi. Aussi la descente vers la médina est-elle morose, et les commentaires, le lendemain, dans la boutique du maroquinier, empreints de désarroi. Fidèle à sa méthode d'analyse, le maître des lieux tente de rassurer l'assistance par une autre formule, à graver dans le marbre :

« Jusqu'au dernier match, on peut encore gagner ou perdre un championnat. »

Namouss, témoin émérite d'une journée folle et de ses retombées en demi-teinte, ne sait que penser de tout cela. Sa culture footballistique est encore fraîche, pleine de trous. Exemple : il ne saisit toujours pas la règle du hors-jeu. Pourquoi un joueur ayant réussi à tromper la vigilance de la défense adverse et s'étant mis dans la meilleure position pour marquer est-il sanctionné ? Dans les parties jouées au cimetière de Bab Guissa, de telles ruses sont parfaitement admises, et tant pis pour ceux qui s'y laissent prendre. En dehors de ces considérations techniques, force est de constater que sa foi reste tiède pour la raison suivante : depuis l'incident du Petit Puits, la foule lui donne le tournis. Surtout quand elle crie, bouge, s'enflamme pour une cause qui le dépasse peu ou prou. Parfois, quand il se sent défaillir, il a une drôle de tentation, celle de s'abandonner, de se laisser envahir, emporter par un nuage noir jusqu'à en perdre connaissance. Par quel instinct, quelle fascination ou quel rejet est-il mû ? Il n'a pas de réponse, perdu qu'il est encore dans la forêt des questions.

17

Le temps passe, et Namouss ne s'en aperçoit pas forcément. À peine perçoit-il le vent du changement qui souffle timidement sur sa ville. Pourtant, les signes sont là. Qu'arrive-t-il aux Fassis ? Depuis peu, certains d'entre eux ont bravé le qu'en-dira-t-on et mis leurs filles à l'école. Et voilà maintenant qu'ils permettent même aux nubiles d'entre elles de sortir dévoilées, habillées à l'européenne. Quelques femmes mariées leur ont emboîté le pas. Elles tombent le voile, adoptent les chaussures à talons et, comble de l'audace, se font couper les cheveux. Des témoins affirment avoir vu, en ville nouvelle, l'une de ces amazones au volant d'une voiture ! Une rumeur encore plus stupéfiante circule au sujet d'une jeune femme inscrite dans une école d'aviation et s'apprêtant à passer son brevet de pilote.

Cet élan émancipateur s'accompagne de phénomènes plus controversés, pour une autre raison. Exemple : l'engouement subit pour des objets utilitaires d'importation. La céramique chinoise commence à concurrencer la poterie traditionnelle. Le plastique et le fer-blanc supplantent peu à peu le cuivre, le bronze et l'argent. De cela au moins Namouss a été témoin quand Driss décida un beau jour de se débarrasser de ce qu'il estimait être des vieilleries : théières, bouilloires, aiguières, chandeliers, boîtes à thé, à sucre, plateaux ouvragés à l'ancienne. Le tout fut vendu à un bazariste de la place Nejjarine et remplacé par l'équivalent en quincaillerie. Il est vrai que l'argent ainsi récupéré servit à renflouer un moment la médiocre trésorerie de la famille. Le plus étonnant, c'est que Ghita n'émit aucune objection face à la dilapidation de ce patrimoine.

Autre signe du changement : si Radio Médina continue à assurer le bouche-à-oreille et le traitement de la rumeur, l'information, elle, est de plus en plus recherchée auprès de la TSF proprement dite. Le poste de radio, naguère réservé à une élite, fait son entrée dans la plupart des foyers et trône au milieu du salon, recouvert d'une belle broderie, supportant un vase de fleurs artificielles. On boude Radio Maroc, soumise à la politique de la Résidence, pour capter Le Caire, Moscou, la BBC, La Voix de l'Amérique. On écoute religieusement les informations, mais on se délecte aussi des nouvelles chansons orientales. Si le Rossignol de l'Orient, Oum Kalthoum, fait depuis longtemps l'unanimité, Mohammed Abdelwahab et Farid al-Atrach provoquent, eux, des ravages. Ils troublent la paix des ménages, divisent le frère et la sœur, dressent l'un contre l'autre les amis inséparables, bref, scindent la société en deux camps hostiles : les fanatiques du descendant des pharaons et les non moins fanatiques du druze syrien. Ce n'est donc pas un hasard si la vogue du cinéma se développe au point de devenir une déferlante. Et Namouss de s'y jeter à corps perdu.

Trois cinémas se disputent les faveurs des Fassis. Les plus populaires sont à n'en pas douter celui du quartier assez campagnard d'El-Achabine et celui, excentré, de Bab Ftouh. Le troisième, sis à Boujeloud, est fréquenté par une catégorie sociale plus choisie, ce qui permet à la gent féminine de s'y aventurer pendant la journée. La concurrence entre les salles se fait par le biais des programmes. Les films policiers sont ainsi la spécialité d'El-Achabine, les westerns celle de Bab Ftouh, et Boujeloud a presque le monopole des films égyptiens. Namouss mange aux trois râteliers. Peu lui chaut la langue ou le genre. Il lui faut sa dose hebdomadaire, généralement le vendredi après-midi. Et, pour l'obtenir, c'est toute une affaire. Car il n'est plus à l'âge où il peut accompagner l'un de ses grands frères et être admis sans payer. Il a beau se ratatiner pour paraître plus Namouss qu'il ne l'est, son jeu ne trompe plus le contrôleur des billets. Il faut débourser. Or l'argent pour ce faire n'est jamais assuré d'avance. Avec Driss, seul dispensateur en la matière, le suspense commence en début de semaine et se poursuit jusqu'au vendredi, le moment critique se situant une heure environ avant le début de la séance de l'après-midi. Pendant ce temps, Namouss guette les signes favorables et défavorables. Tout dépend de ce que son père aura révélé sur son activité au souk : s'il a eu des commandes ou pas, s'il a payé les arriérés du loyer de la boutique, si le prix des matières premières a flambé ou chuté. Ces éléments, joints à d'autres, notamment les exigences de Ghita pour remplir quotidiennement la marmite, et correctement, auront bien entendu leur effet sur son humeur quand la demande de Namouss deviendra pressante. L'élément le plus défavorable est assurément l'habitude qu'a Driss de faire la sieste le vendredi, juste après le repas. Est-ce ruse de sa part pour éviter de mettre la main à la choukara? Namouss a tendance à le croire. Il n'a donc d'autre choix que de formuler sa requête au pire moment. Encore qu'il n'ose pas le faire directement. Il s'exposerait à une fin de non-recevoir. C'est Ghita qu'il harcèle pour l'entremise. Elle s'en acquitte de mauvaise grâce mais finit par arracher le morceau. Il n'a plus alors qu'à se présenter au pied du lit de son père. Celui-ci se met sur son séant et, en marmonnant des jurons inintelligibles, enfonce son bras dans la choukara, en retire un billet de dix douros affreusement froissé qu'il jette par terre et se recouche illico. Tout penaud, Namouss le ramasse et quitte dare-dare la maison.

Aujourd'hui, direction Bab Ftouh, au pas de charge. Namouss arrive à la dernière minute. Le contrôleur de tickets, Dakhcha, un molosse au visage vérolé, est en train de fermer boutique. Il proteste avant de laisser passer le retardataire en le prévenant qu'il aura du mal à trouver une place. Et c'est vrai que la salle est comble. Inutile de chercher un fauteuil. Namouss doit se rabattre sur les bancs sans dossier du devant, presque collés à la scène. Et même là, il faut négocier avec les enfants déjà placés un petit espace où poser un bout de fesse. Bon an, mal an, il s'incruste. Après, il usera de manœuvres pour se renfoncer jusqu'à occuper l'espace vital qu'il estime lui revenir de droit. L'occasion lui en est donnée quand le gérant de la salle apparaît, accueilli par un tonnerre d'applaudissements et des vivats.

« Vive Bel Mokhtar ! » crient les spectateurs à son adresse.

Quelques voisins imprévoyants se mettent debout pour mieux exprimer leur enthousiasme. Namouss en profite pour avancer ses pions, mine de rien. M. Bel Mokhtar monte sur scène. Il réclame le silence et attaque la présentation.

« Messieurs, vous n'entendrez que de bonnes nouvelles. Le film de cette semaine vous plaira. Nous l'avons fait venir d'Amérique. Il est joué par de grands acteurs. Et pas de bavardage, de l'action, toujours de l'action. On y compte cent coups de poing, deux cents coups de revolver et de carabine, et, tenez-vous bien, sept baisers. N'ayez pas peur, *laâribi* va affronter bien des dangers mais il ne mourra pas. À la fin, il épousera *l-bent* qui l'a accompagné dans les épreuves et a su lui rester fidèle. Le film de la semaine prochaine, dont vous verrez le lancement, vous plaira aussi. Ne le manquez pas. Le même héros va revenir pour vous faire vivre d'autres aventures. Il épousera une nouvelle héroïne, car la première sera morte dans un accident, la pauvre, que Dieu l'ait en Sa miséricorde. Dernière chose, je vous demande de garder votre calme si la pellicule vient à sauter ou à brûler. Nous réparerons tout de suite. Je ne veux pas de pagaille, sinon on arrêtera la projection. Allez, je vous laisse en paix, et à la prochaine. »

Ce discours est accueilli par d'autres vivats. Les lumières ne tardent pas à s'éteindre, et en avant pour le dépaysement. Le coq bien portant du Pathé Journal crève l'écran et entonne son cocorico triomphal.

« Que Dieu te fasse égorger ! » lance à tue-tête un spectateur.

Un autre pousse la plaisanterie en émettant un rot énorme, entendant par là (tout est affaire de code) qu'il aimerait bien être dans la situation de quelqu'un qui vient de s'empiffrer d'un volatile aussi volumineux.

Les images qui suivent ont pour effet de clouer le bec à l'assistance. Magie de l'incompréhensible. Elles parlent dans le désordre d'une réalité lointaine : un défilé militaire impeccable, un bateau sur la coque duquel une dame âgée casse une bouteille, des hommes importants se donnant des poignées de main, une usine où les machines font le travail des ouvriers, un avion qui décolle, un autre qui atterrit, le salon d'un château où se déroule un bal, une vieille rue où un aveugle joue de l'accordéon. Et re-cocorico, avant de passer aux actualités locales. Là, les images deviennent familières. Le public sort de sa réserve, réagit au coup par coup. L'apparition d'un compatriote à califourchon sur un âne, trottinant en pleine campagne, provoque l'hilarité générale.

« *Cha* (ho) ! crie quelqu'un en direction du bourricot.

— *Rra* (hue) ! lance un contradicteur.

— *Tikouk, tikouk !* » renchérit un pince-sans-rire, pensant exciter ainsi la bête de somme.

Clac ! On passe à une autre scène. L'ânier est dans une salle, torse nu. Un toubib français est en train de l'ausculter. Il lui fait ouvrir la bouche, lui palpe les biceps, le tourne et le retourne, et finit par lui apposer un tampon sur l'avant-bras. Re-clac ! Cérémonie devant une tente caïdale. Un officier, lourdement galonné, coiffé d'un képi, accroche une médaille sur la poitrine d'un dignitaire en jellaba et burnous. Le commentaire en off parle d'un grand ami de la France.

« Hou ! Hou ! » dans la salle, puis quelques « chut ! ».

N'en pouvant plus, un inconscient crie dans le désert :

« Vive l'indépendance ! »

L'assistance retient son souffle.

La séquence suivante apporte le soulagement avant de provoquer la liesse. Est-ce possible? On voit le stade municipal de Fès, puis de courts flashes sur la rencontre entre le MAS et les Roches Noires. La caméra s'appesantit sur le but marqué par les visiteurs et accorde cinq secondes au penalty transformé par Couscous. Toute la salle est debout pour célébrer la prouesse, et de reprendre en chœur le chant des partisans du MAS :

Nous montons au stade
Ô nos seigneurs
Donnez-nous des passes
Ne nous oubliez pas...

Le lancement du film de la semaine prochaine ramène un calme précaire. Puis c'est le moment tant attendu. Dès le générique, les esprits s'échauffent. Avec sa réputation de justicier, Gary Cooper est accueilli en héros. Quoi qu'il fasse, l'adhésion du public lui est acquise. Qu'il tue des bandits ou des Indiens, on l'encourage. On l'avertit du tireur embusqué qu'il n'a pas repéré, du coup sur le point de lui être porté par-derrière. Quand il prend le dessus dans une bagarre et assène les crochets décisifs à son adversaire, on se met à compter les coups : cinq, six, sept... On est, bien sûr, à l'affût des baisers. À la première apparition de l'héroïne, des sifflotements et des bruits de succion se font entendre. Et lorsque la mayonnaise prend avec Gary Cooper et que les lèvres se rapprochent, ce sont de langoureux soupirs ou de lestes commentaires, appuyés par des tapes sonores sur les cuisses :

« Avale, ô mon cousin.

— Ô ma petite mère, prends pitié de moi.

— C'est Dieu qui donne. »

Namouss n'adhère que peu à ces débordements,

qui ne le dérangent d'ailleurs pas outre mesure. Prude, il l'est, mais n'en pense, ou plutôt n'en sent pas moins. Emporté par l'action, certes, mais entre deux batailles rangées, deux pugilats, il grappille d'autres éléments offerts par les espaces lors des chevauchées et des haltes, le spectacle impressionnant des montagnes et des fleuves, le clair-obscur sculptant les visages au moment des bivouacs et, pourquoi pas, les sentiments qui naissent, se nouent et se dénouent entre les personnages, la liberté incroyable de ces derniers, n'ayant d'autres attaches que celles où les mène leur goût de l'aventure. Peut-il ne pas les comparer avec Driss, Ghita et les autres ? Et lui, à qui va-t-il ressembler ? Qui devra-t-il suivre ? Car il ne doute pas un instant de la réalité de ce qu'il voit sur l'écran. En ce sens, il n'est pas éloigné de ceux qui, autour de lui, prennent pour argent comptant ce théâtre d'ombres.

Changement de décor. Direction cinéma Boujeloud. Une autre atmosphère, et surtout une occasion exceptionnelle : le baptême cinématographique de Ghita, dont Namouss est le témoin en compagnie de sa sœur Zhor.

Cette fois-ci, Driss n'a pas regardé à la dépense. Il a donné à sa femme de quoi prendre des corbeilles pour ne pas avoir à se mêler au public exclusivement masculin de l'orchestre. Namouss n'en croit pas ses yeux quand l'ouvreuse les conduit à une véritable loge où des sièges recouverts de velours grenat les attendent. Et, pour lui tout seul, un fauteuil plus spacieux et moelleux que le petit matelas lui servant de couche. Cet excès de confort ne sera pas sans conséquence. Pendant une bonne partie de la séance, Namouss luttera contre le sommeil et ne pourra suivre que par à-coups le déroulement de l'intrigue et le comportement de sa mère.

Quand les lumières s'éteignent et que les premières images défilent sur l'écran, la réaction de Ghita fait sourire son cinéphile de rejeton.

« *Wili, wili !* s'exclame-t-elle. Une coupure de courant ! Ça commence bien. On va regarder le spectacle dans l'obscurité ou quoi ? On n'est tout de même pas venus au hammam. »

Zhor, qui va déployer un sens pédagogique remarquable, éclaire sa lanterne :

« Mère, au cinéma, il faut éteindre, sinon on ne peut pas voir les images.

— Ah bon, je ne savais pas. Mais moi, ma fille, l'obscurité me fait éclater le cœur.

— Patiente, ma petite mère. Regarde, le film commence. Voici Farid al-Atrach.

— C'est lui ? Je ne l'imaginais pas comme ça. La peste l'emporte. Il a la bouche de travers. Et puis, tu as remarqué, il a un œil qui dit merde à l'autre.

— Arrête. Il a une voix en or. Tu verras quand il se mettra à chanter.

— Qu'est-ce qu'il attend, alors ? Il ne fait que parler, bla-bla et re-bla-bla. Je ne comprends rien à ce qu'il raconte.

— Il dit à son ami qu'il vient de rencontrer une jeune fille qui lui a ravi le cœur.

— Où est-elle ?

— Elle va bientôt apparaître. C'est Samia Gamal, la danseuse, la voilà d'ailleurs.

— Enfin quelqu'un qui se laisse voir ! Si tu dis gazelle, c'est qu'elle est vraiment gazelle.

— Tu n'as encore rien vu. Attends qu'elle se mette à danser.

— Pourquoi ne commencent-ils pas par là ? Moi, ce qui me plaît et m'aère le cœur, c'est le chant et la danse. Le bavardage, j'en ai la tête pleine. Allons, messieurs, donnez-nous à voir la danse et la transe !

— Voilà, ça y est ! Regarde maintenant !

— Allah, c'est comme ça que je te veux ! Ah oui ! On n'a pas payé pour rien. Prière et salut sur le Prophète ! Elle a un corps d'ivoire, une taille de bambou. Et comme elle se déhanche ! On dirait qu'elle n'a pas d'os. Que Dieu la garde pour ses parents. Mais, dis-moi, elle va se marier avec cette bouche de travers ? Quelle perte ! Il ne la mérite pas. Son ami ferait un meilleur parti.

— Il est déjà marié, mère.

— Et alors ? Il n'a qu'à divorcer et prendre Samia Gamal.

— C'est qu'elle est amoureuse de Farid.

— Les filles d'aujourd'hui n'ont plus de goût, alors que la beauté est évidente. Mais c'est vrai que la convoitise les aveugle. Ce Farid doit être très riche, voilà pourquoi elle le préfère.

— Non, il est pauvre, et c'est sa voix qu'elle aime.

— Quelle voix ? Il brait comme un âne.

— Mère, n'en rajoute pas. Il y a plein de gens que sa voix rend fous.

— Moi, je préfère celle d'Abdelwahab. La prochaine fois, on ira voir son film. Il paraît que lui, au moins, est un bel homme. Il porte le tarbouch, et ça lui va bien. Quant à ce Farid, il a une tête énorme. Aucun tarbouch ne pourrait s'y ajuster. »

Interruption de la scène. Namouss dort, avec dans l'oreille cette histoire de tarbouch. Dans son rêve, un autre écran s'anime. Il est au cinéma d'El-Achabine, et c'est le visage lunaire, criblé de cratères d'Eddie Constantine qui se substitue à celui, tout aussi lunaire mais lisse, de Farid al-Atrach. Lemmy Caution porte son légendaire chapeau. Il est amoureux couci-couça d'une danseuse jouant double jeu dans une intrigue parsemée de cadavres avec comme enjeu une valise bourrée de billets de banque. Le rôle du méchant est tenu par un directeur de casino, ami des bêtes et buveur de Cinzano. Constantine joue avec maestria du coup de poing contre des adversaires plus coriaces les uns que les autres. Puis les choses se gâtent. Il tombe dans un piège tendu par le directeur du casino. Des armoires à glace l'entourent dans une cave. On lui enlève son chapeau et on le ligote sur une chaise. L'un de ses geôliers sort un cran d'arrêt et le pointe sur lui. Gros plan sur la lame qui avance, avance. Une fusillade éclate à point nommé. Branle-bas de combat. On a à peine le temps de voir Constantine se libérer de ses liens et reprendre l'initiative que l'image saute, se brouille et crame. Hurlements des spectateurs. Les tympans de Namouss vont éclater quand il rouvre les yeux et retrouve le calme douillet du cinéma Boujeloud. Il respire.

Le film a bien avancé. Il y a un gros problème entre Farid et sa dulcinée. On le voit hirsute, mal rasé, finissant de chanter une complainte à fendre l'âme. Zhor est en train de renifler et de s'essuyer les yeux avec un mouchoir. Ghita semble avoir partagé la même émotion. Elle voue aux gémonies le père de Samia Gamal, qui s'est opposé à son union avec Farid. Elle retourne l'animosité qu'elle avait manifestée à l'égard de ce dernier contre le patriarche sans cœur.

« Celui-là est un ennemi de Dieu, commente-t-elle. Ni pitié ni compassion. Les pauvres, que vont-ils devenir ? »

L'image suivante l'éloigne de ces considérations. Ayant fini de chanter, Farid s'accoude au comptoir du café où il s'est produit. Le barman lui remplit verre sur verre d'un liquide suspect. Ce détail n'échappe pas à la vigilance de Ghita.

« *Wili, wili !* s'exclame-t-elle. C'est quoi, cette chose qu'il boit ?

— Une liqueur pour oublier, répond diplomatiquement Zhor.

— Dis plutôt le vin. Tu crois que je ne comprends rien ? Décidément, ces Égyptiens commettent des actes de Satan. Ça suffit, partons ! Sinon, nous allons nous-mêmes être métamorphosés.

— Ce n'est que du cinéma, tente de la convaincre Zhor. En fait, ce qu'on lui verse dans le verre, c'est juste de l'eau avec une teinture rouge.

— Je préfère ça, mais j'ai eu peur. Bon, combien de temps reste-t-il d'ici la fin ? Tout cela devient lugubre. On se croirait à un enterrement.

— Rassure-toi, mère, le bien va triompher.

— Et alors, ils se marieront ?

— Bien sûr.

— Et Samia reviendra pour danser ?

— Non, Farid ne voudra plus. Il faudra qu'elle s'occupe de la maison.

— Tu as raison. Mais c'est dommage. »

Namouss a de nouveau été terrassé par Morphée. Il se réveille juste à temps pour voir Samia Gamal en robe de mariée, et Farid, la mine réjouie, assis à côté d'elle, pendant qu'une nouvelle danseuse se contorsionne devant eux. Et Ghita d'émettre un dernier commentaire à l'adresse du père de Samia qui n'a pas pu empêcher cette union :

« Crève de dépit, vieux singe ! »

18

Et voilà pour Namouss.

À moi maintenant de lui emboîter le pas et de me replacer dans la maison du quartier Siaj, où j'en étais resté à la nuit de noces de mon frère Si Mohammed. Le marchand de sable est passé au moment où Ghita a ordonné à mon frère de retourner à la chambre nuptiale et de « terminer le travail » qu'il a bâclé, de son propre aveu. Je ne sais pas ce qu'il en fut, ni même si l'opération fut couronnée de succès. J'ai averti à temps qu'on n'apprendrait rien de ma bouche sur les douteuses festivités de l'étendage du seroual maculé de sang.

Dans les jours qui suivirent, je crus sentir autour de moi un certain soulagement. Mais on ne pavoisait pas non plus. La raison invoquée fut qu'il fallait de la retenue en ces moments sombres que traversait le pays. Là où il y avait anguille sous roche, c'était la conversion de Ghita à cet avis. Il ne m'était pas sorti de l'esprit que, lorsque nous avions reçu des menaces écrites, ma génitrice avait sérieusement rué dans les brancards et laissé exploser sa colère contre les nationalistes qui contrariaient son désir de fêter dignement le mariage de son fils.

Je ne compris que peu à peu les raisons de ce revirement. La plus immédiate tenait à sa volonté de démontrer, dès les premiers jours, qu'elle était pleinement investie de son rôle de belle-mère. Avec sa bru, il fallait donner rapidement le ton, clarifier les rôles, trancher la question du pouvoir. Finis les sourires, les mamours, les politesses alambiquées. La seule chose qu'elle n'osa pas se permettre, c'est de lui ôter le titre auquel elle avait droit en tant que descendante du Prophète. Elle continua donc à lui donner du « Lalla » Zineb. Pour le reste, pas de cadeau. Elle laissa passer quand même trois jours, et décréta dès le quatrième que sa belle-fille devait retrousser ses manches et partager avec elle les tâches ménagères. Elle voulait s'assurer également de certaines qualités dont la mère avait gratifié sa fille lors de la visite exploratoire que nous leur avions rendue. « On va voir si elle a vraiment des mains en or », déclara Ghita. Et, pour ce faire, elle eut recours, sans grande imagination, au test classique en pareille circonstance : la préparation des aloses. Un véritable guet-apens pour les cuisinières peu expérimentées. Car le *chabel,* poisson noble, ne se traite pas comme de vulgaires sardines et merlans. Une fois qu'on l'a écaillé, il faut en gratter la peau jusqu'à ce qu'elle devienne lisse, le vider soigneusement, recueillir ses œufs sans les écraser, en trancher la tête et la queue au bon endroit, le découper en tranches égales, le laver trois fois avec de l'eau salée pour en blanchir la chair et en ôter l'odeur, jugée trop forte, puis le laisser s'égoutter tranquillement. Peut alors commencer la préparation de la marinade : un beau bouquet de coriandre équeutée, des gousses d'ail, du piment doux, une pincée de piment fort, du cumin, du sel, de l'huile et du vinaigre. C'est au dosage de ces ingrédients, à la consistance du coulis obtenu quand on les a pilés ensemble que l'on reconnaîtra la main de la vraie cuisinière. Admettons que la marinade soit réussie. Reste le plus délicat, la cuisson. Là, il faut savoir fariner les tranches sans lourdeur et, avant de les mettre à frire, calculer son temps à la minute près pour qu'elles ne soient ni trop tièdes ni trop brûlantes au moment de servir. Et, en cours de cuisson, gare à la bavure. Si l'on veut qu'elles soient présentables, les tranches doivent rester entières, enrobées d'une croûte dorée et craquante.

La pauvre Lalla Zineb traversa tant bien que mal cette épreuve. Au vu et au goût du résultat, Ghita, ayant enregistré les mines dubitatives autour de la table, s'abstint d'enfoncer le clou. Mais elle ne poussa pas l'indulgence jusqu'à offrir une sortie honorable à sa bru. Plus perfide, elle eut recours à la litote pour émettre son verdict :

« Une fois n'est pas coutume, dit-elle à l'adresse de Driss. Aujourd'hui, tu nous as envoyé un poisson bien frais. Le sang coulait encore sur ses joues. »

Comprenne qui pourra. Du gâchis, en sorte.

En dehors de ces questions d'intendance domestique, le froid ayant suivi la fièvre des noces tenait à un faisceau de facteurs que je m'évertuai à élucider. Je voyais bien, par exemple, que les relations compliquées de mon frère avec sa femme étaient un sujet d'irritation pour Ghita. Les nouveaux mariés avaient un comportement bizarre eu égard à notre train-train de vie. Pendant des heures, et pas seulement les jours de congé, ils s'enfermaient dans leur chambre, et ne faisaient des apparitions qu'au moment des repas. Le plus souvent, le calme régnait durant leur claustration mais, de temps à autre, les bruits d'une altercation nous parvenaient, suivis par des éclats d'une autre nature. De ces combats à huis clos, Si Mohammed sortait dans un état pitoyable : chemise déchirée, griffures au visage, poignet à la limite de la luxation. Ghita en était outrée. Qu'un mari batte sa femme, passe encore, même si ce n'était pas le genre de la maison. Driss n'aurait jamais osé lever la main sur elle. Au contraire, quand le ton montait entre eux, c'était lui qui devait renoncer à avoir le dernier mot. Mais que la femme se défende et rende coup pour coup, cela dépassait l'entendement.

« C'est la fin du monde, s'écriait-elle. Accepte du chien les familiarités, et il te léchera les lèvres, puis montera s'asseoir sur ta tête. L'homme doit rester homme, et la femme, femme. Sinon, où iraiton ? Ce serait alors à l'homme de porter le voile et à la femme de sortir travailler pour l'entretenir. C'est toi, Ghita, la responsable de tes tracas. Ce sont tes pieds qui t'ont conduite chez la belle-famille, et c'est ta raison qui s'est envolée quand tu as vu la jeune fille. Tu as pris la calamité par la main, tu l'as ramenée jusqu'au seuil de ta maison, et tu lui as dit : Entre ! On ne m'y reprendra plus. À l'avenir, si quelqu'un veut prendre femme, qu'il se débrouille. Est-ce moi qui aurai à étreindre la mariée dans le lit ? Qui veut attraper le poisson, comme dirait l'autre, doit mouiller son pantalon. »

De sortie en sortie, Ghita abattait son jeu, dévoilait les raisons profondes de sa désaffection. Le fait que la nouvelle recrue n'était pas une affaire en matière culinaire passa au second plan. Secondaire aussi, quoique à un degré différent, son comportement de tigresse lors des rixes avec son époux. Le plus insupportable pour Ghita fut de découvrir que son service de renseignement avait mal fonctionné au départ. Il ne lui avait pas signalé une grave anomalie : sa future bru avait été demandée en mariage une première fois, et ces presque fiançailles avaient été rompues on ne savait ni pourquoi ni à l'initiative de quel partenaire. Une vraie zone d'ombre obscurcissait donc le passé de celle qu'elle avait crue aussi pure qu'au moment où elle était tombée du ventre de sa mère.

Son sentiment d'avoir été flouée s'exacerba avec la fréquentation de la famille de Lalla Zineb. Les trois sœurs d'abord, dont deux nubiles, furent assez vite mal perçues, car débarquant à l'improviste, s'enfermant (elles aussi !) avec leur aînée pour s'adonner sûrement à la médisance. De plus, délurées, portant des robes moulantes, riant aux éclats en présence des hommes et s'asseyant comme eux en croisant haut les jambes, laissant voir ainsi une partie non négligeable de leur anatomie intime. Ce fut ensuite au tour du père d'être passé au crible de la critique. Effacé, rasant les murs, la voix inaudible. Normal, il n'a pas été capable d'engendrer un seul garçon. Ce n'est pas avec un père à la virilité incertaine que les filles pouvaient se tenir à carreau. Dieu sait sur quoi le pauvre bougre devait fermer les yeux. Verdict de Ghita : un homme gouverné par sa femme.

Un événement vint heureusement apaiser toute cette tension. Les signes se multipliaient. Ma belle-sœur était bel et bien enceinte.

Je n'avais pas attendu ce dénouement pour trahir et me rapprocher de l'accusée. Le matraquage de Ghita n'avait pas eu de prise sur moi. C'est que je l'aimais bien, Lalla Zineb, et j'avais cru comprendre que, de son côté, elle ne me haïssait point. Je m'enhardissais souvent à l'intérieur de sa chambre, et elle me faisait sentir que j'étais le bienvenu. Je restais là à la mirer en train de se mirer devant son armoire à glace. Elle ne se gênait pas pour se changer en ma présence. Étaient-ce ses épaules au bel arrondi, sa poitrine haut perchée et ferme que j'admirais le plus, ou plutôt ses chemises de nuit transparentes aux fines dentelles, ses peignoirs en tissu peint, aux motifs exotiques ? Je crois pouvoir dire, mais on n'est pas obligé de me croire, que mon émotion était surtout esthétique. Elle n'est pas sans rappeler celle que j'avais éprouvée à l'école en écoutant pour la première fois M. Benaïssa jouer de sa flûte en métal.

Au cours de mes visites, il m'arrivait d'assister à

un rituel que ma belle-sœur pratiquait avec minutie et auquel elle m'admettait sans rechigner, avec un brin d'amusement. Avec elle, je découvrais que le maquillage était un art ingénieux et raffiné là où, avec Ghita, je n'avais droit qu'à de la barbouille. Lalla Zineb « peignait » debout. Au lieu de « s'aveugler » avec le bâtonnet traditionnel de khôl, elle utilisait une petite brosse et du mascara. En quelques touches appliquées, elle relevait ses cils, les recourbait, leur donnait de l'extension et du volume. Reléguant le carmin criard au magasin des antiquités, elle enduisait ses lèvres avec un bâton de rouge, d'un rose translucide. La crème blanche et odorante qu'elle étalait sur ses joues sortait d'une boîte ronde et bleue dont je tairai la marque. Quoi encore ? Ah oui, pour lisser ses cheveux, coupés court à la mode, elle usait d'une brosse au dos et au manche argentés, délaissant ainsi le recours ancestral au peigne en corne de mouton, désigné insidieusement sous d'autres cieux par le nom de peigne à poux. Mais le plus inattendu et fascinant, c'est quand elle prenait une pince minuscule et se mettait à s'épiler les sourcils. Là, j'étais aux anges, tant le résultat était gracieux : deux croissants de lune en leur naissance, comme disait le poète.

Pour être tout à fait honnête, je dois avouer que mes visites n'étaient pas mues par ces seules considérations érotico-esthétiques. Lalla Zineb avait su gagner mes faveurs par un moyen supplémentaire. Quand il me fallait la quitter, après m'avoir « rempli les yeux » c'est ma poche qu'elle remplissait régulièrement de friandises : une corne de gazelle, des amandes grillées ou, mieux encore, des caramels et bonbons qu'elle sortait du tiroir de sa table de nuit. Y avait-il de sa part intention de corruption ? Comment pouvais-je à cet âge soupçonner telle malice ? Toujours est-il que l'accueil qu'elle me réservait avait fini par me convertir définitivement à sa cause.

Les jours se suivaient, pas du tout paisibles. Aux conflits internes venait s'ajouter la pression des événements extérieurs. Le pays basculait dans la violence.

Au début, les échos que nous en recevions paraissaient lointains mais, peu à peu, la spirale se déployait jusqu'à nous atteindre et nous englober dans son mouvement vertigineux. Le coup de tonnerre annonciateur de la tornade fut sans conteste la tentative d'assassinat, à Rabat, du sultan illégitime Mohammed ben Arafa au moment où il se dirigeait vers la mosquée pour célébrer la prière du vendredi. L'homme qui avait réussi à sauter dans la voiture royale, brandissant un coutelas, n'eut pas le temps de porter le coup fatal. Il fut promptement neutralisé et lâchement abattu sur-le-champ. Malgré la censure exercée par les autorités coloniales, son nom fut immédiatement sur toutes les lèvres : Allal ben Abdallah. À partir de là, les faits d'armes se multiplièrent : déraillement du rapide Casa-Alger, explosion meurtrière d'une bombe au marché central de Casablanca, assassinat ici et là de policiers, *moqaddems,* mouchards, d'imams invoquant dans leur prêche le nom du sultan félon.

Devant ce déferlement, Radio Médina avait repris du service. Ses analyses, parfois contradictoires, révélaient chez les Fassis un état d'esprit où plusieurs éléments se confondaient. L'admiration, c'est sûr, pour le courage et l'ingéniosité de ces hommes de l'ombre qui ébranlaient les fondements du protectorat. Une admiration teintée toutefois d'un mélange de prudence et de jalousie. Prudence, parce que les risques devaient être évalués à leur juste mesure, la riposte des autorités coloniales pouvant être foudroyante et s'abattre en priorité sur notre ville, berceau du mouvement nationaliste. Jalousie, car il était difficile de mettre à notre actif ces actes d'héroïsme dont les auteurs ne sortaient pas de nos rangs. Notre orgueil en prenait un sacré coup, d'autant plus qu'en matière de résistance nous en étions au stade des balbutiements. Les mots d'ordre qui circulaient depuis peu appelaient au boycott de certains produits, surtout le tabac. Du jour au lendemain, les buralistes furent assimilés aux traîtres et aux imams glorifiant Ben Arafa dans leurs sermons. Des incendies ravagèrent quelques-unes de leurs boutiques. Les fumeurs, quant à eux, avaient intérêt à pratiquer leur vice en cachette. Plusieurs récalcitrants payèrent le prix de leur arrogance en se recevant dans la figure une patate truffée de lames de rasoir. Curieusement, le tabac à priser, plus largement consommé, n'était pas concerné par la mesure de boycott. Le kif non plus. C'était plus compréhensible, s'agissant d'un produit authentiquement marocain.

Malgré cette modération, le climat s'assombrissait. Les rafles se multipliaient et le commissariat de la place Nejjarine ne désemplissait plus. Par charrettes entières, des jeunes et des moins jeunes y étaient conduits pour des interrogatoires, des passages à tabac dont les échos parvenaient jusqu'au souk Sekkatine. Ceux qui étaient relâchés au bout de quelques jours racontaient des choses inouïes sur ce qui se tramait dans ces lieux. On traitait de fils de pute des rejetons de grandes familles, éminemment respectées. On leur faisait subir des tortures et des humiliations abominables. On versait du sel sur leurs blessures vives. Avec cela, on leur donnait de l'eau au compte-gouttes et un pain sec par jour. L'un d'eux, n'en pouvant plus, s'était tué en se jetant du dernier étage, à moins qu'il n'ait été précipité exprès dans le vide par l'un de ses bourreaux.

Devant tant de mépris et de cruauté, de grands rassemblements se tinrent dans les mosquées pour réciter le *Latif* : « Ô Bienveillant, nous T'implorons. Étends sur nous Tes bontés, ô Bienveillant ! » Scandée pendant des heures par des milliers de gosiers, cette litanie, à l'évidence pacifique, eut pour effet de paniquer les autorités coloniales. Plus qu'un défi insupportable, elles la recevaient comme une pratique d'exorcisme, une menace maléfique. D'où l'intensification des mesures répressives, entraînant à leur tour la riposte qui n'avait que trop tardé.

Après les premiers attentats, Fès était enfin au diapason des autres foyers de la résistance.

C'est dans cette atmosphère chauffée à blanc qu'un événement vint bouleverser pour de bon notre vie familiale. Il était un peu plus de midi, ce jour-là, quand nous entendîmes une forte détonation venant de l'extérieur. Ghita sursauta, lâcha un gros mot, et s'en prit sans réfléchir aux gosses du quartier :

« Qu'est-ce qu'ils ont à nous crever le tympan avec leurs pétards ? Sommes-nous au mois de chaâbane* ou quoi ? Le répit n'existe pas avec cette engeance sans éducation. »

Plus perspicace, Driss pencha pour une autre hypothèse mais n'osa pas aller jusqu'au bout de sa pensée.

« Les pétards ne font pas un tel boucan. Dieu nous préserve d'un malheur ! »

Sur ce, Si Mohammed, qui était à son travail à la poste du Batha, fit son entrée. Il était pâle comme un fantôme. Ses yeux, exorbités d'origine, étaient sur le point de sauter de leurs orbites. Il avait du mal à articuler, et c'est presque en chuchotant qu'il nous apprit la terrible nouvelle : un homme venait d'être abattu dans la rue, juste devant notre porte. Quand il était arrivé, la victime se débattait

* Chaâbane : mois précédant le ramadan, où les enfants jouent avec des pétards.

encore dans son sang et il avait dû l'enjamber pour pouvoir rentrer.

À l'écoute de ce récit, je ne sais pas ce qui m'a pris. Inconscient du danger, je filai vers la porte de la maison, l'ouvris et sortis une tête dehors. L'homme, habillé d'une jellaba blanche, était effectivement étendu, à deux pas de notre seuil. Dans sa chute, une de ses babouches avait glissé de son pied et atterri près de notre porte. Son turban avait glissé aussi, découvrant un crâne fraîchement rasé d'où s'épanchait lentement un large filet de sang. Un pain de sucre était encore accroché par une ficelle à son index droit. Dans l'autre main, ouverte, reposait un bouquet de menthe. Je n'eus pas le temps de pousser plus loin mes investigations et d'avoir vraiment peur. C'est quand je sentis que quelqu'un m'empoignait de derrière par le col que je me mis à trembler de tous mes membres. Driss était là, aussi paniqué que moi. Il m'arracha violemment à ce spectacle, en profita pour jeter dehors un coup d'œil furtif, puis rabattit la porte et poussa à fond les deux verrous, supérieur et inférieur.

« Rentre ! m'ordonna-t-il. Tu veux attirer sur nous la calamité ? Maudit soit ce jour ! »

Quand je rejoignis le reste de la famille, je trouvai Ghita, comme il fallait s'y attendre, dans tous ses états.

« *Wili, wili !* tonnait-elle en se donnant des tapes sonores sur les cuisses, nous sommes pris au piège, et nous ne savons pas comment nous en délivrer. Pourquoi c'est nous qu'ils ont choisis ? Si quelqu'un voulait tuer quelqu'un, il n'avait qu'à le faire ailleurs ! La médina est vaste. Et maintenant, on va nous coller ça sur le dos. Ô Moulay Idriss, nous nous mettons sous ta protection. Sors-nous de ce pétrin ! Ô ma petite mère, viens à notre secours ! »

Après cela, elle se leva d'un bond et courut vers la cuisine en poussant d'autres *wili, wili !*

« J'ai oublié la marmite sur le feu. Le tajine est en train de brûler ! »

En dehors de Ghita, nous avions tous la langue clouée. Nous restâmes assis un long moment, amorphes, accablés, le regard absent, en manque d'idées.

Driss s'arracha le premier à cette apathie générale.

« Mes enfants, nous dit-il avec un profond soupir, il faut s'attendre à tout. »

Puis il ordonna à ma sœur Zhor :

« Apporte l'échelle. »

Nous ne comprîmes sa demande que lorsque l'échelle fut posée contre le mur du salon où nous étions réunis. Tel un félin, il se hissa et se mit à décrocher les portraits qu'il y avait là et auxquels nous ne faisions plus attention : Mohammed ben Youssef, Allal el-Fassi, Belhassan Ouezzani et Abdelkrim Khattabi.

« Va me chercher le pilon », m'ordonna-t-il.

Courant à la cuisine, j'essayais de saisir le sens de cette agitation subite, en vain. À mon retour, le pilon en main, je trouvai Driss en train de fouiller dans le grand coffre en bois où Ghita rangeait certains objets de valeur. Il en sortit deux poignards en argent ciselé, qu'il jeta sur le tas informe des portraits gisant maintenant à terre. Un tel geste avait de quoi choquer de sa part quand on pense à la vénération dont il entourait ces personnages et qu'il s'était évertué à nous inculquer. Il faut croire que, dans l'état d'urgence où nous nous débattions, les principes et les sentiments devaient s'adapter. Sans crier gare, Driss m'arracha de la main le pilon et se mit à briser le verre des portraits. Dans sa hâte, il n'épargna pas même les cadres en thuya. Ayant retiré les photos, il les déchira en mille morceaux. Restaient les poignards. Il s'acharna comme il put sur les lames et ne réussit qu'à les recourber légèrement.

« Nous devons nous préparer au pire, mes enfants, finit-il par nous expliquer. Les enquêteurs ne se gêneront pas pour faire irruption chez nous. Alors, ne laissons nulle trace de ce qui peut nous attirer des ennuis. Que Dieu nous pardonne d'avoir offensé ces grands hommes qui se sont sacrifiés pour nous. Mais la nécessité a ses raisons. Quant aux poignards, ce ne sont que des objets, et les objets peuvent toujours être remplacés. Allons, ramassons tous ces débris et allons les jeter dans le trou des cabinets. Comme ça, si les enquêteurs viennent fouiner par ici, ils ne pourront empoigner que du vent. »

Nous fûmes quelques volontaires à exécuter la tâche. Une fois les débris ramassés, nous les portâmes à la cuisine, où se trouvaient aussi les toilettes : un recoin séparé par une murette, avec un trou béant au milieu. Nous y avions à peine jeté notre cargaison que Ghita surgit de l'ombre, tenant la marmite qu'elle avait oubliée sur le feu. Elle était hors d'elle.

« Puisque c'est comme ça, je jure que vous resterez affamés. »

Et chlac ! elle versa le contenu de la marmite dans le trou, nous laissant pantois. Puis son ire éclata, contre Driss en premier.

« Tu as fait ce que tu as voulu, hein ! Tu es tranquille, maintenant. Mais moi qui ne suis qu'une femme, je dis à ces Français, à leurs militaires et goumiers : *Toz* sur vous ! Et après, qu'est-ce qu'ils vont me faire ? Me couper la tête ? M'enfermer dans une cage comme Bou Hamara et me faire tourner dans les rues de la médina ? Trop, c'est trop. La peur tue, elle aussi.

— Arrête ta fantasia, lui répliqua Driss. Tu sais bien qu'ils s'en prennent aux hommes, et aux jeunes en particulier. Nous devons protéger nos enfants. »

Cet échange se déroulait dans une obscurité presque totale, la cuisine-toilettes n'ayant ni fenêtre ni trou d'aération. Les paroles résonnaient, ricochaient sur les parois avant de dégringoler dans le puits pour se fondre dans l'eau stagnante. J'avais décroché et mon esprit commençait à s'engourdir. La suffocation montait, portée par le nuage blanc glacial qui me poursuivait depuis l'incident du Petit Puits. Je revisitai la scène ; le tambour lointain des cris, la main à moi abandonnée de la femme sur laquelle j'étais couché. Le goût de chair et de sang de cette main que je mordais désespérément. L'état d'entre vie et mort où je m'inquiétais avant tout de la réaction de mes parents s'ils venaient à apprendre ce qui m'était arrivé. L'autre main, secourable, qui s'était tendue vers moi, puis le noir total.

Quand je revins à moi, je découvris que j'étais seul dans un coin, couché sur un matelas. Aucun bruit de voix dans la maison. Par contre, un martèlement sec provenait du dehors. Je compris que c'était à notre porte qu'on frappait. Mais ce n'étaient pas des coups de heurtoir. Quelqu'un tapait avec un instrument, probablement un marteau, et à l'évidence ce n'était pas pour demander la permission d'entrer. Je me levai et rejoignis la famille, que je trouvai réunie au complet. Personne ne fit attention à moi, ne me demanda si j'allais mieux. Ils avaient d'autres chats à fouetter. La discussion à voix basse que je pris en train me permit de rattraper le retard dû à mon indisposition. L'état de la situation était le suivant : les enquêteurs s'étaient bien présentés, mais ils n'avaient pas envahi la maison, comme on aurait pu le craindre. Seul Driss avait été interrogé, et il avait déclaré que nous n'avions rien vu ni entendu. Pendant ce temps, Si Mohammed, témoin oculaire et détenteur d'un casier judiciaire défloré, se terrait dans sa chambre. La victime était un *khatib* officiant dans une mosquée de la médina. S'il avait connu un tel sort, c'est probablement parce qu'il avait continué, malgré les consignes des nationalistes, à invoquer dans ses prêches le nom du sultan honni. Son corps avait été enlevé, et la mare de sang lavée à grande eau. La douille de la balle meurtrière s'était logée dans notre porte et « ils » étaient en train de l'extraire. Bref, le cauchemar s'était éloigné, du moins provisoirement. Cette évolution rassurante ne pouvait qu'apporter de l'eau au moulin de Ghita. Elle ne se priva pas de pavoiser, et de taquiner Driss pour détendre encore d'un cran l'atmosphère :

« Dommage quand même pour les poignards. Tu aurais pu, à leur place, penser aux coutelas de la cuisine et à la hache à couper la viande. Ça oui, c'étaient des armes !

— Et toi qui nous as ôté le tajine de la bouche, rétorqua Driss sur le même ton plaisant. Était-ce pour te venger ou parce qu'il avait vraiment brûlé ?

— Que Satan soit maudit ! répondit Ghita, conciliante. Ne m'en veuillez pas. Je ressemble à ma mère. Il m'arrive parfois d'être un peu folle. Ma tête me dit des choses bizarres. Bon, nous avons des œufs et de la viande confite. Je vais aller m'occuper de vos estomacs. Viens toi, petite peste, dit-elle à l'adresse de ma sœur Zhor. J'ai besoin d'aide. »

19

L'éclaircie ne dura pas longtemps. Le nuage noir qui avait fondu sur nous et s'était éloigné, l'espace d'un soupir de soulagement, d'une légère passe d'armes, amène et souriante, revint à la charge en compagnie d'un détachement de fantassins lugubres. Notre ciel allait s'assombrir pour de bon.

Après l'assassinat du *khatib,* d'autres attentats eurent lieu. La presse fit alors son entrée chez nous. Nous étions friands de ses grosses manchettes, même si la relation qu'elle faisait des événements était affreusement partiale. *Le Petit Marocain* mettait en exergue la loi du silence, dénonçait le complot terroriste et promettait son échec. *La Vigie* y voyait la main de l'étranger, et d'une officine inconnue de nous jusqu'alors : l'Internationale communiste. Les résistants étaient traités de bouchers, de monstres et du qualificatif bizarre d'athées. Quand nous ouvrîmes le dictionnaire pour enrichir notre vocabulaire de ce nouveau terme, nous fûmes atterrés. Était-ce d'abord possible que des êtres humains aient de pareilles idées ? Et comment pouvait-on seulement imaginer que des musulmans soient atteints d'une telle maladie de l'esprit ? Malgré la lecture à sens unique de la presse officielle, nous y glanions des informations qui nous permirent assez vite d'embrasser le tableau dans son intégralité. Fès n'y était qu'un trait, une touche, un personnage parmi d'autres. Et il n'était pas représenté au centre. Nous découvrîmes un pays, avec des villes et des populations diverses, un sud et un nord, un est et un ouest, et l'ensemble de ce pays était tendu comme un arc, emporté par la même tourmente, frappant à la même porte, espérant la délivrance, saignant pour cela, ne lésinant pas sur les sacrifices. Un mot magique résumait les attentes et la volonté de ne plus attendre : *Istiqlal* ! Les murs de notre médina s'étaient couverts d'inscriptions au charbon noir, et le mot Indépendance y figurait en bonne place. Les mosquées résonnaient encore plus fort de la scansion du *Latif*. Des manifestations se déroulaient quotidiennement, vite réprimées par les forces de l'ordre. Les commissariats de Nejjarine, de Boujeloud affichaient complet. Pour accueillir le flot ininterrompu des nationalistes interpellés, d'autres centres d'interrogatoires et de détention s'ouvrirent. On racontait et on racontait tant d'horreurs à leur sujet. La consigne de l'abolition des réjouissances était on ne peut plus stricte. Les circoncisions se faisaient maintenant presque en cachette, les mariages étaient reportés de mois en mois. Les métiers liés à ces célébrations dispendieuses en souffrirent : *adoul, neggafate,* musiciens, coiffeurs, tailleurs et couturières, cuisinières professionnelles, matelassiers, ébénistes, etc. Seuls les *tolba* tirèrent leur épingle du jeu. Difficile de se passer de leurs services lors des enterrements et des veillées religieuses. Pire que tout, le mot d'ordre circula de ne pas égorger cette année de mouton pour la fête du Sacrifice. Une controverse de théologiens éclata à ce propos, opposant le camp des orthodoxes purs et durs à celui des salafistes éclairés. Elle sema le trouble dans les esprits simples. On finit par trouver un accommodement : l'abattage des bêtes serait toléré à condition que la peau soit offerte pour soutenir la lutte. Beaucoup de donateurs grincèrent des dents vu le peu de transparence risquant d'accompagner l'opération. Les restrictions et l'instabilité commencèrent à affecter le nerf principal de la guerre dans notre cité : le commerce. L'activité des souks déclinait à vue d'œil. Les marchands faisaient grise mine, à l'exception de ceux du secteur des denrées alimentaires. La ruée vers les produits de première nécessité s'amplifiait, et ils s'en frottaient les mains. Le vent d'espérance et le regain de fierté n'arrivaient donc pas à réchauffer un climat teinté de morosité, marqué par la dèche.

Jouissant, si j'ose dire, du même climat, notre petite vie familiale continuait cahin-caha, traversée par les tiraillements et les préoccupations de l'heure. Nous avions du mal à dépasser la frayeur occasionnée par l'assassinat du *khatib* et les soupçons qui avaient pesé sur nous. Mais d'autres sujets se présentèrent, nous donnant du grain à moudre, créant une tension intérieure seule à même d'alléger un peu celle, insupportable, de l'extérieur.

Voici pourquoi : Driss, sans être un activiste, avait depuis longtemps pris fait et cause pour la formation principale du mouvement nationaliste, le Parti de l'Istiqlal. Il avait une vénération réelle pour son leader, Allal el-Fassi. Or il existait une autre formation, à l'évidence minoritaire : le Parti démocratique de l'indépendance, dirigé par Belhassan Ouezzani. Pour nombre de nos concitoyens patriotes mais non affiliés à l'un ou l'autre des partis, cette division était un crève-cœur. Les deux leaders étaient d'authentiques Fassis, issus de familles illustres et se battant, n'est-ce pas, pour les mêmes objectifs. Alors, comment et pourquoi choisir entre eux ? Pour quelques-uns, dont mon frère Si Mohammed, il y avait lieu de trancher, quitte à se retrouver dans la minorité. Le critère sur lequel il se fondait ne manquait pas de séduction. Belhassan était plus moderne qu'Allal. Il s'habillait à l'européenne, parlait le français à la perfection, et ne portait ni tarbouch ni turban. En outre, son parti, comme son nom l'indiquait, prônait et l'indépendance et la *choura* (démocratie). Si Mohammed avait encore une fois pioché dans le Larousse. Et ce vocable nouveau avait emporté son adhésion.

L'affrontement était inévitable avec Driss. Ce dernier, si tolérant sur d'autres sujets, devenait intraitable quand la question était mise sur le tapis. Pour lui, on ne pouvait pas suivre deux chefs à la fois. Il n'avait rien contre Belhassan, loin de là, mais Allal, disait-il, c'était Allal. Un grand *alem*, il ne fallait pas l'oublier, portant dans sa poitrine les soixante chapitres du Coran. Autre argument de taille : sur la centaine de membres de la corporation des selliers, pas un n'était un adepte de Belhassan. Alors, vous voyez, concluait-il, seuls des fous peuvent suivre quelqu'un qui n'a personne derrière lui.

Spectateur obligé de la controverse, je dois dire que les arguments de mon frère l'emportaient dans mon cœur sur ceux de mon père. Mais je n'en montrais rien, surtout par égard pour Driss, ne sachant pas par ailleurs à quoi me serviraient ces fraîches convictions et comment je pourrais les mettre en pratique. Cela d'autant plus qu'autour de moi je constatais, et d'un : que mes autres frères ne se prononçaient pas; et de deux : que mes sœurs étaient exclues d'office de ces discussions d'hommes. Et puis il y avait l'attitude de Ghita, qui n'arrêtait pas de remuer, bougonner, aller à la cuisine et revenir, faisant sentir par là que ces débats l'indisposaient. Une fois, n'en pouvant plus, elle intervint à sa manière narquoise et imagée :

« Arrêtez ce frotte-moi que je te frotte. Hier, c'était à qui suivrait Abdelwahab ou Farid al-Atrach, et aujourd'hui c'est à qui mourra pour Allal ou Belhassan. À vous entendre, on croirait que c'est vous qui allez apporter l'indépendance. C'est l'affaire de Dieu, non de la créature. Si Celui qui sait et peut tout le veut, Il fera aux Nazaréens ce qu'Il a fait à Pharaon quand celui-ci a dépassé les bornes. Il leur logera dans la tête un simple moustique qui leur ôtera la raison, paralysera leurs membres et les transformera en loques. Et après, il n'y aura plus qu'à prendre un balai et les pousser dehors. »

La discussion retomba, étourdie par cet argument massue.

Ce point de vue me laissa songeur. J'essayai d'imaginer les applications des idées de ma mère. Le moustique (pourquoi avait-elle choisi l'insecte auquel je devais mon sobriquet ?) irait-il s'attaquer aussi aux seuls Nazaréens que je connaissais, mon maître de l'année précédente, M. Cousin, et le directeur de l'école, M. Fournier ? Et s'ils étaient obligés de partir, l'école fermerait-elle ? Cette perspective inquiétante détourna mon attention des discussions en cours. J'avais besoin d'autres centres d'intérêt pour protéger autant que faire se peut ma petite vie en marge : école, jeux dans le quartier, balades à Jnane Sbil, cinéma et, à l'occasion, montée au stade municipal. L'écoute assidue de la radio me fut d'un bon secours. Je laissais aux adultes la recherche des stations spécialisées dans l'information et me rabattais sur celles qui offraient des programmes musicaux, et surtout des jeux auxquels on pouvait participer avec l'alléchante promesse de gagner des prix.

Radio Tanger devint mon havre et ma félicité.

Tanger, l'internationale. Le nom en soi me faisait rêver. Pour moi, ce n'était pas une ville, mais un pays lointain. D'après les récits de Driss, il fallait passer deux frontières pour l'atteindre. Cela prenait la journée entière. Et, quand on y était, on retrouvait des Marocains comme nous, même si la population étrangère était plus dense qu'ailleurs : Francès, Sbaniouls, Inglizes, Alimanes, Talianes, Maricanes, et même Hnouds (Indiens). Là-bas, on trouvait des marchandises inimaginables. D'autres leaders du mouvement nationaliste y vivaient et s'exprimaient librement, sans être inquiétés.

Tanja la haute
Juchée sur ses colonnes
Awlaïlah !

Radio Tanger entrecoupait souvent ses émissions par cette chanson à la gloire de la ville. Et, puisqu'on parle d'émission, celle dont je devins un auditeur fervent était un concours où l'on devait deviner le titre, l'auteur et l'interprète d'une chanson d'après un bref extrait qui en était diffusé. Il fallait vite écrire. À la suite de quoi un tirage au sort départageait ceux qui avaient donné la bonne réponse. Quelques jours plus tard, le nom de l'heureux élu était annoncé et un cadeau surprise lui était envoyé par la poste.

Après plusieurs tentatives infructueuses et des semaines passées aux aguets, j'eus enfin le bonheur de mettre dans le mille et d'être élu par le sort. Paradoxalement, ce n'est pas moi qui appris directement la nouvelle. Elle me fut rapportée par l'un de mes camarades qui la tenait d'un autre camarade qui la tenait d'un troisième. Mon nom, quoique un peu déformé, avait bel et bien été capté. Je m'en voulus de ne pas avoir été aux premières loges pour recueillir, de la bouche même de la radio, cette information capitale. Encore un ratage, me dis-je. Et de noircir le tableau, selon ma tendance habituelle. Avec cela, le doute commençait à s'insinuer en moi. L'altération de mon nom n'était pas de bon augure. Après tout, ce n'était peut-être pas une simple déformation, mais la désignation de quelqu'un d'autre dont le nom était voisin du mien. À moins, et ce fut la plus angoissante des hypothèses, qu'il ne s'agisse d'un véritable homonyme, vivant à Chaouen par exemple, d'où notre famille était paraît-il originaire.

Sur ces charbons ardents, je vécus deux semaines interminables. Et quand les charbons devinrent presque cendre et que je m'apprêtais à décrocher, l'événement inattendu se produisit. Ce matin-là, quelqu'un frappa à notre porte. J'allai ouvrir et me trouvai face à un monsieur en uniforme, portant casquette et, en bandoulière, un grand sac de cuir. Je crus que c'était un contrôleur de la Régie d'électricité venu pour relever notre compteur. Dans ce cas, nous avions pour consigne de ne pas le laisser entrer si Driss ou l'un des grands frères n'étaient pas là en personne. Aussi répétai-je la leçon apprise.

« Le maître de la maison est dehors.

— Comment s'appelle-t-il ?

— Driss.

— Le paquet n'est pas pour lui. Il vient de Tanger. C'est pour un certain... (Il déclina mon identité.) Est-il ici ?

— Lui, c'est moi.

— Eh bien prends, et signe-moi cette feuille.

— C'est quoi, signe ?

— Tu sais écrire, non ?

— Oui.

— Alors, tiens ce stylo et écris ton nom là. »

Je m'acquittai de cet exercice inédit, arrachai le paquet de la main du contrôleur... euh, facteur, et filai dare-dare. Je grimpai quatre à quatre les marches conduisant à la terrasse. J'avais besoin d'être à l'abri des regards pour découvrir le contenu du paquet. Parvenu là-haut, essoufflé davantage par l'émotion que par l'escalade, je pris le temps de déguster cet instant privilégié. C'était la première fois que je recevais du courrier. Je ressentais une exaltation semblable à celle de l'athlète venant de franchir, gagnant, la ligne d'arrivée. Mais là, il n'y avait pas de spectateurs et, en matière d'applaudissements, ne me parvint que le bruit de crécelle qu'une cigogne orchestrait avec son bec. J'ouvris enfin le paquet et en retirai le cadeau tant espéré : une savonnette odorante dont je ne pourrai pas taire la marque cette fois-ci, sinon la magie de l'instant ne serait pas vraiment rendue. Cadum, quand tu nous tiens ! Je nageais dans l'euphorie. Une euphorie que le bébé dessiné sur le papier lisse de la savonnette semblait partager. Un sourire éclatant se lisait sur ses joues dodues. J'éprouvai sur-le-champ à l'égard de cet angelot comme un amour paternel. Ah, c'en était trop pour mon cœur !

Une fois descendu de la terrasse, je me gardai de toute publicité autour de l'aubaine. Je cachai ma savonnette et décidai de n'en faire usage qu'à ma prochaine sortie au hammam. Le petit nuage rose sur lequel j'étais juché m'aida à affronter les coups que le sort nous réservait.

Au moment où nous pensions que les menaces planant sur notre famille s'étaient sensiblement éloignées, nous découvrîmes, « un beau matin », que des militaires étaient postés devant notre porte. Et ils n'étaient pas là « en visite » ou pour de nouveaux besoins de l'enquête. Non, ils s'étaient installés pour de bon. Comment interpréter une telle présence ? Étions-nous spécialement visés et retenus prisonniers, ou s'agissait-il d'une mesure générale ? Driss voulut en savoir davantage. Il décida, précautions obligent, que personne ne quitterait la maison. C'était lui qui irait en éclaireur. Désemparée, Ghita ne trouva rien à y redire. Avant de le laisser partir, elle l'habilla chaudement : une jellaba enfilée sur l'autre, des chaussettes en laine. Elle arrangea sa mise avec des attentions inhabituelles, le couvant d'un regard humide. Il partit. Et nous attendîmes, le cœur coincé dans le gosier, l'oreille suspendue à la porte. Quand il nous revint, sain et sauf, l'inquiétude se lisait sur son visage.

« Ce que nous craignions est arrivé, dit-il. Les militaires occupent la ville. Ils sont dans chaque entrée de rue, chaque place, chaque souk. Avant de te laisser passer, ils te demandent qui tu es et où tu vas. Si tu as les mains dans les poches, ils t'ordonnent de les sortir. Si tu es pressé, marche lentement. Ils ont, ô *Latif,* " les yeux rouges " et le doigt sur la détente. Je ne sais pas exactement ce que nos dirigeants vont faire, mais j'ai appris qu'ils préparent une riposte du niveau de cette provocation. On n'a pas voulu m'en dire davantage, car le secret doit être maintenu d'ici là. Et maintenant, vous m'avez entendu et compris. Quand vous serez dans la rue, passez calmement votre chemin, comme si de rien n'était. Évitez de courir et de regarder en face les soldats. Il n'y a rien à voir dans ces faces de malheur. »

Conformément à ces directives, notre nouvelle vie s'organisa. Fès occupé ! De mémoire d'homme, on n'avait jamais vu cela. Notre instinct nous avertissait que pareille situation n'était pas faite pour durer. Aucune armée n'était capable de contrôler le labyrinthe de notre médina. Et que dire de l'autre labyrinthe suspendu ? Tout le monde savait qu'on pouvait traverser la ville de part en part en empruntant les terrasses et en sautant de l'une à l'autre. Nos fedayin n'avaient pas de souci à se faire et, pour les consignes, les mesures de précaution, Radio Médina s'en chargeait, sans fil ni antenne.

Peu à peu, cette vie bouleversée, maussade, devint une routine. Les soldats en faction devant notre maison s'ennuyaient à l'évidence. Il leur arrivait maintenant de frapper à notre porte pour demander un verre d'eau ou une clé pour ouvrir des boîtes de conserve. La situation tournait au loufoque. Ghita battit alors le record des paradoxes. Nous l'entendîmes dire :

« Pauvres hommes, obligés de rester dehors comme des chiens. Ni sommeil ni nourriture véritable. Le musulman est celui qui a, en son cœur, la pitié. »

Et elle décida de leur envoyer, ne serait-ce que le vendredi, un plat de couscous préparé par ses soins.

Une fois la surprise passée, personne ne s'y opposa, d'autant plus que les hommes affectés à notre surveillance avaient un comportement discret. Driss eut même cette réflexion hautement morale et pétrie d'optimisme :

« S'il est croyant, celui qui partage ta nourriture ne peut pas te faire de mal. »

Notre attitude tolérante n'était d'ailleurs pas une exception. Ce n'est que dans les quartiers où des militaires arrogants et dénués de fierté exigeaient d'être nourris par la population que les relations tournèrent au vinaigre. Là, en plus de l'hostilité, ces soudards furent l'objet d'un véritable mépris.

La riposte des dirigeants nationalistes intervint dans ce climat délétère. Mot d'ordre : grève générale. Les Fassis y répondirent massivement. Une fois les échoppes fermées, on remplissait les mosquées et, entre deux prières, c'était de nouveau la psalmodie du *Latif*. Les sanctuaires de Moulay Idriss et de la Qaraouiyine étaient particulièrement recherchés. On s'y sentait plus en sécurité, car la soldatesque ne pouvait pas trop s'en approcher. Le bras de fer avec les autorités coloniales avait atteint son point culminant.

Le détail de ces jours d'effervescence s'est estompé face au souvenir du dénouement tragique qui allait nous affecter durement. Les prédateurs avaient agi à la faveur de la nuit. Impuissants à briser la grève, ils s'attaquèrent aux biens des grévistes. Nous apprîmes la nouvelle de bon matin. Mon père faillit sortir pieds nus. Il courut vers Sekkatine pour découvrir que la porte de son échoppe avait été fracassée, et l'intérieur saccagé. Toutes les boutiques du souk avaient connu le même sort, ainsi que celles des souks avoisinants.

À son retour, et après le récit qu'il nous fit de ce désastre, la terre se déroba sous nos pieds. La porte de l'avenir se rabattit violemment et nous claqua au nez. Qui d'entre nous pouvait réconforter qui ? Chacun resta enfermé dans son silence. Et c'est celui de Driss qui s'entendait le plus.

20

À Fès, le ciel n'est jamais muet pour longtemps. Seulement voilà, il faut se donner la peine de l'observer. Pourquoi me fascinait-il tant, moi ignorant jusqu'au nom de poésie et n'ayant, pour désigner les myriades d'astres scintillants dont sa voûte était nuitamment gorgée, que l'unique vocable d'étoiles ?

Pauvre, si pauvre était mon viatique de mots. Cela m'enrageait de ne pas pouvoir aligner devant moi les objets de ma contemplation et de leur dire : Toi, tu t'appelles comme ceci, et toi comme cela. Et puisque je vous ai reconnus et de ma bouche nommés, arrêtez de faire les mystérieux, venez, suivez-moi. Hop, hop, je vous introduis dans ma musette, et en avant ! De mon voyage vous serez les compagnons, les confidents, et si le danger pointe sa tête en cours de route, vous deviendrez la langue de mon cri et le bras de mon courage.

La terrasse de notre maison de Siaj était une esplanade en comparaison de celle, lilliputienne, de notre « égyptienne » de la Source des Chevaux. Au théâtre de poche de mes premières rêveries avait succédé un vaste amphithéâtre suspendu. De là, la médina s'offrait à moi, de la pointe des cheveux à la plante des pieds. D'elle ou du ciel, qui reflétait l'autre ? Mes yeux n'avaient pas la force de trancher. Ils se perdaient dans ce jeu de miroirs et se délectaient du sentiment de la perte. Ma ville savait s'imprimer sur sa page de ciel, et mon ciel s'avérait le récitant le plus éloquent de sa ville. De ce dialogue savant, j'étais le scribe assidu et oisif. J'en recueillais la musique et lui abandonnais les facultés que je me connaissais. Mon corps se délestait de son poids. Un moment, et je me sentais capable de voler, sans ailes.

Heureusement que personne ne me voyait, ni n'entendait le cliquetis dans ma tête de ce chapelet de divagations. Par les temps qui couraient, on m'aurait accusé d'indifférence au malheur qui nous frappait et taxé de défaitisme. Les idées devaient être claires, utiles, sans faille mobilisées au service de la bataille décisive. Cela dit, j'étais loin de soupçonner qu'en ces jours-là le ciel allait nous livrer un tout autre message.

Nous étions à la fin du mois de juillet, à l'approche de la pleine lune. Cela faisait un an que le roi du pays avait été chassé de son trône et envoyé en exil. Il vivait maintenant, sous haute surveillance, dans une île lointaine d'Afrique que Driss s'obstinait à appeler Madame Cascar. Avec les autres instruits de la famille, je m'amusais de cette prononciation fantaisiste. Nous avions depuis longtemps repéré la grande île sur la carte du continent noir et commencé à l'étudier. Tananarive, la capitale, nous intéressa moins que le modeste Antsirabé, où Ben Youssef se trouvait relégué. L'histoire du pays offrait des similitudes frappantes avec la nôtre. Protectorat là-bas, protectorat ici. Dans le temps, la reine de cet empire avait été détrônée et exilée elle aussi. Décidément, nos colonisateurs n'aimaient pas les rois. Normal, fit remarquer le plus savant d'entre nous : il y a belle lurette qu'ils ont coupé la tête au leur.

« Et qui les gouverne alors ?

— Un chef qu'ils choisissent tous les sept ans. Ensuite, c'est le tour d'un autre.

— Qui choisit ?

— Tout le monde, hommes et femmes.

— Les portefaix aussi ?

— Même Aâssala, Mikou ou Chiki Laqraâ, s'ils étaient là-bas, pourraient choisir.

— Et qu'en pensent les *oulema* ?

— Les *oulema* en France ne s'occupent pas de ces choses-là.

— Qui s'en occupe alors ?

— Des gens comme Belhassan Ouezzani.

— Est-il d'accord avec ceux qui coupent la tête des rois ?

— Pas du tout. Avec le nôtre, il est la main dans la main.

— Et Allal ?

— Lui aussi. Encore que.

— Encore que quoi ?

— Tu nous casses la tête avec tes questions. Attends de grandir, et tu comprendras. »

On ne dira pas que je ne faisais pas l'effort nécessaire.

Ben Youssef est de retour !

Telle une immense vague née dans une mer intérieure démontée, la rumeur déferla sur notre ville. N'ayant pas le pied marin, nous fûmes remués au tréfonds et emportés par sa force. Nous ne sûmes à quoi nous raccrocher pour accueillir la bonne nouvelle sans perdre la raison. Aux quatre coins de la cité, dans toutes les maisons, des grappes humaines formèrent des chaînes pour supporter le choc et commencer à réagir. Et quand nous recouvrîmes l'usage de la parole, ce fut pour bégayer des questions qui s'échappèrent de nos bouches comme des oiseaux en émoi : Quoi, quoi, quoi ? Quand ? Où ? Avec qui ? Comment ? Par mer ou par air ? En voiture ou à cheval ? Est-ce bien lui ou un sosie ? A-t-il parlé ? Quelqu'un l'a-t-il de ses yeux vu, de ses oreilles entendu ? Que disent les radios ? Où faut-il aller pour en savoir plus ?

La vague continuait à déferler, et Fès se transforma peu à peu en une sorte d'arche de Noé. La croyance reprit le dessus, apaisant les cœurs. Le ciel, resté bleu tout au long de la tempête, se rappela agréablement à notre souvenir. Il chargea le soleil sur son déclin de nous offrir un coucher glorieux. Son visage s'empourpra de mille et un feux doux, pudiques. Et quand les muezzins lancèrent l'appel à la prière du moghreb, on aurait dit qu'ils en avaient changé les paroles tant leur chant était langoureux. Du coup, la houle s'évanouit. Nous voguions sur notre arche, bercés par les invocations lyriques et la subtile lumière.

Avons-nous dîné ce soir-là ? Rien n'est moins sûr. Nous avions besoin de parler, de nous rendre mutuellement visite, de nous toucher, d'ajouter chacun à l'allégresse de l'autre et de dessiner, dessiner l'avenir avec nos calames et notre encre, nos propres couleurs. Nous redécouvrions nos mains, ces mains qui n'avaient cessé de peindre, calligraphier, enluminer, graver, sculpter, carder, filer, tresser, tisser, broder, rétamer, raboter, coudre, coller, daller, plâtrer, distiller, façonner l'argile, le fer, l'argent, le cuivre, le bronze, nourrir les enfants, les pauvres, les orphelins, les hôtes de passage, les fous de Dieu. Nos mains dont on nous avait fait douter et que nous ouvrions maintenant, paumes vers le ciel, pour qu'il les bénisse et les comble de sa manne.

Là-dessus, la nuit tomba. Nous n'avions pas besoin d'allumer tant le bonheur nous illuminait de l'intérieur. C'est alors que les premiers youyous parvinrent à nos oreilles. D'autres youyous leur répondirent, puis le concert s'intensifia, s'amplifia jusqu'à faire trembler les murs de la maison. Ghita, longtemps frustrée, se mit de la partie. Ma sœur Zhor lui donna immédiatement la réplique. Sur ce, quelqu'un vint frapper à notre porte et nous annonça cette stupéfiante nouvelle : Ben Youssef est apparu dans la lune !

« Montons à la terrasse ! » s'écria Driss.

Nous nous bousculâmes dans les escaliers. Plus on montait, plus le concert devenait déchirant. Parvenus à l'air libre, nous trouvâmes nos voisins du premier étage. Dans la précipitation, aucune des femmes n'avait pensé à enfiler sa jellaba ou à se couvrir le visage. Elles étaient en habits d'intérieur. Les hommes ne se rendaient pas compte de cette anomalie. Les esprits étaient ailleurs, et les cous tendus vers le ciel. Les terrasses avoisinantes étaient pleines de monde, et on devinait qu'au-delà tous les habitants de la ville étaient massés pour observer le phénomène. Vague après vague, les youyous déferlaient, entrecoupés par des invocations qui eurent d'abord du mal à trouver leur tempo avant de se fondre dans le même moule et s'entendre sur un slogan commun :

Moulana ya doul-jalal
Ben Youssef wa-l-istiqlal !*

Pendant ce temps, autour de moi, l'observation de la lune donnait lieu à de sérieuses divergences. Ghita, dont la vue commençait à baisser, se demandait si le sultan était debout ou juché sur un cheval.

« Quel cheval ? la rabroua Driss. Ouvre bien les yeux, c'est seulement son visage qui apparaît.

* Ô Seigneur de gloire / Ben Youssef et l'indépendance !

— Tu vas m'apprendre à regarder, peut-être? Moi je te dis qu'il y a un cheval. J'en suis sûre.

— Reviens à Dieu, femme. C'est juste l'ombre du capuchon de sa jellaba. Ne vois-tu pas les yeux du sultan, son nez?

— Et la bouche, où est-elle alors?

— Où veux-tu qu'elle soit? Sur son front? »

Zhor, avec son sens reconnu de la pédagogie, intervint en pointant son index vers la lune.

« Moi je vais te dire, petite mère. La tête est juste au milieu. Suis mon doigt.

— Où est ton doigt? Tu crois que j'ai des yeux de chat?

— Le voici, attrape, et suis ce que je te montre. Ça, c'est le contour du capuchon. Ça, le rond du visage, et ici les lèvres.

— Oh oui, ma fille, on dirait que tu as raison. Je vois maintenant une bouche, et c'est comme si elle s'apprêtait à parler. »

Alors qu'on s'acheminait vers le consensus, j'essayais de mon côté de me mettre à l'unisson. Hélas, j'avais beau m'appliquer, le résultat n'était guère probant, la lune m'est témoin. Certes, elle brillait plus qu'à l'accoutumée, et des formes indistinctes s'y profilaient. Mais de visage nettement dessiné, apparenté de près ou de loin à celui du sultan absent, point. De toute manière, le portrait que je connaissais de lui et que mon père avait détruit dans un accès de panique le représentait de profil, coiffé d'un tarbouch fendu au milieu, du genre *watani*. Alors qu'autour de moi on parlait plutôt d'une tête de face, recouverte d'un capuchon. Cela dit, comment aurais-je pu douter un seul instant de la réalité de la vision vite établie, de plus en plus détaillée, ensuite unanime, saluée dans la ferveur et l'allégresse ? Je ne pouvais m'en prendre qu'à l'indigence de mon regard et aux infirmités propres à mon âge. Les adultes avaient des capacités qui me faisaient encore défaut. Le plus simple était de les croire les yeux fermés. De là à la surenchère, il n'y avait qu'un pas, que je franchis pour balayer mes doutes et ajouter mon grain de sel. Je me surpris ainsi à railler Ghita, coupable d'avoir traîné les pieds avant d'adopter la version officielle :

« Ton cheval a fini par s'envoler, hein ?

— Qu'il te piétine et te réduise en kefta ! » me rétorqua-t-elle.

La parade que je trouvai à ce sort peu enviable fut de m'égosiller à mon tour en me joignant au concert des invocations :

Moulana ya doul-jalal...

Est-ce ce faible appoint que je versais aux effusions communes qui amena le volatile d'acier ? Dans ma naïveté, je dus le croire. L'hélicoptère, précédé par un épouvantable grondement, surgit, éclairant le ciel d'étoiles clignotantes, vertes, rouges, et se mit à tournoyer au-dessus de nos têtes. Un bref silence se fit avant que n'éclate un vaste tumulte de vociférations hostiles, assorties de gestes obscènes à l'adresse des occupants de l'engin. Déçu par cet accueil, l'hélicoptère prit de l'altitude, passa devant la lune, on aurait dit exprès pour voiler la face du sultan, et s'éloigna. Ivre de sa victoire, le peuple s'applaudit. Pas pour longtemps. L'engin annonçait son retour. Il réapparut, et d'aucuns crurent voir des éclats lumineux sortir de sa carcasse, accompagnés de sèches détonations. Driss, expert en la matière pour avoir manié des fusils de fantasia, s'écria :

« C'est la poudre qui parle ! »

Il y eut un début de panique. Ghita, pour une fois mère poule, s'inquiéta pour ses poussins :

« Ce n'est plus un jeu d'enfants. Allez, fissa, les gosses, descendez. »

Nous fîmes de la résistance, d'autant plus que cette fois-ci, vraiment, nous n'avions rien vu ni entendu, moi le premier. Nous eûmes droit à une rallonge, car l'hélicoptère s'était éloigné de nouveau. Le peuple poussa un soupir de soulagement et retourna à l'objet de sa fascination. Un mince voile avait recouvert la lune. Mais ce flou n'empêcha pas la discussion de décortiquer les détails. La femme de notre voisin s'extasiait publiquement sur la beauté du roi :

« La bénédiction de Dieu, dit-elle. C'est un artiste qui a dessiné ses sourcils et donné à ses yeux l'arrondi d'un verre de cristal.

— Son visage tient sa lumière de La Mecque, ajouta Ghita, même la lune en serait jalouse.

— Tu as vu, Lalla, la rectitude du nez, ni retroussé ni recourbé ?

— Est-ce un grain de beauté qu'il a sur la joue ?

— Grain de beauté ou pas, il a le teint vermeil. Le sang est sur le point de gicler de ses joues. »

Et Zhor d'introduire cette remarque énigmatique :

« Heureuse la femme qui jouit, jour après jour, de sa baraka ! »

Devant ces hommages appuyés aux charmes physiques de Ben Youssef, je me serais attendu, de la part des hommes, à quelque pointe de jalousie. Pas du tout. Laissant aux femmes l'infructueuse poésie, ils brassaient, eux, la matière solide des idées. Notre voisin, féru d'économie, développa une analyse qui nous mit l'eau à la bouche :

« Savez-vous que, quand les Français partiront, rien qu'avec les phosphates que nous avons chaque famille aura de quoi couvrir ses besoins pendant trois mois sans travailler ?

— C'est un poulet cuit à la vapeur et servi avec son cumin, exulta Driss.

— Eh oui, Sidi, et les terres des colons, nous allons les reprendre et y faire pousser des quantités de blé qui pourront nourrir tous les musulmans de la terre.

— L'orge sera alors juste bonne à nourrir nos bêtes de somme.

— Nous n'aurons pas mis en vain nos enfants à l'école. Pas plus tard que demain, ce seront eux qui occuperont l'administration et distribueront ce qu'il y a à distribuer.

— Donne-moi que je te donne.

— Et pourquoi pas ? Nous avons vidé nos choukaras pour qu'ils apprennent et grimpent au plus haut. Et maintenant, à nous le repos.

— Nous l'avons bien mérité. Toute notre vie à

trimer, user nos mains et nos yeux. Il est temps de poser sa tête sur un coussin, s'allonger et s'étirer à son aise.

— L'*istiqlal* est une grande chose», conclut notre voisin avec emphase.

Ce n'est que tard dans la nuit que la fête commença à donner des signes d'essoufflement, et les terrasses de se dégarnir. Nous suivîmes le mouvement. Une fois descendu, je constatai avec amertume que nous avions sauté le dîner. Ghita avait dû penser que nous avions suffisamment mangé et bu des yeux et que, n'est-ce pas, avec l'indépendance *incha Allah,* nous allions bientôt faire bombance à n'en plus pouvoir. Moins crédules que ma tête, mes intestins jouaient de la trompette. Mais je n'avais pas le choix. Je dus m'abandonner au seul réparateur encore en service, le sommeil.

De quoi ai-je rêvé cette nuit-là? D'histoires de bouffe, bien sûr. C'est une *nzaha* dans le verger de Bab Lahdid. Comme lors de la fois précédente, la famille est au complet, y compris Touissa, exceptionnellement matinal. À l'ordre du jour, une grande *zerda.* Pour cela, Ghita a loué les services d'une cuisinière professionnelle. Il y a du méchoui dans l'air, des poulets rôtis, des tajines de viande, et l'incontournable couscous. Et tout cela en quel honneur? Deux raisons, sans lien apparent entre elles : nous fêtons le retour de Driss de son pèlerinage à La Mecque et, en même temps, nous attendons la venue d'un hôte illustre.

Les images défilent, trop saccadées à mon goût. Driss trône au milieu du jardin. Il est en habits d'apparat et se donne un air d'importance que je ne lui connaissais pas. Il tend de façon théâtrale ses deux mains, et chacun de nous doit se présenter devant lui, le féliciter de son glorieux périple en déclamant haut et fort son nouveau titre de haj, puis lui embrasser l'endroit et l'envers des mains. Ghita s'exécute elle aussi, et saisit l'occasion pour glisser humblement sa demande :

« Et moi, haj, quand est-ce que tu m'enverras visiter le tombeau du Prophète ? — Bientôt, bientôt, répond Driss, grand seigneur. Je ne vais pas t'oublier. »

Tout cela se déroule à la clarté d'une... lune de plomb. L'image est furtive, mais sa matérialité ne fait pas l'ombre d'un doute dans l'esprit du dormeur.

Tac, trac. Le maître des visions passe d'autres diapositives. Un fou rire général s'empare de l'assemblée. La cause ? Moi, coiffé d'un tarbouch *watani,* juché sur une table et récitant, dans une version remaniée, la comptine que mon frère Si Mohammed m'avait apprise :

Tonio et Cabeza
et compère le chauve
entouré d'une forêt...

Trac, tac. Nous sommes plusieurs à secouer les branches d'un arbre. Des fruits d'or en tombent, dru. J'essaie d'en croquer un, et mes dents ne rencontrent que le dur du métal.

Tac, trac. Ghita s'élance vers le coin où se prépare la nourriture en criant : « Je sens l'odeur du brûlé. Que fait cette cuisinière ? La fièvre l'emporte ! »

Trac, tac. Le *khatib* assassiné devant notre maison est là comme s'il était invité, et il s'adresse à nous : « Je vous ai apporté ce pain de sucre et de la bonne menthe de Meknès. »

Tac, trac, et toc toc : on frappe à la porte du jardin. Une fanfare éclate dehors. La porte est poussée, et c'est Ben Youssef en personne qui entre, encadré par une double haie de notables. Son visage est exactement tel que la lune l'a reflété. Il s'avance, et nous nous précipitons pour lui embrasser la main. Il s'installe à la place d'honneur et, se penchant sur Driss, il lui demande avec son cheveu sur la langue : « Serse bien et dis-moi d'où ze viens ! — De Madame Cascar, Sidi et Moulay. »

Et Ben Youssef de partir d'un rire franc auquel nous répondons gaiement. Mon gloussement s'élève au-dessus des autres.

C'est ce rire qui me réveilla brutalement. De la *zerda*, hélas, je n'avais eu droit qu'aux alléchantes odeurs.

Le soleil s'était levé sur notre ville bercée par un rêve d'une tout autre élévation. Envoyé tôt par Ghita pour aller acheter des beignets (elle nous dédommageait en préparant un petit déjeuner royal), je trouvai les rues déjà pleines de monde. Les gens s'arrêtaient à chaque pas, se congratulaient à qui mieux mieux, commentaient avec délices l'apparition de la veille. Les visages étaient rayonnants, les poitrines gonflées d'importance. Devant le marchand de beignets, il y avait foule. L'idée de Ghita n'était donc pas si originale. Je dus jouer un peu des coudes, rester vigilant pour ne pas laisser passer mon tour, et surtout ne pas oublier les recommandations qui m'avaient été faites. Il me fallait demander un kilo de beignets standard, un demi de plus petits, et trois écrasés après cuisson, enrichis d'un œuf cassé dessus. Les choses faillirent s'embrouiller dans ma tête quand deux garçons abordèrent l'attroupement, lançant à la cantonade :

« Achetez Ben Youssef dans la lune ! »

Je crus qu'il s'agissait d'un journal qui relatait l'événement. Poussé par la curiosité, je quittai imprudemment ma place pour aller voir de plus près. D'autres imprudents firent de même. Nous découvrîmes alors l'objet de la réclame, que voici, se passant de commentaire.

Le lot de ces effigies s'arracha en un clin d'œil. Je réussis à en acquérir une et me plongeai sur-le-

امعن نظركا خلال بضعة دقايق في النقط الثلاث البيضا
التي في وسط التصوير وبعد ذلكا وجه نظركا الى
حيط او السماء ليظهر لكا وجه جلالة الملكا العزيز

Regardez attentivement pendant une minute approximativement les trois points blancs au centre de la gravure. **Posez** ensuite votre regard sur un mur, ou même **levez les** yeux vers le ciel, vous y verrez en regardant attentivement S. M. Le Sultan.

champ dans l'exercice. Le résultat fut indéniable. En levant les yeux vers le ciel, je pus m'assurer que l'image que j'avais eu tant de mal à reconnaître la veille était telle qu'on me l'avait finalement inculquée. Les derniers doutes que j'aurais pu garder furent entièrement balayés. L'expérimentation que j'avais acquise à l'école me servait enfin à quelque chose. Pour moi, l'apparition de Ben Youssef dans la lune était dorénavant prouvée.

Absorbé par ces manipulations savantes, je me retrouvai repoussé en fin de queue, obligé de refaire le pied de grue, souffrant encore plus du fait de l'odeur affolante et de la vue des beignets croustillants que le marchand n'arrêtait pas d'enfiler sur des brindilles de doum nouées les unes aux autres.

De retour à la maison, des deux trophées que je brandissais ce sont les beignets qui eurent, à ma déception, le plus de succès. L'atmosphère familiale avait tiédi. Les adultes ne pensaient qu'à s'empiffrer. Seules mes petites sœurs daignèrent jeter un regard sur ce que j'estimais être le trophée vedette, et s'essayèrent par pure complaisance à l'exercice qui, moi, m'avait converti sur des bases solides.

La discussion qui suivit le repas m'éclaira sur les raisons de ce changement d'humeur. J'appris, à ma grande stupeur, que les radios, captées de bon matin, n'avaient pipé mot du miracle dont Fès entier avait été témoin. Passe encore pour Rabat et Tanger, mais que Le Caire, Moscou, la BBC, Prague, La Voix de l'Amérique se soient tues sur l'événement avait de quoi nous choquer au point de nous meurtrir l'âme. Le monde était-il si indifférent à notre sort et aux manifestations éloquentes de notre foi ? Était-il aveugle aux messages du ciel dûment attestés ? Du côté de la presse officielle, même black-out. Les journaux du matin que mon frère Si Mohammed s'était procurés versaient toujours leur haine sur nos fedayin et glorifiaient dans leurs manchettes les bienfaits du protectorat : une nouvelle route construite, un port agrandi, un dispensaire inauguré, dix postes de police ouverts, un bidonville rasé, des sacs de farine distribués aux nécessiteux, des caïds décorés pour bons et loyaux services. Qui dit mieux ? Et c'est en cherchant dans les pages intérieures qu'on finit par dénicher une allusion, ô combien perfide, à ce qui venait de bouleverser si radicalement notre vie. Dans un billet d'humeur intitulé « Un peuple de lunatiques », le journaliste, signant de ses seules initiales (le poltron !), réglait en ces termes la question :

« Les opposants ingrats à l'action civilisatrice de la France ont essayé de berner leurs concitoyens en propageant l'idée saugrenue que l'ancien sultan, légitimement déposé (grâce à l'adhésion du pays profond et à la mobilisation de ses élites alliées à nos projets), était apparu, tenez-vous bien, dans la lune ! Cette opération de manipulation psychologique, inspirée des méthodes de leurs maîtres tirant les ficelles depuis Moscou, a eu paraît-il quelque impact sur de bonnes âmes à l'intellect mal dégrossi. Au lieu d'aider ces dernières à s'initier aux vertus de la raison que nous avons apportées, ces agents obtus d'un nationalisme sans issue veulent les abêtir encore davantage en les poussant à l'hallucination collective, les transformant de ce fait en un peuple de lunatiques. Vile besogne ! Difficile avec cela de nuancer ce jugement qu'un de nos illustres administrateurs (Urbain Blanc, pour ne pas le nommer) avait émis en son temps : "Tant que les Arabes écriront de droite à gauche et pisseront assis, il n'y aura rien à en tirer". »

Chien borgne, maudite soit la religion de sa mère !

Son aboiement n'empêcha pas notre caravane de se mettre en route vers la terrasse le soir même. Et Ben Youssef reparut, dans une lune légèrement cabossée. Le haut du capuchon pendait un peu sur le côté. Les nuits suivantes, une taie d'obscurité commença à pousser sur le visage, couvrant l'œil droit, ensuite le nez, la bouche, le deuxième œil, etc. Indifférents aux aboiements des chiens d'attaque et à l'indifférence du monde, nous nous accrochions désespérément à notre espérance, et cela jusqu'au terme naturel de la « révolution » de la lune.

Entre-temps, les jours blancs se succédaient, et il fallut bien se rendre à l'évidence. L'horizon restait muet, avare. Pas de Ben Youssef en vue. D'autres tourmentes s'y préparaient, annoncées par les éclairs et les grondements de l'Histoire en gésine.

Nous vécûmes ainsi, du pain sec de l'attente et de l'eau fraîche de l'espoir têtu. Cela dura une brassée de saisons où « nos étés devinrent nos hivers » avant le grand chambardement, le vrai, qui verrait se lever dans notre ciel l'astre diurne, véridique, de la liberté.

Mais ceci est une autre histoire.

Épilogue

Depuis lors, la terre a tourné, comme une toupie. La vie aussi.

Plusieurs vies plutôt qu'une. Dans ce qui en a été relaté, je me trouve face à des boîtes gigognes. Je scrute cette galerie de poupées alignées. De la plus petite à la plus grande, il y a comme une chaîne solidaire, une passation des pouvoirs vitaux, et chaque fois un regain d'âme. Et de me dire qu'aucune des poupées n'aurait l'idée de passer sur le corps de l'autre et de revendiquer pour elle seule la maternité de toute la lignée. À la voix qui se donne des droits sur la mémoire et me harcèle en demandant : Qui est Namouss ?, j'essaie d'apporter une réponse sincère. Celle qui s'impose, heureusement imprévue, est la suivante : Namouss, c'est mon ancêtre et mon enfant.

Il ne me reste plus maintenant qu'à me replacer derrière la ligne de départ et boucler la boucle.

Mais auparavant une question reste à éclaircir. C'est quoi, ce mystérieux « fond de la jarre » sous l'emblème duquel s'est déroulée cette histoire ?

L'origine de l'expression remonte à une anecdote du fameux Jha*, ce Méditerranéen mythique, maître des facéties. La voici.

Après avoir été imam, juge, avocat, portefaix, et pratiqué nombre d'autres métiers en pure perte, Jha ne vivait plus que d'expédients. Un jour, il se mit en tête d'essayer le commerce en allant vendre au souk du miel et du beurre. Seulement voilà : de ces denrées, il n'avait pas de grandes quantités. Les clients, se dit-il, ne se bousculeront pas autour de moi si je ne leur en mets pas plein la vue. Il se procura donc deux jarres, qu'il remplit à moitié de matières fécales, compléta l'une avec du miel, l'autre avec du beurre, et les porta au souk. Les clients ne tardèrent pas à l'entourer. Et chacun, avant de se décider, demandait à goûter à la marchandise. Passe pour les premiers et les suivants. Le moment vint où l'on s'approchait de la zone dangereuse. Et Jha, exaspéré par tant de dégustations et si peu d'achats, de lancer cette mise en garde : « Goûte-moi que je te goûte, si ça continue comme ça, on touchera à la merde. Gare au fond de la jarre ! »

Le côté scatologique de l'anecdote s'est émoussé avec le temps. Ce que les Fassis en ont conservé, c'est qu'à vouloir aller au fond des choses on s'ex-

* Joha en arabe classique, Goha en égyptien, Khodja en turc, Guicha en albanais, Giufa en sicilien, Odja en grec, Djahan en maltais, etc.

pose à des désagréments, on touche à des vérités qui ne sont pas toutes bonnes à dire, à des vilenies sur lesquelles mieux vaut fermer les yeux si l'on tient à ne pas se faire d'ennemis déclarés. Raisonnement parfait de jésuites ! Cela existe aussi en terre d'islam. Mais, comme ce travers se double chez les Fassis d'un tempérament de sophistes, l'expression s'est altérée au point de signifier de nos jours exactement le contraire. Dans sa nouvelle acception, elle désigne un vaste répertoire de vocables du terroir et d'expressions idiomatiques dont on se délecte en compagnie d'une société choisie : le mot connoté, la formule imagée, le trait d'esprit, l'allusion à ce que seuls les initiés saisissent au vol, dont ils peuvent rire ou s'extasier au grand dam des profanes.

Ce fond de la jarre s'est répandu bien au-delà de la cité de Moulay Idriss, du fait d'ailleurs de l'impérialisme souvent stipendié des Fassis. Encore que. Ces derniers considèrent qu'il y a fond et fin fond. Soyons juste et laissons-leur ce qui, c'est vrai, ne prend tout son sens que lorsqu'il est relaté avec leur accent prononcé, leur mimique et gestuelle, leur naïve et touchante suffisance, leur conviction, assez banale chez les tribus et les peuples, d'être le nombril du monde.

Mais arrêtons là cette vanne pédagogique. Il reste encore dans la jarre un petit fond, pour la bonne bouche.

La nuit était tombée, et la famille était encore réunie dans l'appartement que mon père avait loué en ville nouvelle après la disparition prématurée de Ghita. Ironie du sort, le logement faisait partie du complexe de L'Urbaine, fleuron de l'architecture moderne au temps du protectorat. C'est là qu'habitaient le gratin des fonctionnaires français et autres personnes influentes de la ville. Malgré les outrages du temps, la bâtisse avait de beaux restes. Du moins vue de l'extérieur, car, le portail franchi, on devait se rendre à la vérité de cet adage : Autres temps, autres mœurs. Envolées la plupart des boîtes aux lettres, et celles ayant survécu bâillaient ouvertement au nez des facteurs consciencieux. L'ascenseur n'était plus qu'un souvenir, attesté par une cage majestueuse en armature métallique, irrémédiablement vide. Heureusement que l'appartement de Driss se trouvait au premier étage. Mais passons.

La télévision était toujours allumée, et la discussion animée ignorait les images de fond, couvrait leurs décibels d'accompagnement. Nous en étions à un rituel qui ne ratait jamais lors de nos rencontres : l'évocation des faits et gestes de Ghita, de ses déclarations historiques. Chacun y allait de son morceau d'anthologie :

« Vous vous rappelez ce qu'elle a dit un jour de ramadan à propos du jeûne ?

— Et quand nous avons déménagé à la maison de Siaj et qu'elle n'avait pas supporté que nous soyons sous les regards de nos voisins du premier étage ?

— Et le tour qu'elle a joué à Touissa lorsque nous étions à Sidi Harazem ?

— Et la marmite qu'elle a vidée dans les cabinets le jour de l'assassinat du *khatib* ?

— C'était quoi, sa formule pour dire que rien ne lui échappait ?

— " Moi, si je marche sur un grain de raisin sec, je ressens aussitôt sa douceur me monter à la bouche. "

— Et la première fois qu'elle est allée au cinéma...

— Ce qu'il a pris, le pauvre Farid al-Atrach !

— À propos de cinéma, je ne vous en ai pas encore raconté une bien belle. J'étais allé voir un film à Boujeloud et je portais un manteau que je venais d'acheter. Je l'avais ôté et déposé sur le dossier de mon siège. Après la séance, je suis retourné à la maison, et c'est là seulement que je me suis rendu compte que je l'avais oublié. Ghita a été catastrophée. Elle a alors promis d'offrir sept cierges au saint Sidi Abdelkader Jilali s'il nous aidait à récupérer notre bien. Je suis reparti au cinéma et j'ai retrouvé miraculeusement le manteau là où je l'avais laissé. Ghita s'en est réjouie mais, quand je lui ai rappelé les cierges qu'elle avait promis à Sidi Abdelkader Jilali, elle m'a répondu sans sourciller : " Ben quoi ? Le manteau, nous l'avons entre nos mains. Alors maintenant, le saint, il n'a qu'à aller se faire voir ! " »

Sur ce, la télé commença à diffuser le journal du

soir. J'usai alors d'un certain pouvoir acquis pour imposer le silence. Je m'attendais que la chute du mur de Berlin fasse le premier titre. Naïf que j'étais. Pendant près d'une demi-heure, l'inamovible présentateur broda sur le scénario fixe des audiences royales, des poses de première pierre par des ministres ne sachant même pas manier la truelle, des débats soporifiques d'un Parlement aux trois quarts vide. Puis il s'excusa, « vu l'abondance de la matière », de ne pouvoir aborder qu'en flashes l'actualité à l'étranger. Nous eûmes enfin droit aux images d'un mur de Berlin dont les héroïques tombeurs s'arrachaient les morceaux comme autant de saintes reliques.

Driss, qui avait toujours un vif intérêt pour la politique, nous surprit par cette remarque :

« Ça ne peut être que *Hikler* qui a ordonné la destruction de ce mur.

— Non, père, Hitler est mort, crus-je bon de rectifier.

— Ce n'est pas ce qu'on raconte. Il paraît qu'il est toujours vivant. Mais Dieu est plus savant.

— Père, crois-moi, il est mort quand moi je marchais encore à quatre pattes.

— Si tu le dis... »

Émoustillé par cet échange, je n'en ressentais que plus vivement l'absence de Ghita. Je songeais à ce qu'elle aurait pu inventer en pareille circonstance. Et le sourire me revint, porté par une douce bouffée de sa présence. Écrit de nos deux mains, le mot de la fin ne pouvait que sortir de sa bouche :

« Pfit, c'est tout ce qu'ils trouvent à nous raconter ! Un mur qui tombe... Il ne devait pas être bien solide. Mais les murailles de Fès, elles, sont toujours debout. »

Créteil-Fès
mai 2000-juin 2001

DU MÊME AUTEUR

Aux Éditions Gallimard

LE FOND DE LA JARRE, Gallimard, 2002 (« Folio », n° 5104)

Aux Éditions de La Différence

LE SOLEIL SE MEURT, poésie, 1992

L'ÉTREINTE DU MONDE, poésie, 1993

LE SPLEEN DE CASABLANCA, poésie, 1996

POÈMES PÉRISSABLES, poésie, 2000

RIMBAUD ET SHÉHÉRAZADE, théâtre, 2000

LES FRUITS DU CORPS, poésie, 2003

L'AUTOMNE PROMET, poésie, 2003

L'ŒIL ET LA NUIT, récit, 2003 (réédition)

LE CHEMIN DES ORDALIES, roman, 2003 (réédition)

ÉCRIS LA VIE, poésie, 2005 (prix Alain Bosquet)

LA POÉSIE MAROCAINE, DE L'INDÉPENDANCE À NOS JOURS, anthologie, 2005

CHRONIQUES DE LA CITADELLE D'EXIL, lettres de prison, 2005 (réédition)

ŒUVRE POÉTIQUE, vol. 1, 2006

LES RIDES DU LION, roman, 2007 (réédition)

MON CHER DOUBLE, poésie, 2007

TRIBULATIONS D'UN RÊVEUR ATTITRÉ, poésie, 2008 (prix Robert Ganzo)

LE LIVRE IMPRÉVU, récit, 2010

ŒUVRE POÉTIQUE, vol. 2, 2010 (prix Goncourt de la poésie)

Chez d'autres éditeurs

L'ÉCRITURE AU TOURNANT, essai, Al Manar, 2000

PETIT MUSÉE PORTATIF, poésie, Al Manar, 2002

LA POÉSIE PALESTINIENNE CONTEMPORAINE, anthologie, Le Temps des cerises, 2002 (réédition)

RUSES DE VIVANT, poésie, Al Manar, 2004

POURQUOI COURS-TU APRÈS LA GOUTTE D'EAU ?, prosoèmes, Al Manar, 2006

COLLECTION FOLIO

Dernières parutions

4834. Patrick Modiano *Dans le café de la jeunesse perdue.*
4835. Marisha Pessl *La physique des catastrophes.*
4837. Joy Sorman *Du bruit.*
4838. Brina Svit *Coco Dias ou La Porte Dorée.*
4839. Julian Barnes *À jamais* et autres nouvelles.
4840. John Cheever *Une Américaine instruite* suivi d'*Adieu, mon frère.*
4841. Collectif *«Que je vous aime, que je t'aime !»*
4842. André Gide *Souvenirs de la cour d'assises.*
4843. Jean Giono *Notes sur l'affaire Dominici.*
4844. Jean de La Fontaine *Comment l'esprit vient aux filles.*
4845. Yukio Mishima *Papillon* suivi de *La lionne.*
4846. John Steinbeck *Le meurtre* et autres nouvelles.
4847. Anton Tchékhov *Un royaume de femmes* suivi de *De l'amour.*
4848. Voltaire *L'Affaire du chevalier de La Barre* précédé de *L'Affaire Lally.*
4849. Victor Hugo *Notre-Dame de Paris.*
4850. Françoise Chandernagor *La première épouse.*
4851. Collectif *L'œil de La NRF.*
4852. Marie Darrieussecq *Tom est mort.*
4853. Vincent Delecroix *La chaussure sur le toit.*
4854. Ananda Devi *Indian Tango.*
4855. Hans Fallada *Quoi de neuf, petit homme ?*
4856. Éric Fottorino *Un territoire fragile.*
4857. Yannick Haenel *Cercle.*
4858. Pierre Péju *Cœur de pierre.*
4859. Knud Romer *Cochon d'Allemand.*
4860. Philip Roth *Un homme.*
4861. François Taillandier *Il n'y a personne dans les tombes.*
4862. Kazuo Ishiguro *Un artiste du monde flottant.*

4863. Christian Bobin	*La dame blanche.*
4864. Sous la direction d'Alain Finkielkraut	*La querelle de l'école.*
4865. Chahdortt Djavann	*Autoportrait de l'autre.*
4866. Laura Esquivel	*Chocolat amer.*
4867. Gilles Leroy	*Alabama Song.*
4868. Gilles Leroy	*Les jardins publics.*
4869. Michèle Lesbre	*Le canapé rouge.*
4870. Carole Martinez	*Le cœur cousu.*
4871. Sergio Pitol	*La vie conjugale.*
4872. Juan Rulfo	*Pedro Páramo.*
4873. Zadie Smith	*De la beauté.*
4874. Philippe Sollers	*Un vrai roman. Mémoires.*
4875. Marie d'Agoult	*Premières années.*
4876. Madame de Lafayette	*Histoire de la princesse de Montpensier* et autres nouvelles.
4877. Madame Riccoboni	*Histoire de M. le marquis de Cressy.*
4878. Madame de Sévigné	*« Je vous écris tous les jours... »*
4879. Madame de Staël	*Trois nouvelles.*
4880. Sophie Chauveau	*L'obsession Vinci.*
4881. Harriet Scott Chessman	*Lydia Cassatt lisant le journal du matin.*
4882. Raphaël Confiant	*Case à Chine.*
4883. Benedetta Craveri	*Reines et favorites.*
4884. Erri De Luca	*Au nom de la mère.*
4885. Pierre Dubois	*Les contes de crimes.*
4886. Paula Fox	*Côte ouest.*
4887. Amir Gutfreund	*Les gens indispensables ne meurent jamais.*
4888. Pierre Guyotat	*Formation.*
4889. Marie-Dominique Lelièvre	*Sagan à toute allure.*
4890. Olivia Rosenthal	*On n'est pas là pour disparaître.*
4891. Laurence Schifano	*Visconti.*
4892. Daniel Pennac	*Chagrin d'école.*
4893. Michel de Montaigne	*Essais I.*
4894. Michel de Montaigne	*Essais II.*
4895. Michel de Montaigne	*Essais III.*

4896. Paul Morand — *L'allure de Chanel.*
4897. Pierre Assouline — *Le portrait.*
4898. Nicolas Bouvier — *Le vide et le plein.*
4899. Patrick Chamoiseau — *Un dimanche au cachot.*
4900. David Fauquemberg — *Nullarbor.*
4901. Olivier Germain-Thomas — *Le Bénarès-Kyôto.*
4902. Dominique Mainard — *Je voudrais tant que tu te souviennes.*
4903. Dan O'Brien — *Les bisons de Broken Heart.*
4904. Grégoire Polet — *Leurs vies éclatantes.*
4905. Jean-Christophe Rufin — *Un léopard sur le garrot.*
4906. Gilbert Sinoué — *La Dame à la lampe.*
4907. Nathacha Appanah — *La noce d'Anna.*
4908. Joyce Carol Oates — *Sexy.*
4909. Nicolas Fargues — *Beau rôle.*
4910. Jane Austen — *Le Cœur et la Raison.*
4911. Karen Blixen — *Saison à Copenhague.*
4912. Julio Cortázar — *La porte condamnée* et autres nouvelles fantastiques.
4913. Mircea Eliade — *Incognito à Buchenwald...* précédé d'*Adieu !...*
4914. Romain Gary — *Les trésors de la mer Rouge.*
4915. Aldous Huxley — *Le jeune Archimède* précédé de *Les Claxton.*
4916. Régis Jauffret — *Ce que c'est que l'amour* et autres microfictions.
4917. Joseph Kessel — *Une balle perdue.*
4918. Lie-tseu — *Sur le destin* et autres textes.
4919. Junichirô Tanizaki — *Le pont flottant des songes.*
4920. Oscar Wilde — *Le portrait de Mr. W.H.*
4921. Vassilis Alexakis — *Ap. J.-C.*
4922. Alessandro Baricco — *Cette histoire-là.*
4923. Tahar Ben Jelloun — *Sur ma mère.*
4924. Antoni Casas Ros — *Le théorème d'Almodóvar.*
4925. Guy Goffette — *L'autre Verlaine.*
4926. Céline Minard — *Le dernier monde.*
4927. Kate O'Riordan — *Le garçon dans la lune.*
4928. Yves Pagès — *Le soi-disant.*
4929. Judith Perrignon — *C'était mon frère...*
4930. Danièle Sallenave — *Castor de guerre*
4931. Kazuo Ishiguro — *La lumière pâle sur les collines.*
4932. Lian Hearn — *Le Fil du destin. Le Clan des Otori.*

4970. René Frégni — *Tu tomberas avec la nuit*
4971. Régis Jauffret — *Stricte intimité*
4972. Alona Kimhi — *Moi, Anastasia*
4973. Richard Millet — *L'Orient désert*
4974. José Luís Peixoto — *Le cimetière de pianos*
4975. Michel Quint — *Une ombre, sans doute*
4976. Fédor Dostoïevski — *Le Songe d'un homme ridicule* et autres récits
4977. Roberto Saviano — *Gomorra*
4978. Chuck Palahniuk — *Le Festival de la couille*
4979. Martin Amis — *La Maison des Rencontres*
4980. Antoine Bello — *Les funambules*
4981. Maryse Condé — *Les belles ténébreuses*
4982. Didier Daeninckx — *Camarades de classe*
4983. Patrick Declerck — *Socrate dans la nuit*
4984. André Gide — *Retour de l'U.R.S.S.*
4985. Franz-Olivier Giesbert — *Le huitième prophète*
4986. Kazuo Ishiguro — *Quand nous étions orphelins*
4987. Pierre Magnan — *Chronique d'un château hanté*
4988. Arto Paasilinna — *Le cantique de l'apocalypse joyeuse*
4989. H.M. van den Brink — *Sur l'eau*
4990. George Eliot — *Daniel Deronda, 1*
4991. George Eliot — *Daniel Deronda, 2*
4992. Jean Giono — *J'ai ce que j'ai donné*
4993. Édouard Levé — *Suicide*
4994. Pascale Roze — *Itsik*
4995. Philippe Sollers — *Guerres secrètes*
4996. Vladimir Nabokov — *L'exploit*
4997. Salim Bachi — *Le silence de Mahomet*
4998. Albert Camus — *La mort heureuse*
4999. John Cheever — *Déjeuner de famille*
5000. Annie Ernaux — *Les années*
5001. David Foenkinos — *Nos séparations*
5002. Tristan Garcia — *La meilleure part des hommes*
5003. Valentine Goby — *Qui touche à mon corps je le tue*
5004. Rawi Hage — *De Niro's Game*
5005. Pierre Jourde — *Le Tibet sans peine*
5006. Javier Marías — *Demain dans la bataille pense à moi*
5007. Ian McEwan — *Sur la plage de Chesil*
5008. Gisèle Pineau — *Morne Câpresse*

Composition Graphic Hainaut.
Impression Novoprint
à Barcelone, le 13 juin 2010.
Dépôt légal : juin 2010.

ISBN 978-2-07-043837-2 / Imprimé en Espagne.

174844